中国人的日常

梁晓声 著

中国出版集团 现代出版社

图书在版编目（CIP）数据

中国人的日常 / 梁晓声著．—北京：现代出版社，2017.7
ISBN 978-7-5143-6251-0

Ⅰ．①中…　Ⅱ．①梁…　Ⅲ．①随笔—作品集—中国—当代　Ⅳ．①I267.1

中国版本图书馆 CIP 数据核字（2017）第 107823 号

中国人的日常

作　　者：梁晓声
责任编辑：张　霆
出版发行：现代出版社
通信地址：北京市安定门外安华里 504 号
邮政编码：100011
电　　话：010-64267325　64245264（传真）
网　　址：www.1980xd.com
电子邮箱：xiandai@vip.sina.com
印　　刷：三河市宏盛印务有限公司

开　　本：710mm×1000mm　1/16　　印　　张：21.5
版　　次：2017 年 7 月第 1 版　　印　　次：2017 年 7 月第 1 次印刷
书　　号：ISBN 978-7-5143-6251-0
定　　价：49.80元

自　序

谈到读书这件事，不论与一个人、几个人，还是许多人谈，所遭遇的最经常的反诘是：养成读书习惯对一个人究竟有什么好处？

是啊，有什么好处呢？

喜欢读书有益于将官当得更大吗？有益于成为巨商吗？有益于成为顶尖科学家吗？——确实，未见得的。也许还会反过来。

因为，谁一旦成为百分之零点几甚至零点零几的人中的一个，责任可就大了，便身不由己了，属于献身型的人类了；即使曾是很喜欢读书的人，也会因惜时如金，不得不放弃读书之嗜好。读书对于他们成了偶尔之事，难得时光，特享受的。

且不论他们了，便说各行各业的翘楚和精英们吧，那也都是须钻研不懈，多思而少眠的人。他们读的大抵是业务书，偶涉其他，眼光是极苛的。

前日有朋友来访，言及他们的儿子终于从国外回归，已获双博士学位，且都是上数的别国大学颁发的证书——而找到的工作，也只不过是在私立高等技校任电脑技术专业教师。

那样的儿子该属出色的千分之几了吧？——他是喜欢读书的，他父母也是为他到我家来挑书。我任国家图书馆“文津奖”评委，照例收到了一批书。

一个中国人与书籍的关系的真相是——从前的读书人仅是千分之几万分之几的幸运人，大抵是为了跻身仕途而读；如今恰恰反过来了，最广大的普通人才较有时间读读什么书。

普通人是多么普通的人呢？

清华、北大每年毕业不少学子；剑桥、哈佛也是——皆不普通了吗？否也。了解一下就会明白，并非个个都成了人杰，十之七八后来也还是归于普通；往好了说有望成为中产阶级种子而已。

如果谁的人生，目前尚不能与我朋友的儿子相提并论；如果哪一对父母，还没从自己的小儿女的智力方面看出比我朋友的儿子将更有出息的智光，那么我的建议是——在不影响正常升学的前提下，着意培养儿女的读书习惯吧。

任何一个国家的 95% 以上的人口，注定了是普通人口。这个世界对此点还没有破局之良方。

那么，读书对于 95% 以上的人类，益处甚大。

会使我们成为社会地位虽普通，但在其他方面却较优秀的普通人。

会使我们于浮躁之境淡定；于群情盲动之际保持理性；于享乐风习大行其道时俭以修身；于清贫中不至于连精神也一并“贫穷”了。

会使我们成为善良、文雅、举止得体、谈吐不俗，因而起码在 95% 以上的人口中成为受尊敬的普通好人。

当然，我指的是值得一读的书……

2017 年 4 月 10 日

北京

目　录

我们何以不宽容

人心的归途

冰冷的理念

平凡的好人与国家的性情

故人往事

以下所忆故人，皆已故去。然而，又是我实难忘却之人。如今我步入老年了，对他们的怀念日益加深——因为，他们都是有恩于我的人；在他们生前，我一直系报答之心，竟无从真的报答过，这令我深感自责。或许，以文字的方式追思，能多少减轻几分自责之苦吧！

一、林予

我对林予的人生经历其实并不详知，仅晓得他姓汪，曾是一名军界创作员，1957 年到了北大荒，后来成为黑龙江省作家协会的专职作家——林予是他的笔名，代表作是《雁飞塞北》。

《雁飞塞北》我下乡之前读过，反映十万官兵开垦北大荒的长篇小说，由而对北大荒有了间接印象。我成为黑龙江生产建设兵团的知青创作员后，《雁飞塞北》是大家经常谈到的，林予之名在我们中绝不陌生。

大约 1970 年冬季，我与当年的知青朋友陆宁先后回哈尔滨探家。陆宁是老高二知青，下乡后当上了某师宣传干事。他母亲是龙江剧团编导，认识林予。

一日陆宁到我家，问我：想不想与他共同去拜访林予？

我反问：林予是谁？

他说：《雁飞塞北》的作者呀！

我喜出望外。对于当年我们那一代文学知青，谁出版过一部厚厚的长篇小说，谁就是我们心目中的大作家。

路上，陆宁告诉我，林予刚结了第二次婚，夫人赵润华，还在什么干校。她曾是文学编辑，关于她陆宁就知道这么多。而对于林予，他知道的多些，说林予被打成了黑龙江省“二月逆流”的“急先锋”，不许离开本市，以便对其进行批判时能随传随到。

陆宁问：还敢去吗？不想去就算了。

我回答：那见到他的可能不是反而大了吗？去！

陆宁并没预约，我们贸然前往。

林予家住在一幢灰不溜丢的板楼里，当年叫“简易楼”，外观似现在没完工的“裸楼”。他开门见到两个年轻的不速之客，意外。陆宁与林予也是第一次见面，但他一提他母亲，林予立刻表示欢迎。他的家是二十平方米左右的单间，有极小的厨房，无厕所，得到楼外马路边的公厕解大手。家家户户备有解小手的尿壶，他家也不例外。无暖气，生小铁炉。那几年哈市买不到好煤，烧蜂窝煤，屋里挺冷——我们三人刚一围炉坐下，林予就急切地向我和陆宁请教，怎样才能将蜂窝煤烧得火旺一点儿。陆宁家有暖气，回答不了他的问题。我家也长年烧不好烧的蜂窝煤，我下乡前负责做饭，颇有经验，传授之，林予认认真真地听。屋里冷，窗上厚厚的霜不化，便也黑。主宾三人都不脱棉衣，坐得离小铁炉不能再近。

炉盖上烤着馒头片，放着有半杯水的搪瓷缸。那时十点来钟，林予正用早餐，吃一片馒头，咬一口咸菜疙瘩，喝一口水。他肯定是急性子，经常捅火，致使屋里哪儿哪儿都落一层灰。他坦承自己生活能力差，几乎不会做饭。他说他发现，烤咸菜疙瘩别有滋味，比不烤好吃多了。

我不记得我们谈了什么文学话题。肯定是谈过几句的，但也可以肯定不是主要内容。

主要内容反而是“政治”。

他感激我们拜访他，嘱我们不可对外人道，怕我们因而受牵连。

我和陆宁都不怕那些。

他说当然也没什么可怕的，但会影响我们进步啊！

我说谁爱进步谁进步，我自己根本不打算进步了。

陆宁则请他放心，保证我们以后对他的拜访将是“秘密行为”。

他笑了，说那我们以后就是他的青年朋友了。

我说你还不了解我俩呀。

他说已经了解了啊。

他关于政治的全部话语可概括为两个字——“正义”。

他给我留下的印象最深的话是：事关正义与否，那也不能人人都充聋作哑吧？我的兴趣在文学，又不在政治。但非逼我表态，我当然就不能表那种不正义的态喽！

我和陆宁都说，我们也是尽量在做同样之人。

我们离去前，我告诉他，我一个弟弟一个妹妹留城了，我会嘱咐弟弟妹妹常来看他，帮他干些他干不来的活。

后来，我的弟弟妹妹就成了林予家的“常客”。

再后来，逢年过节，林予和夫人赵润华，也每每去到我那个没个家样的家中看望我的母亲。他们夫妇称我母亲“嫂子”，我母亲和留城的弟弟妹妹都称他们“林老师”“赵老师”。

再再后来，连我另一个同样是兵团知青的弟弟探家期间，也必会去看望林予夫妇了。而我，若回哈尔滨了却没与他见上一面，即使仅在哈尔滨待了几天，他也会挑礼的。

林予是我认识的第一位作家，于是连同他的夫人成了我们全家的亲人。我家在哈市没亲戚，他们夫妇也是。我不知道我留城的弟弟妹妹能帮他们做些什么，却知道，家中如果遇到了难事，母亲的第一反应是：去将你们林予老师请来，我要与他商议！

而他们夫妇必会双双而至。

两家的关系可用休戚与共形容之。

1976 年 5 月，林予住到了上海电影制片厂招待所“小白楼”，按要求将其长篇小说《咆哮的松花江》改编为电影剧本，此小说尚未出版。我听他谈过创作初衷，是要为邓小平“出山”后的“拨乱反正”喝彩，松花江因此“咆哮”。故所以然，在黑龙江出版社逐级审稿时便引起对立结论，有人说好得很，有人认为极其反动。至邓小平第二次被打倒，成了政治事件，林予奋力自辩。他若不辩，一概支持该书出版的人必定遭殃。揭发信一直告到了北京，不知北京什么人作了如此指示——那就拍成配合“反击右倾翻案风”的电影吧！松花江因此“咆哮”，片名响亮。

当时我已是复旦大学中文系创作专业的“工农兵学员”，与我信任的三名同学杜静安、刘金铭、周进祥前去见他。因为我每每“北大荒”长“北大荒”短的，他们也都读过《雁飞塞北》了，很高兴有机会认识一位“北大荒派”老作家。林予那一年五十余岁，头发花白了，看去比实际年龄大得多。在我们眼中，确乎是老作家了。

他见了我们格外高兴，对我之亲热令我的同学们暗觉惊讶。我在电话中说定了要在他那儿吃午饭的，他从食堂打回了几样菜，我们在路上买了一斤猪头肉、一斤肠和几瓶啤酒。

在他的单人房间里，我们与他都无拘无束，愉快地度过了两个多小时。

我问他：剧本改得怎样了？

他说“请”他亲自改，他不来准是个事。说那也不能照“他们”的要求改呀，说他只不过是在敷衍着改，吃得不错，住得挺习惯，全当度假了。哪天让他走，当天就走。还命他改的话，就继续敷衍。

关于文学，我们也就谈了那么几句。在当年，文学又有什么好谈的呢？

正是“四人帮”所谓“政治谣言满天飞”的时期，从各种渠道汇集至“小白楼”的资讯极其丰富，预示着中国人心的向背已成定局。两个多小时内，林予基本上是在谈“小道消息”，看得出中国之命运将会如何令他分外焦虑。我不断以眼色制止他，然而他是那么的激动，无济于事。

那日证明了这样一点——他这个人自我保护意识之薄弱，像他的生活能力确实很低一样，实在是别人爱莫能助的。他似乎自有一套简单的判断人的逻辑，即倘陆宁的母亲是他所信任的人，那么她的儿子当然也是；那么陆宁的朋友梁晓声同样是；梁晓声带去见他的任何人便都是。

不久大学里开始追查“谣言”，我殊觉不安，一一告诫三名好同学，万勿出卖林予——他们都说，咱们根本不曾一块儿去见过什么林予呀！

1982 年，我的短篇小说《这是一片神奇的土地》获奖后，某日我家所住的筒子楼里，有人大声唤我接电话。我通过公用电话听到了林予的声音，他说我的两个弟弟一个妹妹正在他家吃饭，“赵老师”做了一桌子菜。

我问：“今天是什么节日吗？”

他说：“我亲自把你弟弟妹妹请来的，我们为你的小说获奖在我家庆祝一番。”

我正不知说什么好，他那端却说：“不多聊了，旁边有人等着打电话。”

原来他也是用他家那幢楼的公用电话与我通话的。

1984 年，我的短篇小说《父亲》、中篇小说《今夜有暴风雪》同时获奖，夏末我回哈探家，去他家看望了他。他与我约定，三天后的下午要带人到我家见我。

我考虑到我家的不成样子，犹豫。

他却说："晓声，可不能因为获奖了就摆架子，谁登门拜访你都应该欢迎，何况是我要带去的人！"

或许因为他的家也不怎么样，他竟完全不理解我的为难。

我问："是你朋友吗？"

他说："朋友谈不上，却是一个好人。"——停顿了一下又说："一个特别好的人。"

不料三天后他带去的是市委宣传部长陈凤晖同志。刚下过很大的雨，他们两位坐的"上海"轿车开不进我家所在那条又脏又窄又泥泞的小街。他俩没穿雨靴，进我家门时四只鞋都成了泥鞋。而我家二十八平方米的破土坯房，前接后盖，分成了四部分。我的老父亲已经退休回到哈市了，两个弟弟一个妹妹都结婚了，且都有孩子了，不分割怎么住呢？因为林予要带客人来，我老父母从他们所住的六平方米的小屋躲让到邻居家去了，我的疯哥哥被关进我一个弟弟家的小屋去了。而我能够待客的六平方米的小屋里，这里那里放着盆、缸子、瓶子，接漏雨。在那么一种情况下，什么话题都没法谈的。我的哥哥不断从窗口朝这边探进头，冲林予和陈部长傻笑。我尴尬，他俩也都觉来得唐突了。

不到半小时，陈部长坐不住了。

林予却说："晓声，我俩来得好，来得实在是太好了！凤晖部长，晓声他父亲可是新中国第一代建筑工人！是第一批'大三线'建筑工人！他家这种情况你当官的不管可不行，那国家也太对不起老建筑工人了！"

陈部长叹道："是啊。"

"你别只说是啊，你一定要给解决实际困难！"——林予的话说得急头白脸的。

陈部长说："我想办法，是我应该做的事。"

林予又对我说："听到了，晓声你要催着他办！"

我苦笑道："我在北京啊。"

林予说："让你弟弟妹妹找我，我轮番陪着去找他！"

陈部长也苦笑道："林予同志，不要这么激动嘛，你看你搞得晓声都脸红了！"

分明，林予与陈部长确实算不上是朋友——但那是两个好人之间的对话。那情形给我留下的印象异常深刻，所以我终于敢用引号将他各自的话引起来了。

过后我了解到，陈部长曾是市委机关干部，1957 年被戴上了帽子，"文革"后任部长才两年。

1986 年，哈尔滨市政府批给了我家一处楼房，不大，也是二十八平方米左右，作为对中国第一代建筑工人和第一批"大三线"建筑工人的奖励房。自然，我老父亲也是沾了我这个作家儿子的光。此事对我的亲人们是巨大的福祉，是他们做梦都不敢想的事。我们的父母自从成为我们的父母以后，到那一年为止，还从没获得过政府给予的任何福祉。它使我七十多岁的老父母可以在家里上厕所了，可以在寒冷的冬季享受暖气的温暖了；也使我的两个弟弟和一个妹妹的家，各自大出了几米。而我再回家探家时，不愁没处地方住了。

此后，林予和陈凤晖部长，在我和我亲人心目中，是大恩人。

我所深感内疚的是——林予和他夫人赵老师的追悼会我竟都没参加，

忘了当年我被什么鸟事拖绊住了，每一回想便觉自己甚是该死，成为我此生最内疚的事之一。但林予夫妇生病期间，不但我的弟弟妹妹经常去看望，连我年近八十的老母亲也在弟弟妹妹的陪同之下亲往医院去探视过的，这多少减轻了我的一些内疚。

林予夫妇的独生女儿嫁给了外国人，已定居国外了。他们在哈尔滨再无任何亲人了，估计，哈尔滨人中经常怀念他们的，最是我的弟弟妹妹。再加一个曾经的哈尔滨知青，那就是我了。我和弟弟妹妹相聚时，每次必怀念起他们夫妇来。因为我们对父母的怀念，是与对他们夫妇的怀念密切地联系在一起的，是无法分开的。

一位作家和他的妻子，与城市里一条脏街上的一户很穷的人家的每一个成员，结下了不是亲人胜似亲人的终生亲情；这样的事，也许只有异常年代才会发生吧！

或者，竟是上天的有意安排？

二、魏国学

魏国学是 1966 年转业到北大荒的官兵之一。因为他们是那年 3 月到达北大荒的，自谓“六六三”北大荒人。

他入伍前是吉林农家子弟，他妻子曲秀珍也是。

当年我是黑龙江生产建设兵团一师二团的知青，并且是二团的第一批知青，于是成为七连的战士。七连的“六六三”不少，五十几人。我们知青整二十人，分为男女两个班。比起来，“老战士”是多数。

当时七连已有小学校，在连队主路的一端，是路边的一幢土坯房，盖得较高，一分为二，各有门窗，成为两间教室。我们知青路过时，曾见魏老师也就是魏国学带领学生们在起土豆——小学校有一片“自留地”，允许所收获的土豆卖给食堂，以便每年有一二百元教学经费。

在部队时曾任过文书，是七连党支部的组织委员——关于魏老师，我们也就知道这么多。

第二年连里来了更多知青，总数二百余人了。人气旺了，一些“老战士”受到新气象的鼓舞，纷纷将家眷接来，应上学的孩子快速增加了。

第三年，有四名知青成了小学校的老师，二男二女，我是其中之一。除了我是初三的知青，另外三位老师都是高一、高二的知青。如此这般地，魏老师成了魏校长，成了我们的直接领导。据说，因为我担任着一班班长，连长指导员起初不同意，魏校长坚持，说他认为我能成为一名好老师，连长指导员拗不过他，只得同意。我不知道他缘何那么认为，没问过。

除了在特定场合，我们并不称他校长，都习惯于叫他魏老师，他自己也更愿意我们叫他魏老师。

他是个沉默寡言的人，却绝不是一个使别人难以接近的人。因为他实际上待人一团和气，微笑是他脸上最经常的表情。如果他对谁有好感，那么那个人与他在一起时，面对的几乎总会是一张微笑的脸。他的微笑使人心里特别舒服，他仿佛在用微笑告诉你——我是你的朋友，这使我愉快。读懂了他的微笑，如果你是那个“谁”，即使内心里正有烦愁苦绪，也会受到他的微笑的感染，生出几许愉快了。

说他们是“老战士”，其实他们都并不老，平均年龄三十二三了，有的还耗着没成家呢。魏老师年龄大点儿，却也不过三十五岁，算是“六六三”中的老大哥了。但我们知青的平均年龄才二十二三岁，与他们比起来，还是会觉得自己仍很青涩。何况，他们是真正当过兵的人，而“战士”只不过是我们的“浮名”。普遍的我们对普遍的他们，内心是很尊敬的。

据说，魏老师是有倔脾气的。他是支委，连里的某些事一到支部上去讨论，他的态度是不容漠视的。如果他持反对意见，连长指导员都拿他没辙。但从他在老战士中享有的威望判断，他的倔多半与他认为必须坚持一下的原则有关。而连长指导员与他的关系却很好，证明他的倔大抵是有正当理由的。

但他从没对我们四名老师倔过，我们是享受他的微笑最多的人。用时下的说法来形容，他的微笑特阳光。他的微笑首先起源于他的幸福感，与比他年轻的“老战士”们相比，他军龄长些，工资高些；而他们的工资，仅比我们知青的工资高一级。他本农家子弟，吉林的农村是农村，北大荒的农村也是农村，并且叫“连队”，有食堂、卫生所，人口成分也以复员战士和知青为主，文化素质高，各方面远比农村强。何况在连队他还是领导班子成员，是校长。并且，我们四名老师共同的“嫂子”，身材好、样貌好、性格好、善持家，接人待物落落大方，端的是美好姻缘——她是他从老家吸引到兵团的。

他的幸福感还源于对教师的职业的热爱，他将之当成事业谋发展，图进步，麾下有了我们四名知青后，他的干劲更足了，立志要使七连的小学成为团里的模范小学。总之他是“六六三”中的“扎根派”，乐不思蜀。

受他影响，我们的工作态度也都认真负责。他对我们一视同仁，对我则更好一些，总是私下鼓励我，希望我首先成为团里的优秀教师。家里做什么好吃的了，每每将我邀去共享，我没辜负他的希望，一年后评上了优秀，还在团里的教师集训班进行过讲课示范，这使他特别高兴。

一日我在他家与他聊天，终于明白了他为什么对我格外好——原来他也将我视为知青中的“扎根派”了。

他说：“你的愿望我向连里汇报了，连里支持。”

我诧异地问：“我的什么愿望啊？”

嫂子从旁说："就是你告诉过我们的，等你父亲退休后，你要将父母与哥哥一起接到北大荒的愿望呀，你不是说要在咱们这儿为父母养老送终，与哥哥共度晚年吗？"

我是一度有过那样的想法。

他接着说："连里非常欢迎一位退休的'大三线'老工人也在咱们连落户。我要求将我家旁边这块地为你保留着，以后你的家就盖在我家旁边，咱们做近邻。还都是教师，那多好。"

他的目光从敞开的窗口望向他家的菜园子，又向往地说："菜园子挨着菜园子，种什么菜互相参谋着，品种更齐全了。你侍弄园子不行，我教你。高兴了咱俩一块儿去打猎，冬天一块儿上山砍柴，不必求谁了。"

嫂子也说："要是再结成亲家，好上加好！"

他批评着："你胡说什么呢！巍巍都三岁多了，晓声还没对象呢！"

巍巍是他们的女儿。

嫂子却认真地说："我这不又怀上了嘛！如果我生了个儿子，晓声以后得的是女儿呢？这是很可能的事！"

他将目光望向我，斯时他的微笑竟显得有几分灿烂。

而我几乎哭了。

一方面我感动于他们的真情实意和厚爱，一方面对于他们的憧憬，我并不觉得多么美好。我曾有过的念头，只不过是我人生的最下策。不到万不得已，并不打算迈出那么一步的。

我的心情复杂极了。

"你如果是我弟弟就好了，那我就可以替你做主了。"

魏老师的话听来不无遗憾。

而嫂子则幽幽地说："你明白你在他心目中的位置了吧？连巍巍都希望

梁叔叔永远是七连的人，我也是。”

我只有说：“现在谈那些太早了呀。”

这一年冬季，七连发生了不幸的事——“出血热”夺去了机务排长的生命，他也是“六六三”曾经的坦克兵班长，才三十二岁，他妻子小吕刚过二十五周岁。

全连笼罩在悲哀气氛中——双方的父母亲人来了七八位，追悼词是我写的，并且是由我代表全连在追悼会上读的。

两天后，在魏老师家，他与我进行了如下谈话，按他的说法是——小吕一直在哭，她不愿离开七连。而她父母则态度坚决，命令她必须跟随他们回河南老家的农村去，除非她不久后能在七连实现二次婚姻。支部为此开了一次保密会议，这次会议与我有关……

“与我有什么关系？”

我又十分诧异了。

魏老师欲言又止。

嫂子替他说：“小吕对你有好感……”

我瞪着魏老师半天说不出话。

“不是我的主意，真不是……”

魏老师脸红了。

“是小吕自己表白的，她说你如果愿意，那她就留在七连等，等多久都行。确实不是你哥的主意，试探一下你的态度，这是支部给你哥的任务……”

那日，嫂子第一次用“你哥”二字来跟我说她丈夫，以后就一直对我那么说了。

我完全蒙了，良久才说：“我考虑考虑。”

那是我认为不至于伤到谁的唯一说法。

小吕我是熟悉的，也是个形象好性格好的女子。“六六三”老战士们的妻子差不多都是来自农村的出众女子，因为他们自己都曾是部队的优秀士兵，不但是挣工资的人，还是仍属于准部队的人。小吕是家属排的班长，我每每带学生们配合家属排义务劳动。

第二天我将考虑结果写在了纸上，当面交给魏老师——写在纸上的理由全是委婉的借口。

实际上我又准备为家庭抱定独身主义了。

“哥”看罢，叹道：“理解。”

沉吟片刻又说：“千万别对我有什么误会。”

我说：“没有。”

反倒觉得自己很歉意。

不久《兵团战士报》发表了一篇我写的纪念雷锋的文章，我因而调到了团报道组——那时一团与二团合并了。

行前，“哥”和嫂子请我到家吃了顿面条，算是为我送行。

我看得出他们是那么舍不得与我分离，也明白请我吃面条的含意；感动地向他们保证，一定常回七连看他们。

我在团里只当了一年多报道员，后来成了木材厂的抬木工。

“哥”到木材厂去看过我，劝我再回七连当老师。

我觉得那会使他为我承担解释不清的种种议论，拒绝了。

1974 年我上大学了，走得仓促，竟没回七连与“哥”和嫂子话别。

往后我的人生年复一年似乎过得快极了，想到他们的时候越来越少。

我曾写过一篇散文《狍的眼睛》，内容是我跟随魏老师进山找猎的事——一团的一名返城知青读到了，写信告诉我兵团取消后，七连撤点了；魏老师调到别的连又当了几年老师后，病故了。

于是在我的散文中又多了一篇《写给嫂子的信》——那封信她没收到，因地址有误被退回了，便仅仅成为一篇散文。

以后十余年内，我的人生依然如负重物，两个弟弟一个妹妹三家六个大人有五人下岗，作为实际上的长子，想无压力非六亲不认不可。

直至2010年后，弟弟妹妹、弟媳妹夫们先后到了退休年龄，多少都有退休金了；每家都惠于动迁住上楼房了；下一代都大学毕业工作逐渐稳定了——这时，直至这时，我的人生才终于从容淡定了些。

而父母早已故去，我往七十“奔”了。

人到了此种年纪，回忆渐成习惯，想不回忆都不可能。而一回忆，呀，呀，原来我又是那么幸运！从青年到老年，竟有一位又一位的恩人，或民间所言“贵人”，曾那么真心实意地关爱过我，以他们冬日暖阳般的友情温暖过我，使我从不曾在精神上垮掉过！——可我却一向没报答过！

我深怀此种大内疚终于获得了嫂子的手机号码。

“晓声吗？你真是梁晓声吗？”

她语音颤抖。

我说：“嫂子，是我呀。”

四十余年不曾相见了，她已是七十多岁有重外孙子的人了；当年我经常带着玩过的魏巍都五十多岁了，早早地当上外祖母了。

“晓声你还好吗？”

“还好。”

“我们有时会从电视里看到你，每次魏巍都特别高兴。她还把你写的一篇文章读给我听，是《狍的眼睛》对吧？你在文章里写魏老师‘待你如兄长’对吧？……”

那篇文章主要是写狍的；写到我和魏老师关系的也就是那么五个

字——我真浑蛋，为什么不多写几行而是一笔带过呢？

“嫂子，不聊那些了。快过春节了，让魏巍告诉我一个银行卡号……”

“坚决不许你寄钱！我们的日子都还过得去，你有空儿来看看我们才好……”

“我有一处老宿舍楼的房子在装修，装修好了先接你们到北京玩儿……”

我已了解到，她们三代人的生活并非无忧无虑，而是有忧有虑。

我当然不会服从嫂子的话。

如今又三年矣，嫂子和魏巍并没来过，生活有压力的人是没闲心逛北京的。我也没回去过，因为身体其实总是不太平，怕旅途之劳了。

好在有手机。

也好在，有了魏巍的银行卡号了……

三、崔长勇

当年在黑龙江生产建设兵团曾跻身于文艺宣传队的知青，不论是能歌善舞的还是喜欢作词作曲的；也不论是热衷于曲艺的还是热爱文学创作的非宣传队员知青，即和我一样的知青——有不知道崔长勇其人的吗？

便有，那也肯定是少数。

多数人不但知道他，而且还不仅一次地见到过他。特别是跻身于师、团宣传队的知青，崔长勇这个名字似乎意味着是他们的“文艺教父”，获得到他们相当普遍的尊荣。

“弟子三千，贤者七十。”——孔子此语当年在兵团文艺知青中流传甚广，用以形容崔长勇麾下之文艺知青的众与精。

三千绝非多么夸张的数字，以每个团的宣传队起码三十人计，全兵团几十个团，再加上热爱文学创作美术创作的知青，估计少也少不到哪儿去。

我们当年虽尊崇他，却几乎无一例外地叫他“老崔”。

老崔毕业于黑龙江省齐齐哈尔市师范学院中文系，我认识他那一年，他已是兵团总司令部政治部文艺处的干事；处长是沈阳军区的现役军人。

我因为在《黑河日报》发表了一篇散文，由师里推荐，到兵团总司令部所在地佳木斯市参加了全兵团第一届“文学创作学习班”，由而与他结下了五十余年的深厚友谊。

记得那日大雪。佳木斯列车站前，两名着宾馆服务员制服的姑娘展持横幅，其上写着迎接等字。横幅旁，伫立着戴棉军帽穿兵团服的干部模样的男子，脸上有眼镜，自言是文艺处的。该接的人到齐了，便都上了一辆面包车。

我们住兵团一招，离车站不远，是三层楼。在佳木斯，属于较高级的招待所。

那是我出生以来，第一次享受有车接，住那么高级的招待所的待遇。伙食特别好，每天都能吃到猪肉炖粉条，还有鱼、小鸡炖蘑菇。鸡蛋或鸭蛋，更是顿顿早餐必有的。共集中了二十几名文学知青，三人一个房间。写作可以在会议室，允许吸烟。

三天后我心大为不安，根本就没带什么构思去的，唯恐留不下作品，脸上无光。

我在饭桌上发牢骚：“你们都说老崔老崔的，怎么还没露面？要等到快结束了才接见咱们一下吗？”

比我早到者皆笑。

一人说：“远在天边，近在眼前。”

我这才恍悟，原来几乎每天所见的“崔干事”，便是人人常提到的“老崔”，尴尬地又说：“我以为是两个姓崔的，你是小崔呢。”

他说："我也希望自己在你们眼里是小崔呀。"

老崔非但不老，还称得上是美男子，在招待所总不穿棉衣，单军上衣的领钩也总是钩住着，眼镜使他英气勃发而又文质彬彬，如果他穿长衫，会使人联想到《早春二月》里的萧剑秋。

饭后我去到了他的房间，要求离去。

他问：为什么？

我坦言心中惭愧。

他却说："也没谁宣布都得留下作品的硬性规定啊。学习班嘛，就是为大家营造一种有利于互相交流心得的机会。既来之，则安之。没有构思不是事儿，给你个任务，为别人的构思充当参谋。你们师推荐你来了，我就相信你是有潜力的，只不过待开发而已。"

他那么说，我不好再坚持了。

十二天学习班期间，我只当"参谋"了，谁愿意向我谈构思，我都洗耳恭听，恳谈自己的感觉。

不久学习班上流传一首关于我的打油诗：

白墙孤影台灯，
冥思苦想晓声。
从早到晚参谋，
熬煞绿脸孩儿。

是老崔对别人信口吟成。

学习班的文学知青比之于文艺知青，年龄都大些，高中的居多，初中的极少，我是之一。也许由于这个原因，他视我为"小老弟"，殊多关爱。

学习班结束，在车站，我又当众对他说："下次我绝不参加了！"

他笑道："别价呀！你对我给你的任务完成得很好嘛！下次有备而来就是了。你不来，他们也不答应啊。"

我已交下了数位良友，他们皆从旁说肯定不答应。

在第二次学习班上，"绿脸孩儿"成了我的绰号，老崔的口头语"别价呀"成了流行语。

我将我带去的构思讲给老崔听。他静静地听完，只说了一个字："行。"

我说："我要你提修改意见。"

他说："没有。你已经构思得很成熟了，写好它。"

一旦进入工作状态，他就变成了一个言简意赅之人，几乎口无废话。

我又说："不知起什么题目好。"

他说："你写的是老职工为知青当向导的事，那题目就是'向导'呗，何必还在题目上挖空心思呢？"

学习班结束不久，《向导》发表在《兵团战士报》上，虽仅三千余字，却也占了一版。珍惜树木之内容，与政治无涉。

那时老崔已从别人口中了解到我的家境。他居然写信问我家的住址，信中说他经常到哈尔滨开会，可代我探望我老母亲。我因我家太不成个样子，本不愿告诉他，犹豫再三，还是回信告诉了。

而他，每到哈尔滨开会、办事，但凡时间允许，必会到我家去，总不空手。当年五六元钱能买到的无非蛋糕、饼干、罐头。但当年的中国人在单位随婚礼的份子钱，五六元钱也是很拿得出手的了！

我心大为不安，去信表达之。

而他的回信中，有几行字令我沉思良久。用今天的时髦说法是——受到了震撼。那几行字是："我所满腔热忱来做的事，不但是要为兵团培育文学种子，还有更大的心愿，便是为中国的将来在兵团保留一批文学种子。也许你们中有人以后会成为作家的，我老崔此生有缘为你们竭诚服务，尽量爱护你们，我认为是我的荣幸，简直也可以说是我的幸福……”

第一次有人将我以后的人生同“作家”二字联系在了一起，尽管只不过“也许”性地联系在一起，令我感动得热泪盈眶。

那时，我母亲和我留城的弟弟妹妹，已经将老崔视为一个亲人了，正如将林予视为亲人。他俩还在我家见到过，亦随之建立了良好关系。

我离开团报道组成为木材加工厂抬木工后，患了肝炎却不自知，每觉抬大木时脚下打晃，意志极为消沉，给老崔写信表示，打算离开兵团干脆回山东老家插队算了。他回了一封电报，电文是——万万不可，给我时间，容我想办法。

以后三四个月再无来信，我一度以为他的电报只不过是敷衍。

忽一日团政治部的电话打到连部，要我去会客。我到后，见老崔坐在政治部副主任办公室里，居然穿一身领章帽徽的军装！

老崔说：“刚才我表明态度了，你们团如果并不爱护你，我要将你调走。”

政治部副主任说：“我也表明态度了，一定尽量关照你。你有什么要求，以后可以直接向我提出。”

他来去匆匆，当日便走。

我送他到长途车站时，他说：“专为你来到一团的。”

我问：“也是专为我借了一套军装？”

他说：“否则，我一名干事，谁把我当回事呢？”

相视依依不舍之际，他又说：“你如果真想调到别的团，决定了就写信告诉我。”

我明白那是他的最大能力了。

木材加工厂的男知青们都挺高看我，在哪里还不一样呢？我珍惜他们对我的厚爱，反而又安心了。

我上大学后，老崔之喜悦过我，在写给我的信中，谆谆告诫，嘱我要学会政治方面的自我保护。并作词一首，题曰——“欣闻晓声录取于复旦，夜不能寐”。

又忽一日，他出现在我面前。

拥抱都属情不自禁。

我问：“该不会是为我来到上海的吧？”

他说：“还真是因为想念你了，出差理由那是好编的。”

他的上海之行果无正事，却极其关心我的个人问题，非要我认识一位同是兵团的女知青，在上海外国语学院读英语，极言对方品貌俱佳，毕业后是要定向分配到外交部的。

我拗他不过，与他同去了一次外国语学院，对方果如其言。

但我无心谈情说爱，更不敢高攀，自行地止于“一”了。

我分配到北京电影制片厂后，他也借出差之便到北影看我，偏不住北影招待所，而要睡我设在办公室的床。白天他忙他的，我忙我的。晚上每在我家吃饭，那时我老母亲住在我那儿，一见到他就亲热地拉着他的手直呼“长勇”，与他聊起来没够——竟也使他很享受。

我陪他在办公室聊天时曾说：“我相信自己会成为好编辑的。”

他却说：“你还是要写啊，不该仅仅成为好编辑吧？”

希冀之情，溢于言表。那时，我除了《兵团战报》发的《向导》，尚再没写过什么。

他的话竟使我如芒在背。

兵团已经取消；绝大多数知青陆续返城；当年的文艺处翻过了历史一

页；老崔成了农场总局的教育处副处长。

他踌躇满志，像当年口必言文艺那般口必言教育。然而我还是看出来了，他内心深处存在着巨大的孤寂和失落，尽管时刻在我面前加以掩饰。

我劝慰他：由干事而副处长了，终究是值得高兴的事。

他却说：当干事时只知干事，干得愉快。而一成为副处长，忽然觉得身在官场了，不适应，不愉快也多了……

我问：有什么不适应的呢？

他苦笑道：你不懂的，不跟你聊那些。

……

几年后，我由编辑而兼是作家了，却传来他下海经商的消息。实际上，农场总局的人曾告诉我，他“搞教育”也搞得风生水起，气象更新。我认定他绝非经商的“料”，去信严厉地批评他太过自信，若尚能归位，应赶快退回“岸上”去。成为作家后，我认为我有资格批评他了。

他却在回信中说：“开弓没有回头箭，放心吧，老崔干什么没干好过呢？……”

后来他到南方去了。再出现于我面前，有时似乎心想事成，前途坦阔；有时则分明地很落魄，几近身无分文——于是轮到我反过来关爱他了。每每，关爱得很心疼。

再后来，他“杀回”哈尔滨去搞民办学校了。这我倒是支持的，放下了一块心病。

然后一年后传来了他被判刑入狱的消息。

我一直拒绝相信老崔会是骗子，我一直认为他只不过是将一心想办好的事办“砸了”。

我因怀念他而写了中篇小说《又是中秋》，竟有狱方的干部读到了，于是他受到了些规定允许范围内的照顾——这使我感慨万千。

我曾为他补交过两次伙食费，两次都获得了与他交谈几句的机会。

双方能说什么呢?

无非他说：监狱也挺重视开展文艺活动，他又“英雄有用武之地”了。

我说：好，很好。

放下电话，心中五味杂陈。

我嘱哈市的弟弟妹妹去看他。他们去了，没见到他。非亲非眷，狱方不同意，好在东西是可以代收下的。

他在狱中给我写过两封信，内容是读我作品的感想，有批评，也有勉励。

去年他“保外”就医，我俩开始手机通话频频。

他又给我写了一封长信，勉励我再写出有分量的作品。信中有“我相信你。我期待着。”两行字。

我正打算安排时间回哈市看他，忽一日，惊闻他猝故了！

我之怆然，无可诉处，便只有回忆……

四

曾有记者问我抱怨过自己的命运吗?

我回答当然抱怨过。

问：哪些方面呢?

答：不该用精神病这种比癌症更不幸的病毁了我兄长的一生，使他至今住在精神病院，使我这个弟弟一心想要与他生活在一起亲自照顾他而不能够；“子欲孝而亲不在”；恩未报而恩人故。

问：仅此三点?

答：人不可以对自己的命运抱怨太多。

他说：你的回答很策略。

我说：与策略无关。我脱口便答，乃因我思考过。

是的，关于所谓命运我的确认真思考过。结论是，其实我还是应该感恩于我的命运——它使我与文学亲近，于是我眼里几乎全没了可与别人争的利益。只要允许我创作，别的利益由别人去争好了。而这又使我的人生，一向处在人际关系单纯的状况，于是友谊多了，芥梗少而又少。个把“小人”也是在我的人生中出现过的，如今想来，却也不能说是“小人”，是由于我没处理好由我引起的他者的利益关系，责任主要在我。

若我的命运能使我对父母多尽十年孝心，能使我对我的恩人们回报几分的话，则我对我的命运感恩不尽。

实际上我是一个从中学时起就被友谊宠着的人；实际上我一直被一位位好人们给予我的友谊宠到至今。因而我每每觉得，凡我较长期生活、工作过的地方——兵团、北影、童影、北京语言大学，无一例外地是好人多多的地方、单位。

我的人生体会之一那就是——命运之神其实每每将好人推到格外需要友谊来温暖己心的人身边；那时人对好人要有本能的感觉，并且要对好人的出现有所感恩。辨别谁是不是好人在我这儿一点都不复杂，简单得很，有时几番交谈，一日相处便足够了。往往是，好人自己都不清楚他或她将是你的贵人，你一经明确地表现出信任好人的态度，他们身上就会相应地表现出比原本更好的好人本色来。在你迷惘又困厄时，即使对别人给予你的友善的一瞥，都应有本能的反应。或许，那正是命运之神要将一个好人推向你了，单等你以好心理亲近之。你若并无本能之反应，那么遗憾的是你自己。

当然有人会这么说：对你好的人就一定是好人吗？

而问题正出在这里——我们要求好人有多好呢？生为芸芸众生之一的我们，若在需要友谊之时而别人无私地给予了，难道他们还算不上是好人吗？

不错，林予、魏国学，入狱十几年的崔长勇，在所有认识他们的人看来，确乎只不过是寻常一个人罢了。

但我倒要反问了——凡那认识他们的人，有谁能说出他们不好的方面吗？我是从没听到过的。

凡那被许多人所认识，却没有谁指摘其不好之点的人，基本上都是好人。甚至，有人具备君子仁人的品质，单等我们去发现。

“文艺作品中的好人都是编的，生活里才没几个好人！”——中国人每每如是想。

“生活里才没那么多坏人，电影小说里的坏人大抵是虚构的。”——别国的许多人却反过来想。

我们中国人实在愧对好人的存在。

我想，我该用我的笔揭示出——倘谁眼中无好人，那不符合人性的进化方向。

我来带个头，让我们学习感恩于好人！

2017 年 4 月 10 日

北京

初恋杂感

我的初恋发生在北大荒。

许多读者总以为我小说中的某个女性，是我恋人的影子。那就大错特错了。她们仅是一些文学加工了的知青形象而已，是很理想化了的女性。她们的存在，只证明作为一个男人，我喜爱温柔的、善良的、性格内向的、情感纯真的女性。

有位青年评论家曾著文，专门研究和探讨一批男性知青作家笔下的女性形象，发现他们（当然包括我）倾注感情着力刻画的年轻女性，尽管千差万别，但大抵如是。我认为这是表现在一代人的情爱史上惨淡的文化现象和倾向。开朗活泼的性格，对于年轻的女性，当年太容易成为指责与批评的目标。在和时代的对抗中，最终妥协的大抵是她们自己。

文章又进一步论证，纵观大多数男性作家笔下缱绻呼出的女性，似乎足以得出结论——在情爱方面，一代知青是失落了的。

我认为这个结论是大致正确的。

我那个连队，有一排宿舍——破仓库改建的，东倒西歪。中间是过廊，将它一分为二。左面住男知青，右面住女知青。除了开会，互不往来。

幸而知青少，不得不混编排，劳动还往往在一块儿。既一块儿劳动，便少不了说说笑笑，却极有分寸，任谁也不敢超越。男女知青打打闹闹，是违反行为规范和道德准则的，是要受批评的。

但毕竟都是少男少女，情萌心动，在所难免，却都抑制着。对于当年的我们，政治荣誉是第一位的。情爱不知排在第几位。

星期日，倘到别人的连队去看同学，男知青可以与男知青结伴而行，不可与女知青结伴而行。为防止半路会合，偷偷结伴，实行了“批条制”——离开连队，由连长或指导员批条，到了某一连队，由某一连队的连长或指导员签字。路上时间过长，便遭讯问——哪里去了？刚刚批准了男知青，那么随后请求批条的女知青必定在两小时后才能获准。堵住一切“可乘之机”。

如上所述，我的初恋于我实在是种“幸运”，也实在是偶然降临的。

那时我是位尽职尽责的小学教师，二十三岁，已当过班长、排长，获得过“五好战士”证书，参加过“学习毛主席著作积极分子代表大会”。但没爱过。

我探家回到连队，正是 9 月，大宿舍修火炕，我那二尺宽的炕面被扒了，还没抹泥。我正愁无处睡，卫生所的戴医生来找我——她是黑河医校毕业的，二十七岁，在我眼中是老大姐。我的成人意识确立得很晚。

她说她回黑河结婚。她说她走之后，卫生所只剩卫生员小董一人，守着四间屋子，她有点不放心。卫生所后面就是麦场，麦场后面就是山了。她说小董自己觉得挺害怕的。最后她问我愿不愿在卫生所暂住一段日子，住到她回来。

我犹豫。顾虑重重。她说：“第一，你是男的，比女的更能给小董壮壮胆。第二，你是教师，我信任。第三，这件事已跟连里请求过，连里同意。”我便打消了重重顾虑，表示愿意。那时我还没跟小董说过话。卫生所一个房间是药房（兼作戴医生和小董的卧室），一个房间是门诊室，一个房间是临时看护室（只有两个床位），第四个房间是注射室消毒室蒸馏室。四个房间都不大。我住临时看护室，每晚与小董之间隔着门诊室。

除了第一天和小董之间说过几句话，在头一个星期内，我们几乎就没交谈过，甚至没打过几次照面。因为她起得比我早，我去上课时，她已坐在药房兼她的卧室里看医药书籍了。她很爱她的工作，很有上进心，巴望着轮到她参加团卫生员集训班，毕业后由卫生员转为医生。下午，我大部分时间仍回大宿舍备课——除了病号，知青都出工去了，大宿舍里很安静。往往是晚上 10 点以后回卫生所睡觉。

“梁老师，回来没有？”

小董照例在她的房间里大声问。

“回来了！”

我照例在我的房间里如此回答。

“还出去吗？”

“不出去了。”

“那我插门啦？”

“插门吧。”

于是门一插上，卫生所自成一统。她不到我的房间里来，我也不到她的房间里去。

“梁老师！”

“什么事？”

“我的手表停了。现在几点了？”

“差 5 分 11 点。你还没睡？”

“没睡。”

“干什么哪？”

“织毛衣呢！”

我清清楚楚地记得，只有那一次，我们隔着一个房间，在晚上差 5 分 11 点的时候，大声交谈了一次。

我们似乎谁也不会主动接近谁。我的存在，不过是为她壮胆，好比一条警觉的野狗——仅仅是为她壮胆。仿佛有谁暗中监视着我们的一举一动，使我们不得接近，亦不敢贸然接近。但正是这种主要由我们双方拘谨心理营造成的并不自然的情况，反倒使我们彼此暗暗产生了最初的好感。因为那种拘谨心理，最是特定年代中一代人的特定心理。一种荒谬的道德原则规范了的行为。如果我对她表现得过于主动亲近，她则大有可能猜疑我“居心不良”。如果她对我表现得过于主动亲近，我则大有可能视她为一个轻浮的姑娘。其实我们都想接近，想交谈，想彼此了解。

小董是牡丹江市知青，在她眼里，我也属于大城市知青，在我眼里，她并不美丽，也谈不上漂亮。我并不被她的外貌吸引。

每天我起来时，炉上总是有一盆她为我热的洗脸水。接连几天，我便很过意不去。于是有天我也早早起身，想照样为她热盆洗脸水。结果我们同时走出各自的住室。她让我先洗，我让她先洗，我们都有点不好意思。

那一天中午我回到住室，见早晨没来得及叠的被子叠得整整齐齐，房间打扫过了，枕巾有人替我洗了，晾在衣绳上。窗上，还有人替我做了半截纱布窗帘。放了一瓶野花。桌上，多了一只暖瓶，两只带盖的瓷杯，都是带大红喜字的那一种。我们连队供销社只有两种暖瓶和瓷杯可卖。一种是带“语录”的，一种是带大红喜字的。

我顿觉那临时栖身的看护室，有了某种温馨的家庭气氛。甚至由于三个耀眼的大红喜字，有了某种新房的气氛。

我在地上发现了一截姑娘们用来扎短辫的曲卷着的红色塑料绳。那无疑是小董的。至今我仍不知道，那是不是她故意丢在地上的。我从没问过她。

我捡起那截塑料绳，萌生起一股年轻人的柔情。受一种莫名其妙的心理支配，我走到她的房间，当面还给她那截塑料绳。那是我第一次走入她的房间。我腼腆至极地说："是你丢的吧？"她说："是。"我又说："谢谢你替我叠了被子，还替我洗了枕巾……"她低下头说："那有什么可谢的……"我发现她穿了一身草绿色的女军装——当年在知青中，那是很时髦的。还发现她穿的是一双半新的有跟的黑色皮鞋。我心如鹿撞，感到正受着一种诱惑。她轻声说："你坐会儿吧。"我说："不……"立刻转身逃走。回到自己的房间，心仍直跳，久久难以平复。晚上，卫生所关了门以后，我借口胃疼，向她讨药。趁机留下字条，写的是——我希望和你谈一谈，在门诊室。我都没有勇气写"在我的房间"。一会儿，她悄悄地出现在我面前。我们也不敢开着灯谈，怕突然有人来找她看病，从外面一眼发现我们深更半夜地还待在一个房间里……

黑暗中，她坐在桌子这一端，我坐在桌子那一端，东一句，西一句，不着边际地谈。从那一天起，我算多少了解了她一些：她自幼失去父母，是哥哥抚养大的。我告诉她我也是在穷困的生活环境中长大的。她说她看得出来，因为我很少穿件新衣服。她说她脚上那双皮鞋，是下乡前她嫂子给她的，平时舍不得穿……

我给她背我平时写的一首首小诗。给她背我记在日记中的某些思想和情感片段——那本日记是从不敢被任何人发现的……

她是我的第一个"读者"。

从那一天起，我们都觉得我们之间建立了一种亲密的关系。

她到别的连队去出夜诊，我暗暗送她，暗暗接她。如果在白天，我接到她，我们就双双爬上一座山，在山坡上坐一会儿，算是“幽会”。却不能太久，还得分路回连队。

我们相爱了。拥抱过，亲吻过，海誓山盟过。都稚气地认为，各自的心灵从此有了可靠的依托。我们都是那样地被自己所感动，亦被对方所感动。觉得在这个大千世界之中，能够爱一个人并被一个人所爱，是多么幸福多么美好！但我们都没有想到过没有谈起过结婚以及做妻子做丈夫那么遥远的事。那仿佛的确是太遥远的未来的事。连爱都是“大逆不道”的，那种原本合情合理的想法，却好像是童话……

爱是遮掩不住的。

后来就有了流言蜚语，我想提前搬回大宿舍。但那等于“此地无银三百两”。继续住在卫生所，我们便都得继续承受种种投射到我们身上的幸灾乐祸的目光。舆论往往更沉重地落在女性一方。

后来领导找我谈话，我矢口否认——我无论如何不能承认我爱她，更不能声明她爱我。不久她被调到了另一个连队。我因有着我们小学校长的庇护，除了那次含蓄的谈话，并未受到怎样的伤害。你连替你所爱的人承受伤害的能力都没有，这真是令人难堪的事！后来，我乞求一个朋友帮忙，在两个连队间的一片树林里，又见到了她一面。那一天淅淅沥沥地下着雨，我们的衣服都湿透了。我们拥抱在一起流泪不止……后来我调到了团宣传股，离她的连队一百多里，再见一面更难了……我曾托人给她捎过信，却没有收到过她的回信。我以为她是想要忘掉我……一年后我被推荐上了大学。据说我离开团里的那一天，她赶到了团里，想见我一面，因为拖拉机半路出了故障，没见着我……1983 年，《这是一片神奇的土地》获奖，在读者来信中，有一封竟是她写给我的！

算起来，我们相爱已是十年前的事了。

我当即给她写了封很长的信，装信封时，即发现她的信封上，根本没写地址。我奇怪了，反复看那封信。信中只写着她如今在一座矿山当医生，丈夫病故了，给她留下了两个孩子……最后发现，信纸背面还有一行字，写的是——想来你已经结婚了，所以请原谅我不给你留下通信地址。一切已经过去，保留在记忆中吧！接受我衷心的祝福！

信已写就，不寄心不甘。细辨邮戳，有“桦川县”字样。便将信寄往黑龙江桦川县卫生局，请代查卫生局可有这个人。然而空谷无音。初恋所以令人难忘，盖因纯情耳！纯情原本与青春为伴，青春已逝，纯情也就不复存在了。如今人们都说我成熟了，自己也常这么觉得。近读青年评论家吴亮的《冥想与独白》，有一段话使我震慑——

“大概我们已痛感成熟的衰老和污秽……事实上纯真早已不可复得，唯一可以自慰的是我们还未泯灭向往纯真的天性。我们丢失的何止纯真一项？我们大大地亵渎了纯真，还感慨纯真的丧失，怕的是遭受天谴——我们想得如此周到，足见我们将永远地离远纯真了。号啕大哭吧，不再纯真又渴望纯真的人！”

他正是写的我这类人。

被围观的感觉

在我家的前面，跨过小街，便可登上元大都的断垣残址。翻过去，便是一条小河，名字很雅、很美，叫“小月河”。河边每天有早市。

我因常年患失眠症，难得有一天起得早。偶尔起得早，便去逛早市。早市很热闹。尤其从五月至十月，熙熙攘攘的，卖什么的都有。除了可以买到蔬菜、瓜果、早点，还可以买到花、鸟、鱼、猫和狗。

早市上还有理发的，我常在早市上理发。半个多小时，坐在一只高脚凳上，望着早市的热闹，发也便理了。节省了时间……有一天我又在早市上理发，理发师傅是位退了休的妇女。她问我：“你脖子怎么老往左边歪啊？”我说肩颈有毛病。又问：“信推拿疗法吗？”我说信啊。再问：“信气功吗？”我说也是信的。她便说：“理完发，我为你推拿推拿。我会气功。不是一般的推拿，是带功的推拿。”我说：“一次得多少钱？”她说：“先不必言钱。如果你觉得见效，就看着给。”其实，我是怕带的钱不够，拿不出手。理完发，我付了钱，刚欲离开，她有些急了：“哎，咱们刚才不是说好了，你已经同意我为你推拿推拿的吗？”我见人家一片虔诚，唯恐当众坚辞拒绝会伤人家的自尊心，便重新坐在椅子上。心想，有人愿帮我减轻痛苦，何乐而不为呢？于是她运了运气，开始推拿。一会儿，她要求道：“你得把背心脱了。”我犹豫了，说：“那不就光着上身了吗？”

她说：“你这么大的男人了，还没光过上身吗？治病嘛，怕什么？”

我说：“在这种地方，太不雅了吧？”

她说：“快脱吧，什么雅不雅的，没人会站下看你。”如果我态度坚决，自然可以立即起身便走。但那样做，分明地，会使人家陷于窘地的。于是我违心地脱了背心。

结果呢，我就成了那一天早市上的一景。她说得不对，不是没人会站下看我。恰恰相反，几乎每一个经过的人，都驻足看。当然，也不完全是看我，也许更是为看她。总之，我们俩配合起来，仿佛是一对卖艺的。理发师傅，俨然一位大气功师。几分钟后，早市的路口竟为之堵塞。她口中嘿嘿连声，表演得很投入。一会儿，她落汗了，汗滴在我的赤背上。我暗想，驻足观看的人越多，她心里肯定越高兴吧，因为，她也是在为自己创牌子呀！……

“你把身子转过来！”开始我是面向小河，背朝观众的。心里虽然很窘，但后背不长眼睛，还勉强可以装得若无其事。我没听她的。“把身子转过来！”汗珠又滴落在我的赤背上。我仍装聋。围观者中有人说：“嘿，叫你把身转过来呢！”装聋是不行了。到了这时刻，也只有任人摆布。我将前胸转向了围观者们——哇，竟围了四五十人！男女老少都有，大姑娘小媳妇占了半数。她们是最爱逛早市的嘛！她们仿佛是在小剧场里看话剧似的。“抬头！别低着头！……”我真是羞臊极了，抬头的同时，闭上了眼睛……

“这个男人，真瘦得可怜！”“嘻嘻，你可怜人家啦？”“去你的！”是两个年轻女性的窃窃私议。

“那坐着的，说不定是‘托儿’吧？”“我看像是。不是‘托儿’，谁会光了膀子在这种地方奉献自己……”是两个男人的声音。

我想，那理发师傅，或曰气功师傅，肯定也是听到了的。但和我比起来，她当然不甚在乎……

“嘿！嘿！嘿！……”

她叫得更亮了。

还问：“怎么样？脖子灵活些了吗？”

我恨不得马上结束，连连说：“灵活多了灵活多了！”

“胳膊呢？……”

“也灵活多了！”

“没有真功夫，也不在这儿亮相！哪位同志要也有什么肩周炎、颈椎病、腰酸腿疼的，处理完了这一位，信得过我，就请坐……”

我足足被围观了二十多分钟。是经我一再请求，才宣告结束的。在她，大概希望时间长一些，我会多给些钱吧？而我兜里只带了十元钱，全给她了。她没认为多，可也没表示少。望着她挂着汗珠的脸，我觉得，她也毕竟为我活动了二十多分钟筋骨。就算她不会气功，也应该认为她是靠“诚实的劳动”挣了我十元钱。而且，脖子和肩，经人大大地活动一番，就是灵活多了，痛苦也自觉少了些……

我从小长到四十四岁，被围观的经历并不多。那一次，给我留下了很深的体会。我想，一个人活在世上，少则活五六十年，多则活七八十年，大约总难免是要被人围观几次的吧。有些被围观的经历，尽管不是面对面的，但人若被置于那么一种社会境地，感受和我肯定是一样的。于是我进而联想到了“文革”，毕竟，我没有被剃鬼头，涂鬼脸，戴高帽，挂牌子，游街……设身处地，我真的很敬佩当年经历过并忍受过来了的人们。对于没有忍受过来，以死自行“结束”的人们，顿时充满了更深层次的理解和同情……

无论大小，人是要有一些特殊体会的。有特殊体会，才有特殊感受。才会对别人，多几分理解，多几分仁义啊！

所谓小说之创作，将越应是平凡的、普通的、朴素的事。只不过，更要靠诚实的叙述和有个性的文学语言……

心灵的花园

谁不希望拥有一个小小花园？哪怕是一丈之地呢！若有，当代人定会以木栅围起。那木栅，我想也定会以个人的条件和意愿，摆弄得尽可能地美观。然后在春季撒下花种，或者移栽花秧。于是，企盼着自己喜爱的花儿，日日地生长、吐蕾，在夏季里姹紫嫣红开成一片。虽在秋季里凋零却并不忧伤。仔细收下了花籽儿，待来年再种，相信花儿能开得更美……

真的，谁不曾怀有过这样的梦想呢？

都市寸土千金，地价炒得越来越高。拥有一个小小花园的希望，对寻常之辈不啻是一种奢望，一种梦想。某些副部级以上的干部，而且是老资格的，才有可能把希望变成现实。于是令寻常之人羡眼乜斜。

我想，其实谁都有一个小小花园，谁都是有苗圃之地的，这便是我们的内心世界。人的智力需要开发，人的内心世界也是需要开发的。人和动物的区别，除了众所周知的诸多方面，恐怕还在于人有内心世界。心不过是人的一个重要脏器，而内心世界是一种景观，它是由外部世界不断地作用于内心渐渐形成的。每个人都无比关注自己及至亲至爱之人心脏的健损，以至于稍有微疾便惶惶不可终日。但并非每个人都关注自己及至亲至爱之人的内心世界的阴晴，己所无视，遑论他人？

我常“侍弄”我心灵的苗圃。身已不健，心倘尤秽，又岂能活得好些？职业的缘故，使我惯对自己和他人的心灵予以研究。结论是——心灵，亦即我所言内心世界，是与人的身体健康同样重要的。故保健专家和学者们开口必言的一句话，不仅仅是“身体健康”，而且是“身心健康”。

我爱我的儿子梁爽。他读小学这正是一个人的内心世界开始形成的年龄。我也常教他学会如何“侍弄”他那小小心灵的苗圃。“侍弄”这个词，用在此处是很勉强的，不那么贴切，姑且借用之吧！意思无非是——人自己的内心世界如果自己惰于拂拭，是会浮尘厚积、杂草丛生的。也许有人联系到禅家的一桩“公案”——“时时勤拂拭，莫使惹尘埃”之说的“俗”和“心中无一物，何处惹尘埃”之说的“彻悟”。

我系俗人，仅能以俗人的观念和方式教子。至于禅家乃至禅祖们的某些玄言，我一向是抱大不恭的轻慢态度的。认为除了诡辩技巧的机智，没什么真的“深奥”。现代人中，我不曾结识过一个内心完全“虚空”的。满口“虚空”，实际上内心物欲充盈、名利不忘的，倒是大有人在。何况我又不想让我的儿子将来出家，做什么云游高僧。故我对儿子首先的教诲是——人的内心世界，或言人的心灵，大概是最容易招惹尘埃、沾染污垢的，“时时勤拂拭”也无济于事。心灵的清洁卫生只能是相对的，好比人的居处的清洁卫生只能是相对的。而根本不拂拭，甚至不高兴别人指出尘埃和污垢，则是大不可取的态度，好比病人讳疾忌医。

一次儿子放学回到家里，进屋就说：“爸爸，今天同学的红领巾被老师收去了！”我问为什么。儿子回答：“犯错误了呗！把老师气坏了！”那同学是他好朋友，却有些日子不到家里来玩儿了。我依稀记得他讲过，似乎老师要在他们两者之间选拔一名班干部。

我又问：“你高兴？”他怔怔地瞪着我。我将他召至跟前，推心置腹地问："跟爸爸说实话，你是不是因此而高兴？"他便诚实地回答："有点儿。"我说："你学过一个词，叫'幸灾乐祸'，你能正确解释这个词吗？"他说："别人遭到灾祸时自己心里高兴。"

我说："对。当然，红领巾被老师收去了，还算不得什么灾。但是，你心里已有了这种'幸灾乐祸'的根苗，那么你哪一天听说他生病了、住院了，甚至生命有危险了，说不定你内心里也会暗暗地高兴。"

儿子的目光告诉我，他不相信自己会那样。

我又说："为什么他的红领巾被老师收去了，你会高兴呢？让爸爸替你分析分析，你想一想对不对？——如果你们老师并不打算在你们两个之间选拔一名班干部，你倒未必幸灾乐祸。如果你心里清楚，老师最终选拔的肯定是你，你也未必幸灾乐祸。你之所以幸灾乐祸，是因为自己感到，他和你被选拔的可能性是相等的，甚至他被选拔的可能性更大些。于是你才因为他犯了错误，惹老师生气了而高兴。你觉得，这么一来，他被选拔的可能性缩小，你自己被选拔的可能性就增大了。你内心里这一种幸灾乐祸的想法，完全是由嫉妒产生的。你看，嫉妒心理多丑恶呀，它竟使人对朋友也幸灾乐祸！"

儿子低下了头。

我接着说："如果他并没犯错误，而老师最终选拔他当了班干部，你现在幸灾乐祸，就可能变成一种内心里的愤恨了。那就叫嫉妒的愤恨。人心里一旦怀有这种嫉妒的愤恨，就会进一步干出不计后果、危害别人、危害社会的事，最后就只有自食恶果。一切怀有嫉妒的愤恨的人，最终只有那样一个下场……"

接着我给他讲了两件事——有两个女孩儿，她们原本是好朋友，又都是从小学芭蕾的。一次，老师要从她们两人中间选一个主角。其中一个，认为肯定是自己，应该是自己，可老师偏偏选了另一个。于是，她就在演出的头一天晚上，将她好朋友的舞裙，剪成了一片片。另外有两个女孩儿，是一对小杂技演员。一个是“尖子”，也就是被托举起来的。另一个是“底座”，也就是将对方托举起来的。她们的演出几乎场场获得热烈的掌声。可那个“底座”不知为什么，内心里怀上了嫉妒，总是莫名其妙地觉得，掌声是为“尖子”一个人鼓的。她觉得不公平。日复一日的，那一种暗暗的嫉妒，就变成了嫉妒的愤恨。她总是盼望着她的“尖子”出点儿什么不幸才好。终于有一天，她故意失手，制造了一场不幸，使她的“尖子”在演出时当场摔成重伤……

最后我对儿子讲，如果那两个因嫉妒而干伤害别人之事的女孩儿，不是小孩儿是大人，那么她们的行为就是犯罪行为了……

儿子问：“大人也嫉妒吗？”

我说大人尤其嫉妒。一旦嫉妒起来尤其厉害，甚至会因嫉妒杀人放火干种种坏事。也有因嫉妒太久，又没机会对被嫉妒的人下手而自杀的……

我说，凡那样的大人，皆因从小的时候开始，就让嫉妒这颗种子，在心灵里深深扎了根。他们的内心世界，不是花园，不是苗圃，而是荆棘密布的乱石岗……

儿子问：“爸爸你也嫉妒过吗？”

我说我当然也嫉妒过，直到现在还时常嫉妒比自己幸运比自己优越比自己强的人。我说人嫉妒人是没有办法的事。从伟大的人到普通的人，都有嫉妒之心。没产生过嫉妒心的人是根本没有的。

儿子问：“那怎么办呢？”

我说，第一，要明白嫉妒是丑恶的，是邪恶的。嫉妒和羡慕还不一样。羡慕一般不产生危害性，而嫉妒是对他人和社会具有危害性和危险性的。

第二，要明白，不可能一切所谓好事，好的机会，都会理所当然地降临在你自己头上。当降临在别人头上时，你应对自己说，我的机会和幸运可能在下一次。而且，有些事情并不重要。比如对于一个小学生来说，当上当不上班干部，并不说明什么。好好学习，才是首要的……

儿子虽然只有十几岁，但我经常同他谈心灵。不是什么谈心，而是谈心灵问题。谈嫉妒、谈仇恨、谈自卑、谈虚荣、谈善良、谈友情、谈正直、谈宽容……

不要以为那都是些大人们的话题。十几岁的孩子能懂这些方面的道理了。该懂了。而且，从我儿子，我认为，他们也很希望懂。我认为，这一切和人的内心世界有关的现象，将来也必和一个人的幸福与否有关。我愿我的儿子将来幸福，所以我提前告诉他这些……

邻居们都很喜欢我的儿子，认为他是个“懂事”的好孩子。同学们跟他也都很友好，觉得和他在一起高兴，愉快。

我因此而高兴，而愉快。

我知道，一个心灵的小花园，“侍弄”得开始美好起来了……

永久的悔

1971 年，我到北大荒的第三个年头，连队已有二百多名知识青年了。我是一排一班的班长。我们被认为或自认为是知识青年，其实并没有多少知识可言。我的班里，年龄最小的上海知青，才十七岁，还是些中学生而已。

那一年全都在“割资本主义的尾巴”。团里规定——老职工老战士家，不得养母鸡。母鸡会下蛋，当归于“生产资料”一类。至于猪，公的母的，都是不许私养的。母猪会下崽，私人一旦养了，必然形成“资本的原始积累”。公猪哪，一旦养到既肥且重，在少肉吃的年代，岂非等于“囤稀居奇”？违反了规定者，便是长出“资本主义的尾巴”了。倘自己不主动“割”，则须别人帮助“割”了。用当年的话说，主张“割得狠、割得疼、割得彻底、割出血来”。

有一年，有一名老职工和我们班在山上开创“新点”。五月里的一天，我忽然听到了小鸡的吱吱叫声，发出在一纸板箱里。纸板箱摆在火炕的最里角。

我奇怪地问：“老杨，那里是什么叫？”

他笑笑，说是小鸟儿叫。

我说："我怎么听着像是小鸡叫？"

他一本正经地说："深山老林，哪儿来的小鸡啊？是小鸟儿叫，我发现了一个鸟窝，大概老鸟儿死了，小鸟儿们全饿得快不行了。我一时动了菩萨心肠，就连窝捧回来了，养大就放生……"他说得煞有介事，而且有全班人为他做证，我也就懒得爬上炕去看一眼，只当就是他说的那么回事儿……不久后的一天，我见他在喂他的"鸟儿"们。它们一个个已长得毛茸茸的，比拳头大了。我指着问："这是些什么？"他嘿嘿一笑，反问："你看呢？"

我说："我看是些小鸡，不是小鸟儿。"他说："我当它们是些小鸟儿养着，它们不就算是些小鸟儿了吗？"这时全班人便都七言八语起来，有的公然"指鹿为马"，说明明是些小鸟儿，偏我自己当成是些小鸡，以己昏昏，使人昏昏。有的知道骗不过我，索性替老杨讲情，说在山上，养几只小鸡也算不了什么，何必认真？再说，也是"丰富业余生活"内容嘛……

我也觉得大家的生活太寂寞了，不再反对。你没法儿想象，那些"小鸟儿"，不，那些小鸡，是老杨每晚猫在被窝里，用双手轮番地焐，焐了半个多月，一只只焐出来的……一日三餐，全班总是有剩饭剩菜的，它们吃得饱，长得快，又有老杨的精心护养，到了八九月份，全长成些半大鸡了。"新点"建还是不建，团里始终犹豫，所以我们全班也就始终驻扎在山上。"十一"那一天，老杨杀了两只最大的公鸡，我们美美地喝了一顿鸡汤。

春节前，连里通知，"新点"不建了，要全班撤下山。这是大家早就盼望着的事，可几只鸡怎么办呢？大家都犯起愁来。最后一致决定，全杀了吃。

其中四只是母鸡。杀鸡的老杨几次操刀，几次放下，对它们下不了手。

他恳求地望着我说："班长，已经开始下蛋了啊！"我说："那又怎样？"他说："杀了太可惜呀！"我说："依你怎么办？"他进一步恳求："班长，让我偷偷带回连队吧！我家住在村尽头，养着也没人发现。发现了我自己承担后果。我家孩子多，又都在长身体的时候……"

而我，当时实在说不出断然不许的话……我却不曾料到，这件事被我们班里一个极迫切要求入团的知青揭发了，于是召开了全连批判会，于是这件事上了全团的"运动简报"。批判稿是我写的，我代表全班读的。尽管我按照连里和团里的指令做了，我这个班长还是被撤了职……老杨一向为人老实，平时对我们也极好。他感到了被出卖的愤怒，也觉得当众受批判乃是他终生的奇耻大辱。一天夜里，他吊死在知青宿舍后的一棵树上……

我们被吩咐料理他的后事。他死后我才第一次到他家去。那是怎样的一个家啊！一领破炕席，三个衣衫褴褛营养不良的孩子，一个面黄肌瘦病恹恹的女人……那一种穷困情形咄咄逼人。在他死后，尤其令人心情沉重而又内疚不已……

我们将埋他的坑挖得很深很深……埋了他，我们都哭了，在他的坟头……后来每个星期日的夜里，都会有一爬犁烧柴送到他家门前……后来我当了小学教师，教他的三个孩子。我极端地偏爱他们、偏袒他们，替他们买书包、买作业本。然而他们怕我、疏远我……

后来他们的母亲生病了，我们全班步行了二三十公里，赶到团部医院去要求献血。我住到了他们家里，每天替他们做饭，辅导他们功课，给他们讲故事听……可他们依然怕我、疏远我，甚至在他们瞪着三双大眼睛听我讲故事的时刻……

后来我调到团宣传股去了。离开连队那一天，许多人围着马车送我。

我发现我的三个学生的母亲，默默地闪在人墙后，似在看着我，又不似……老板子发出赶马的吆喝声后，我见她双手将三个孩子往前一推，于是我听到他们齐声说出的一句话是“老师再见！”顿时我泪如泉涌……当年，我们连自己都不会保护自己，更遑论善于保护他人。这样想，虽然能使我心中的悔不再像难愈的伤口仍时时渗血，却不能使当年发生的事像根本没发生过一样……

如今二十多载过去了，心上的悔如牛痘结了痂，其下生长出了一层新嫩的思想——人对人的爱心应是高于一切的，是社会起码的也是必要的原则。当这一原则遭到歪曲时，人不应驯服为时代的奴隶。获得这一种很平凡的思想，我们当年付出了怎样的代价啊！……

上海人刘鸿飞

1972 年，我从团部宣传股，被“精简”到木材加工厂。全团仅“精简”二人，一男一女。男的自然便是我。被“精简”之于我，带有不言而喻的惩罚性。原因是我作为团“思想政治教育工作组”的成员，在木材厂“蹲点”时，公然替一名将被开除团籍的鹤岗市知青进行了“放肆”的辩护。结果是他保住了团籍，而我被逐离团机关。当年的我血气方刚，并不怎么沮丧，反而觉得自己乃是实际上的“战胜”了强大对手们的落魄英雄——毕竟由于我慷慨陈词的辩护，那鹤岗市知青的团籍保住了。

当年若不被“精简”，我便不会与上海人刘鸿飞成为亲情深焉的知青战友。如今想来，格外欣慰，认为是一种补偿，一种生活对受到不公正惩罚的人的温爱。这一种补偿，这一种生活对人的温爱，越来越显出它美好风景般的意义和价值。起码对我如此。

鸿飞个子很高，一米八以上。当年高且瘦，一副形销骨立的模样。鼻梁也高，木材厂的知青就送了他个绰号“高鼻子”，后来进化为“老高”。

我初到木材厂的日子，不明所以，便也叫他“老高”。他从未纠正过我。我叫他“老高”，他就自自然然地答应，仿佛本就姓高。其实他比我小四岁。

直至有一天全连点名后，我奇怪地问大家：“连长把老高的姓念错了，怎么没人笑？”于是众人皆笑。鸿飞也浅浅地笑……

鸿飞是连里最安分守己的知青。什么鸡鸣狗盗、名利纷争之事，都与他无涉。他也是毫无绯闻的一个知青，仿佛头脑里天生的没这一套“程序”。女知青们普遍地对他抱有良好印象，但也普遍地就刹在印象良好为止。他在她们面前一向做谦谦君子、斯文绅士之状，从无轻佻言语和举止。我不曾见他和哪一个女知青调笑过。

他是那种永远也不会巴结领导不会奉迎领导的人，同时是永远也不至于和领导发生冲突的人。他从不在背后议论领导的短长。但不管别人议论到什么程度，他都绝不会因了任何卑劣的目的去汇报。哪怕被郑重提审，我想他都不会出卖别人的。他也从不背后议论任何人的短长，所以他也未遭别人议论过。大家偶尔背后“讲究”他，那也纯粹是对他进行毫无恶意的调侃。但这种调侃绝不会太过分。对他，似乎谁都恪守着一种原则——勿使调侃变为冒犯。似乎不论谁都认为，冒犯他是绝不应该的，甚至是罪过的。尽管谁都明白，其实对他调侃过分了，他也断不至于生气的。

但这并不意味着他没脾气。事实上他性格很倔、很耿直。有时领导也常被他顶撞得翻白眼儿，那当然往往是领导糊里八涂而又自以为是的时候。他可能是唯一使领导当众下不来台，而又不至于往心里去，不至于耿耿于怀地记恨他的知青。他天生胸无城府，里外几近透明，单纯得像个大儿童。而又一向地我行我素，无遮无掩地活在他那种不防人也不被人防的大儿童的境界里。

记不清怎么一来，我俩就友好了。那是一种不显山不露水的友好。他也只能对人这么一种友好法儿。我觉出他内心里挺敬我的，而我极欣赏他的为人处世。因我和许多人身上都有的，甚至是普通的中国人身上都有的坏毛病，他身上竟没有。

他是电锯手。我是抬木班的“二杠”，平时不在一起干活。没有大木须“归楞”时，我常被派去做锯台出料工。我觉得那是比抬大木还累的活儿，也是全木材厂人人发怵的活儿。电锯一响，出料工的肩就成了输送带，负重上跳板下跳板，休想有机会喘口长气儿。

他往往会因有意照顾我而拉闸停锯。倘连里的干部走来，问为什么停锯，他就说：“锯太热了，凉凉。”或者干脆瞪起眼来一句：“怎么啦？歇一会儿不行啊？”那时连里的干部倒往往显得没脾气了，讪讪地转一圈儿，就会识趣儿地走开……我上大学，因报到日期迫近，托运的包装箱，是他在班上替我做的。连里的干部发现了，问：“这不是公家的木板吗？”他说：“不用公家的，用你家的呀！”干部说：“那也不能上班时间做呀！”他不吭声，接着做。

干部嘟哝几句什么，也就不认真干涉了。他们大概是这么想的——如果连刘鸿飞这样的知青都容忍不了，那么恐怕也就没有不背后议论他们的知青了。

在我大学生活最受极左氛围困扰的日子里，鸿飞回上海探家。他到复旦看我，见我心情不好，关切地询问我原因。我据实相告，他便提议我应离开复旦一段日子，躲到某地去净净心。我说无处可去。他想了想，便约好一个日子，说要带我到乡下小住。结果他将我带到了朱家桥附近某村。那是他姨家。老阿婆孤身一人过寂寞的生活。每天尽量为我俩做顺口的吃。由鸿飞的姨，我对南方乡下的一些老阿婆们，至今保持着极愿亲之近之的情感。由鸿飞的老父老母，我对上海底层公众中的老人们，始终保持着深厚的敬意。

我在大学期间仅探过一次家，就是唐山地震那一年夏。鸿飞预先为我买好了五十斤精面。上海当年也控制，他大约要买数次，才能凑足五十斤。

而我连提都没提过想往家带精面一事……

我毕业分至北京后，与鸿飞多年不见。最初给他写过几封信。他没回信。他最不愿做的事之一便是写信。但我知他心里在始终思念着我，我对他也是。

1993 年我到上海签名售书——猛一抬头，无意间望见了他那大个子，在买书的人们后面，那么一往情深地望着我。我立刻弃笔向他奔去，问他站那儿看望我多久了。

他浅浅一笑，轻描淡写地回答："没多久，才一个多小时。"

……

今年我到上海签名售书——猛一抬头，无意间又望见了他那大个子，在买书的人们后面，那么一往情深地望着我。左边是他的妻子，右边是他的女儿。分明的，妻子女儿又陪他站在那儿默默地望我许久了……

而我当天下午便要离开上海。

中午我没去和上海作协的朋友们相聚。我的态度坚定得不容商量。我想上海作协的朋友们，是会原谅我的缺席的吧？

我带鸿飞一家回到了我住的宾馆。我们从容不迫地消费了一顿丰盛的午餐。

我说："我埋单啊！"

他浅浅地一笑，十分理解我，不与我争。我叫他的女儿为"女儿"，看着"女儿"胃口好，我心情也好得没比。我问他的工作顺心不顺心，问他的收入，问他妻子的收入，问"女儿"的学习，问现在的居住情况。他对我没什么可隐瞒的，一一实告。他明白我要获得一份儿放心。

我曾对他的处境很不放心过。他的单位在郊区，市里的老父老母还需照顾，而且仅住九平方米一间的小屋，工厂经济效益也不好……我曾向上海寄过几封信，希望能经由我的帮助，使他的处境稍微改善——尽管他从未向我流露过这样的愿望。几年来，我内心里一直因帮助不了他而深怀不安。所幸此次见面，他给了我一个放心。他学会了开车，停薪留职，在为一家私营公司的老板当司机。他照例像上次见我一样，郑重其事地，语重心长地嘱咐我一些话："你写东西一定要谨慎。你的一些文章我也看过，太尖锐了。不好。""干你们这一行的，一不谨慎就会跌跟头的。小跟头可能难免，但千万把握住自己，别跌大跟头。"

"你这个作家的名声还不错，我常替你高兴。人没名，不必强求个名。已经有名了，就应该爱护自己的名声。这也是尊重你的那些读者，是不？"

"咱们都快老了，做人更得成熟了。这种年纪，上有老下有小的，跌不起大跟头了……"

像一位憨厚长兄，而且是从不曾离开过乡村的长兄，在对自己"混出了人样儿"的，又总难令自己完全放心的胞弟进行"谆谆教导"。仿佛不耳提面命地经常教导着，胞弟则有可能一失足被拉入什么黑帮似的……

自从我老父亲去世后，再没人以那么一种口吻跟我说话。我深为感动，诺诺连声。因为我也得回报他一个放心啊！可感动之余，内心又暗觉好笑。鸿飞这家伙他似乎忘了我俩谁年龄大些谁为兄谁为弟了！他从不与我谈文学。他谈不来文学。他无暇读什么小说，几年读一回，那八成因为是我写的。而且，八成因为他听到了有人说好，或者有人说不好。

他也从不拿我当什么作家看。仿佛在我们之间，岁月是停滞的，他仍是当年的电锯手，我仍是当年的出料工。我和他，只不过是两个情投意合的知青的关系而已。

情投意合？其实我和他之间的性格反差太大了。我们之间连共同的话题都不多。我常困惑于我们之间的那种真挚友谊，总想厘清个因由。也总满足于我们之间那一种友谊的真挚，和它实实在在的存在。“数重云外树，不隔眼中人。”有一类友谊，不问为什么，岂非更好？

最后，我想对鸿飞的老板说——聘司机，能聘到鸿飞这样的人，最称心不过了。他乃是寻常中国人中，品性极可赞的一个。他乃是寻常上海人中，品性极笃诚厚道的一个。

真的！

他的品性中，有寻常中国人又寻常又难能可贵的一面。因其难能可贵，故而可曰是一种品性的可爱魅力。若轻易辞退他这样的司机，再难找第二个。

我祈祝鸿飞一生万事如意！

清名

倘非子诚的缘故，我断不会识得徐阿婆的。

子诚是我的学生，然细说嘛，也不过算是吧。有段时期，我在北京语言大学开“写作与欣赏”课，别的大学的学子，也有来听的；子诚便是其中的一个。他爱写散文，偶作诗，每请我看。而我，也每在课上点评之。由是，关系近好。

子诚的家，在西南某山区的茶村。他已于去年本科毕业，当了京郊一名“村官”。今年清明后，他有几天假，约我去他的老家玩。我总听他说那里风光旖旎，禁不住动员，成行。斯时茶村，远近山廓，美轮多姿。树、竹、茶垄，浑然而不失层次，绿如滴翠。

翌日傍晚，我见到了徐阿婆。那会儿茶农们都背着竹篓或拎着塑料袋子前往茶站交茶。大叶茶装在竹篓，一元一斤；芽茶装在塑料袋里，二十元一斤。一路皆五六十岁的男女，络绎不绝。七十岁以上长者约半数，中年男子或妇女，委实不多。尽管勤劳地采茶，好手一年是可以挣下五六千元的，但年轻人还是更愿到大城市去打工。

子诚与一老妪驻足交谈。我见那老妪，一米六七八的个子，腰板挺直，满头白发，不矜而庄。老妪离后，我问子诚她的岁数。

“八十三了。”

“八十三还采茶？！”我不禁向那老妪背影望去，敬意油然而生。

子诚告诉我——新中国成立前，老人家是出了名的美人儿。及嫁龄，镇上乃至县里的富户争娶，或为儿子，或欲纳妾；皆拒，嫁给了镇上一名小学教师。后来，丈夫因为成分问题，回村务农。然知识化了的男人，比不上普通农民那么能耐得住山村的寂寞生活，每年清明前，换长衫游走于各村“说春”。

当年当地，农村人都是文盲，连皇历也看不懂的。她丈夫有超强记忆，一部皇历倒背如流。“说春”就是按照皇历的记载，预告一些节气与所谓凶吉日的关系而已。但一般告诉，则不能算是“说春”。“说春人”之“说春”，基本上是以唱代说。不仅要记忆好，还要嗓子好。她的丈夫嗓子也好。还有另一本事，便是脱口成秀。“说”得兴浓，别人随意指点什么，竟能就什么唱出一套套合辙押韵的掌故来，百指而难不倒，像是现今的“RAP歌手”。于是，使人们开心之余，自己也获得一碗小米。在人们，那是享受了娱乐的回报。在他自己，是一种个人价值体现的满足。所谓与人乐，其乐无穷。

不久农村开展“破除迷信”运动，原本皆大开心之事，遂成罪过。丈夫进了学习班，“说春人娘子”一急之下，将他们的家卖到了仅剩自己穿着的一身衣服的地步，买了两袋小米，用竹篓一袋袋背着，挨家挨户一碗碗地还。乡亲们过意不去，都批评她未免太过认真。她却说——我丈夫是“学知人”，我是“学知人”的妻子。对我们，清名重要。若失清名，家便也没什么要紧了。理解我的，就请都将小米收回了吧！……

工作组长了解到那一情况，愕然，继而肃然。对其丈夫谆谆教诲了几句，亲自送回家，并对当年的阿婆好言安抚……

我问："现在她家状况如何？为什么还让八十三岁的老人家采茶卖茶呢？"

子诚说："阿婆得子晚，六十几岁时，三十几岁的独生儿子病故了。媳妇改嫁，带着孙子远走高飞，早已断了音讯。从那以后，她一直一个人过活。七八年前，将名下分的一亩多茶地也退给村里了……"

"这么大岁数，又是孤独一人，连地都没了，可怎么活呢？"

"县里有政策，要求县镇两级领导班子的干部，每人认养一位老村的鳏寡孤独高龄老人，保障后者的一般生活需求，同时两级政府给予一定补贴……"

我不禁感慨："多好的举措……"

不料子诚却说："办法是很好，多数干部也算做得比较负责任。只是，阿婆的命太不好，偏偏承担保障她生活责任的县里的一副县长，明面是爱民的典范，背地里贪污受贿，酒色财赌黑，五毒俱全，原来不是个东西，三年前被判了重刑……"

我一时失语，良久才问出一句话是："黑指什么？"

"就是黑恶势力呀。"

我又失语，不想再问什么，只默默听子诚在说："阿婆知道后，竟连自己的名誉也受了玷污，一下子病倒了。病好后，她开始替茶地多的人家采茶，一天采了多少斤，按当日茶价的五五分成。老人家眼力不济了，手指也没了准头，根本采不了芽茶了，只能采大叶茶了，早出晚归，平均下来，一天也就只能挣到五六元钱而已。她一心想要用自己挣的钱，把那副县长助济她的钱给退还清了……

"可……这……难道就没有人认为应该告诉老人家，她完全不必那样做吗？……"方才仿佛被割掉了舌的我，终于又能说出话来。而且，说得激动。

“许多人都这么劝过的，可老人家她听不进去啊。”子诚的话，却说得异常平静。不待我再说什么，问什么，子诚的一句话，使我顿时又失语了。

他说：“今年年初，老人家患了癌症。”我，极愕。“几乎村里所有人都知道了。她自己也知道了。不过，她装作自己一点儿也不知道的样子，就靠自己腌的咸菜，每日喝三四碗糙米粥，仍然早出晚归地采大叶茶。有人说，那是因为她岁数大脏器都老化了，所以不觉得多么疼了……他们的说法有道理吗？……”

“我……不太清楚……”我的确不太清楚。我心愀然。进而，怆然。那天晚上，我要求子诚转告老人家，有人愿意替她退还尚未“还”清的一千二三百元钱。子诚说：“转告也是白转告……”我恼了，训道：“明天，你必须那么对她说！”第二天，还是傍晚时，我站在村道旁，望着子诚和老人家说话。

才一两分钟后，他二人的谈话便结束了。老人背着竹篓，尽量，不，是竭力挺直身板，从我眼前默默走过。子诚也沮丧地走到了我跟前，嗫嚅道：“我就料到根本没用的嘛……”“我要听的是她的原话！”“她说，谢了。还说，人的一生，好比流水。可以干，不可以浊……”我不禁失语，竟至于，羞愧了。以后几日的傍晚，我一再看见徐阿婆往返于送茶路上，背着编补过的竹篓，竭力挺直单薄的身板。然而其步态，是那么地蹒跚，使我联想到衰老又顽强的朝圣者，去向我所不晓的什么圣地。有一天傍晚下雨，她戴顶破了边沿的草帽，用塑料罩住竹篓，却任雨淋湿衣服……

那曾经的草根族群中的美女；那八十三岁的，身患癌症的，竭力挺直身板的茶村老妪，又使我联想到古代的，镇定地赴往生命末端的独行侠……

似乎，我倾听到了那老妪的心音：清名、清名……反反复复，二字而已。不久前，子诚从他当“村官”的那个村子打来电话，告诉我徐阿婆死了。“她，那个……我的意思是……明白我在问什么吗？……”我这个一向要求学生对人说话起码表意明白的教师，那一时刻语无伦次。

“听家里人说，她死前几天才还清那笔钱……老人家认真到极点，还央求村支书为她从县里请去了一名公证员……现在，有关方面都因为那一笔钱而尴尬……”

我不复能说出话来，也不知自己什么时候放下电话的。想到我和子诚口中，都分明地说过“还”这个字，顿觉对那看重自己清名的老人家，无疑已构成了人格的侮辱。

清名、清名……这不实惠反而累人自讨苦吃的“东西”呀，难怪今人都避得远远的，唯恐沾上了它！我之羞惭，因我亦如此……

阳春面

早年的五角场杂货店旁，还有一家小饭馆；确切地说，是一家小面馆。卖面条、馄饨、包子。

顾客用餐之地，不足四十平方米。“馆”这个字，据说起源于南方。又据说，北方也用，是从南方学来的——如照相馆、武馆。但于吃、住两方面而言，似乎北方反而用得比南方更多些。在早年的北方，什么饭馆什么旅馆这样的招牌比比皆是。意味着比店是小一些，比“铺”却还是大一些的所在。我谓其“饭馆”，是按北方人的习惯说法。

在记忆中，它的牌匾上似乎写的是“五角场面食店”。那里9点钟以前也卖豆浆和油条，然复旦的学子们，大约很少有谁9点钟以前踏入过它的门槛。因为有门有窗，它反而不如杂货店里敞亮。栅板一下，那是多么豁然！而它的门没玻璃，故门一关，只有半堵墙上的两扇窗还能透入些阳光，也只不过接近中午的时候。两点以后，店里便又幽暗下来。是以，它的门经常敞开……

它的服务对象显然是底层大众。可当年的底层大众，几乎每一分钱都算计着花。但凡能赶回家去吃饭，便不太肯将钱花在饭店里，不管那店所挣的利润其实有多么薄。店里一向冷冷清清。

我进去过两次。第一次，吃了两碗面；第二次，吃了一碗面。

第一次是因为我一大早空腹赶往第二军医大学的医院去验血。按要求，前一天晚上吃得少又清淡。没耐心等公共汽车，便往回走。至五角场，简直可以说饥肠辘辘了，然而才 10 点来钟。回到学校，仍要挨过一个多小时方能吃上顿饭；身不由己地进入了店里。我是那时候出现在店里的唯一顾客。

服务员是一位我应该叫大嫂的女子，她很诧异于我的出现。我言明原因，她说也只能为我做一碗“阳春面”。

我说就来一碗“阳春面”。

她说有两种价格的——一种八分一碗，只放雪菜；另一种一角二分一碗，加肉末儿。

我毫不犹豫地说就来八分一碗的吧。依我想来，仅因一点儿肉末的有无，多花半碗面的钱，太奢侈。

她又说，雪菜也有两种：一种是熟雪菜，以叶为主；一种是盐拌的生雪菜，以茎为主。前者有腌制的滋味，后者脆口，问我喜欢吃哪种。

我口重，要了前者。我并没坐下，而是站在灶间的窗口旁，看着她为我做一碗“阳春面”。

我成了复旦学子以后，才知道上海人将一种面条叫“阳春面”。为什么叫“阳春面”，至今也不清楚，却欣赏那一种叫法。正如我并不嗜酒，却欣赏某些酒名。最欣赏的酒名是“竹叶青”，尽管它算不上高级的酒。“阳春面”和“竹叶青”一样不乏诗意呢。一比，我们北方人爱吃的炸酱面，岂不太过直白了？

那我该叫大嫂的女子，片刻为我煮熟一碗面，再在另一锅清水里焯一遍。这样，捞在碗里的面条看上去格外诱人。另一锅的清水，也是专为我那一碗面烧开的。之后，才往碗里兑了汤，加了雪菜。那汤，也很清。

当年，面粉在全国的价格几乎一致。一斤普通面粉一角八分钱；一斤精白面粉两角四分钱；一斤上好挂面也不过四角几分钱。而一碗“阳春面”，只一两，却八分。而八分钱，在上海的早市上，当年能买两斤鸡毛菜……

也许我记得不准确，那毕竟是一个不少人辛辛苦苦上一个月的班才挣二十几元的年代。这是许多底层的人们往往舍不得花八分钱进入一个不起眼的小面食店吃一碗“阳春面”的原因。我是一名拮据学子，花起钱来，也不得不分分盘算。

在她为我煮面时，我问了她几句，她告诉我，她每月工资二十四元，她每天自己带糙米饭和下饭菜。她如果吃店里的一碗面条，也是要付钱的。倘偷偷摸摸，将被视为和贪污行为一样可耻。

转眼间我已将面条吃得精光，汤也喝得精光，连道好吃。她伏在窗口，看着我笑笑，竟说：“是吗？我在店里工作几年了，还没吃过一碗店里的面。”我也不禁注目着她，腹空依旧，脱口说出一句话是：“再来一碗……”她的身影就从窗口消失了。我立刻又说：“不了，太给你添麻烦。”“不麻烦，一会儿就好。”——窗口里传出她温软的话语。

那第二碗面，我吃得从容了些，越发觉出面条的筋道和汤味的鲜醇。我那么说，她就又笑，说那汤，只不过是少许的鸡汤加入大量的水，再放几只海蛤煮煮……回到复旦我没吃午饭，尽管还是吃得下的。一顿午饭竟花两份钱，自忖未免大手大脚。我的大学生活是寒酸的。

毕业前，我最后一次去五角场，又在那面食店吃了一碗“阳春面”。已不复由于饿，而是特意与上海作别。那时我已知晓，五角场当年其实是一个镇，名分上隶属于上海罢了。那碗“阳春面”，便吃出依依不舍来。毕竟，五角场是我在复旦时最常去的地方。那汤，也觉其更鲜醇了。

那大嫂居然认出了我。她说，她长了四元工资，每月挣二十八元了。她脸上那知足的笑，给我留下极深极深的记忆……面食店的大嫂也罢，那几位丈夫在城里做“长期临时工”的农家女子也罢；我从她们身上，看到了上海底层人的一种“任凭的本分”。即无论时代这样或若那样，他们和她们，都肯定能淡定地守望着自己的生活。那是一种生活态度，也是某种民间哲学。

也许，以今人的眼看来，会曰之为“愚”。而我，内心里却保持着长久的敬意；依我想来，民间之原则有无，怎样，亦决定，甚而更决定一个国家的性情。是的，我认为国家也是有性情的……

落叶赋

我曾写过些短文，或记某事，或忆某人，大抵并非虚构。好比拾一片叶子夹在书中。目的不在于做书笺，而在于长久保存住它。我皆可讲出在什么地方，什么时候，为什么在一片落叶之中偏偏拾起某一片。它们常使我感到，生活原本处处有温馨。哪怕仅仅为了回报生活对我的这一种慷慨赠予，我也应将邪恶剔出灵魂以外。如剔出扎在手指上的刺，或抖落爬到身上的毛虫。

1977 年我刚从大学毕业分配到北影时，体质很弱，又瘦又憔悴。肝脏病、胃溃疡、心动过速和严重的神经衰弱，使我终日无精打采。我心情沮丧至极，仿佛患了抑郁症似的，每每顾影自怜。

友人们劝我必须加强身体锻炼，我自己也这么认为。于是每天清晨跑步。先在厂内跑一圈，后来跑出厂去，跑至“北航”校门前绕回来。祛病心切，结果适得其反。

又有友人建议我学太极拳。

我问跟谁学。

他说：“这还用专门拜师吗？咱们北影院墙外的小树林里，不是有许多天天在那儿打太极拳的老人？”

于是我每天清晨再跑步，开始光顾那一片小树林。那里，柿树的叶子很美的，正值夏末秋初季节，它们的主体依然是绿色的，但分明的，已由翠绿变得墨绿了。那一种墨绿，绿得庄重，绿得深沉。它们的边缘，却已变黄了。黄得鲜艳，黄得烂漫，宛若镀金。墨绿金黄的一枚叶子，简直就像一件小工艺品。如此这般地蔽空一片，令人赏心悦目，胸襟为之顿开，为之清爽。

在那林中徐旋缓转，轻舒猿臂，稳移鹤步的，全是老人。几乎没有一个四十岁以下的人。使二十七八岁的我觉得自卑，觉得窘迫，觉得手足无措，怕笨拙生硬的举动，会使自己显得滑稽可笑。

我躲在林子的最边儿，占据了几棵树之间的狭小空地，顾左右而暗效之。我觉得一个瘦小的老头儿最该是我的楷模。他的套数很娴熟，动作姿态极为优美。一举手一投足，好比是在舞蹈，我却很难跟上他的套数。多日后，连“抱球”“摸鱼”这样的基本动作，还模仿得不成样子。

一天那老头儿走向我的“绿地”。瘦小的老头儿一副形销骨立的样子，仿佛衣裤内已没有什么很实在的内容。一阵旋风，足以将他裹卷上天空，起码刮到新街口去似的。但他两眼却炯炯有神，目光矍铄，而且透露着近乎冷峻的镇定。他仿佛功夫片的老侠士，面临决死的挑战，毫无惧色，执念一搏。

他本已做完了一套。走到离我四五步远处，站定，转身，重做。

前推后抱，左五右六，很慢很慢，慢得似电影的慢镜头。我不失时机跟着学做了一遍。之后他回身笑问：“刚开始学？”我不好意思地说：“是的。看别人做得挺容易，自己真学起来却怪难的。都不想学了。”他说：“别不想学了啊，今后就跟我学吧！我天天来这儿。”“那太好了！”——我喜出望外。他上下打量我片刻，又问：“你有病？”我已将他视为师傅，如实告诉他我有些什么病。

他说："人往往有病之后，才开始珍惜身体，锻炼身体。年轻的，年老的，大多数人都这样，我自己也是。不过你那几种病，不是什么难治的病。生活要有规律，饮食也要有规律。要遵照医嘱服药，再加上坚持锻炼，我保你半年之后就会健康起来的。你年纪轻轻的，身体这么弱，将来怎么成？一个身体不好的人，会觉得连生活也没意思的。"

他说的这些话，别人也对我说过。我常认为是些廉价的安慰之言。但经由这位"师傅"口中说出，似别有一番说服力，另有一番真诚在内。

我诺诺连声，从内心里对他产生了恭敬。

他说："初学乍练的人，都有些不好意思。尤其你们年轻人，好像一比画起太极拳来，就自己将自己归入老人之列了似的。你跟我学，首先要克服这种心理。太极拳有好几套，不同套数对不同的病有间接的疗效作用。从明天起，我要教你一种适合于你的套数。"

我非常感激这一位素昧生平的老人对我的一份儿真诚和良苦用心。同是体弱人，同病相怜之情油然而生。我犹豫一阵，还是忍不住问："老人家，那您有什么病呢？""我吗，"他又微笑了，以一种又淡泊又诙谐的口吻说，"我的病，和你的病比起来，就大不一样了！甚至可以被医生，被别人，也被我自己认为根本就没有病了。我之所以还天天来这里，是因为除了你，还有不少人希望跟我学，希望得到我的指导啊。"

他颇得意。那是一种什么怪病？大概也就是神经失调之类的病吧？难怪他对自己的病并不太以为然，挺乐观的了。初识，我未再冒昧问什么。第二天我醒晚了。睁开眼看表，已 7 点半多。慵慵懒懒地不起床，心想那老头儿，未必会在小树林里等我。不过几句话的交谈，谁那么认真地当"师傅"？可心里总归有些不安定，万一人家真在等着哪？终于还是起了床，去到了小树林。小树林里已经只有一个人。那位老人，他居然真的在等我。这老头儿！也未免太认真了！我很羞愧，欲编个理由，解释几句！不待我开口，他便说:“跟我学吧！”

于是他在前，我在后，做了一套与昨天完全不同的太极拳。之后，我做，他从旁观看，指点，口述套数，不厌其烦一遍一遍示范。甚至摆布我的腿臂，以达到他所要求的准确性，做得好时还不时鼓励几句。好像我将代表中国去参加亚运会或奥运会，而他是我的教练，希望我一举夺魁，获冠军得金牌。

分手时，他说:“练太极拳，讲究呼吸吐纳之功，清晨空气清新，有益于净化脏腑。又讲究心静、眼静、神静，到了现在这时候，满街车水马龙的，噪声大，空气污浊了，练也无益，反而对身体有害，对不对？”

他一点儿也没有批评我的意思，只不过认为，向我讲明白这些，乃是他的责任。我羞愧难当，连说:“对，对！”他又说:“我这个人哪，有三种事最容易使我伤感:一是我养的花儿死了；二是我养的鱼死了；三是看到年轻人病病弱弱的，却还不注意锻炼，增强体质，也不善于锻炼，不知道如何增强体质。你们年轻人将来是咱们中国的主人啊！这不是空洞的大道理。身体不好，于自己，于家庭，于工作和事业，于民族和国家，都无利。明天见。”

他说完，就头也不回地匆匆走了。以后我特意买了个小闹钟。以后我再也没让他等过我。一个多月后，我已动作很自信，姿势很准确了。有些初学者，也开始羡慕地望着我了。每每地，当我停止，便会发现，身后有些人在跟着我学。而那老人，到树林深处，去带去教另一批“学生”了。那时气功还没成为“热”，健身的人们，都热衷于太极拳。

柿树的叶子，那一抹金边儿，黄得更深，更烂漫了。实际上，每一片叶子，其主体基本已是金黄色了。仅剩与叶柄相近的那一部分还是墨绿的。倘形容一个月前的叶子，如碧玉，被精工巧匠镶了色彩对比赏心悦目的金黄，那么此时的叶子，仿佛每一片都是用金铂百砸千锤而成，并且嵌上了一颗墨绿的珠宝。这样的万千美丽的叶子，无风时刻，在晴朗天空的衬托下，在阳光的照耀下，如一幅足以使人凝住目光的油画。一幅出自大师之手的点彩派油画。有风抚过，万千叶子抖瑟不止，金黄墨闪耀生辉，涌动成一片奇妙的半空彩波，令人产生诗情思。而雨天里，乳雾笼罩之中，则更是另一番幽寂清郁了……

不久我感到小树林中缺少了什么，缺少了一身褪色的紫红运动衣，那老人每天穿的正是那样一套运动衣。美好的小树林中缺少了那老人的身姿，于我，似乎缺少了美好的一部分，缺少了对美好的体会。一天、两天、三天，接连许多天，他一直没再来到小树林里。我向别人询问，都说认识他，甚至说太熟悉他了。只是没一个人说得出他的名字，家住哪里。人们对于他又几乎一无所知。我也是。然而我想他必定还会来，也不过只是向人们问问而已。

大约又过了半个月。树叶全黄了，由金黄而橘黄。那一种泛红的橘黄，证明秋之魅力足以与夏比美。每一个领略到这种美的人，骑车的也罢，步行也罢，常会边望边走；或不禁驻足观赏，翔立冥思。年轻人，尤其年轻的情侣们，开始出现在小树林里，摆出各种美的或自以为美的姿态照相了。

树上，泛红的橘黄的叶隙间，隐约可见一个个绿果——虽长得够大了还没经霜的柿子。一场秋雨后，大部分树叶落了。我仍每天到小树林去习太极拳。我的坚持不懈，也是为着希望再见到那老人一面。又一天，小树林里出现了一位姑娘。她不像是来锻炼的，分明是来寻找人的。我的年龄最轻，她一发现我，就朝我走来。

“请问。您认识一位穿紫红色运动衣，身材瘦小，以前每天来这里打太极拳的老人吗？”待我做完全套动作，收稳脚步，她这么问。我说：“认识呀！我跟他学的。他该算我师傅呢！”“我是他女儿。他嘱咐我，一定要将这个亲自交给你。这是他在床上写的画的，希望你今后也能带别人教别人。”

那是一套自己装订的太极拳图。图旁，细小而工整的毛笔字，注了行行说明。那当然并非什么秘籍，不过是供人初学的自编“教材”。“你父亲他怎么这么多天没来？这儿除了我，还有许多认识他的人。我们常在一起谈到他，都挺想他的。”“他去世了。前天去世的。他患的是骨癌，检查出已经晚期了，扩散了。”“什么……什么时候？”“半年前。我父亲让我嘱咐你。千万不要告诉认识他的其他人。他知道有些人也患着同样的病，对那些人精神乐观很重要。他希望你转告其他人，就说他病彻底好了，身体很健朗，回老家住去了。”

望着她离去的背影，我一时呆住了。我照那姑娘的话，照她父亲的嘱咐和希望做了。凡说认识他熟悉他的人，皆从他“康复”的“事实”获得了极大的鼓舞、极大的信念。

如今，在各个地方，做太极拳的人少了，每当望见他们，我便想起了那一位瘦小的穿一身褪了色的紫红运动衣的老人。我的记忆中，便又多了一片“叶子”。我写此事时，内心里油然充满了对人对生活的温馨。正是这一点，使我的心灵获得有益滋补，使我的心灵比身体要健康得多。

另一半的中国

看自行车的女人

想为那个看自行车的女人写篇文字的念头，已萌生在我心里很久了。事实上我也一直觉得还会见到她，果而那样，我就不写她了。却再也没见到。北京太大，存自行车的地方太多，她也许又到别处做一个看自行车的女人去了。或者，又受到什么欺辱，憋屈无人可诉，便回家乡去了？总之我没再见到过她……

而我第一次见到她，是在北京一家牙科医院前边的人行道上：一个胖女人企图夺她装钱的书包，书包的带子已从她肩头滑落，搭垂在她手臂上。她双手将书包紧紧搂于胸前，以带着哭腔的声音叫嚷着："你不能这样啊，你不能这样啊，我每天挣点儿钱多不容易啊！……"

那绿色的帆布书包，看去是新的。我想，她大约是为了她在北京找到的这一份看自行车的工作才买的。从前的年代，小学生们都背着那样的书包上学。现在，城市里的小学生早已不背那样的书包了，偶尔可见摆地摊的街头小贩还卖那样的书包，一种赖在大城市消费链上的便宜货。

看自行车的女人四十余岁，身材瘦小，脸色灰黄。她穿着一套旧迷彩服，居然的，还戴着一顶也是迷彩的单帽，而足下是一双带扣襻儿的旧布鞋，没穿袜子，脚面晒得很黑。那一套迷彩服，连那一顶帽子，当然都非正规军装。地摊上也有卖的，十元钱可以都买下来。总之，她那么一种穿戴，使她的模样看上去不伦不类，怪怪的。单帽的帽舌卡得太低，压住了她的双眉。帽舌下，那看自行车的女人的两只眼睛，呈现着莫大而又无助的惊恐。

我从围观者们的议论中听明白了两个女人纠缠不休的原因：那身高马大的胖女人存上自行车离开时，忘了拿放在自行车筐里的手拎袋，匆匆地从医院里跑回来找，却不见了，丢了。她认为看自行车的外地女人应该负责任。并且，怀疑是被看自行车的外地女人藏匿了起来。

“我包里有三百元钱，还有手机，你‘丫挺’的敢说你没看见！难道我讹你不成吗？！……”

胖女人理直气壮。

看自行车的女人可怜巴巴地说：“我确实就没看见嘛！我看的是自行车，你丢了包儿也不能全怪我……你还兴许丢别处了呢……”“你再这样说我抽你！”——胖女人一用力，终于将看自行车的女人那书包夺了去，紧接着将一只手伸入包里去掏，却只不过掏出了一把零钱。五六十辆一排自行车而已，一辆收费两毛钱，那书包里钱再怎么多，也多不过十几元啊。

咣的一声，一只小瓷铁碗抛在看自行车的女人脚旁，抢夺者骑上自己的自行车，带着装有十几元零钱的别人的书包，扬长而去。我想，那与其说是经济的补偿，毋宁说更是图一种心理平衡的行为。我居京二十余年，第一次听一个北京的中年妇女口中说出“丫挺”二字。我至今对那二字的意思也不甚了了，但一直觉得，无论男女，无论年龄，口中一出此二字，其形其状，顿近痞邪。

看自行车的女人，追了几步，回头看着一排自行车，情知不能去追，也情知是追不上的，慢慢走到原地，捡起自己的小瓷铁碗，瞧着发愣。忽然，头往身旁的大树上一抵，呜呜哭了。那单帽的帽舌，压折在她的额和树干之间……

我第二次见到她，是在北京的一家书店门外。那家书店前一天在晚报上登了消息，说第二天有一批处理价的书卖。我的手，和一只女人的黑黑瘦瘦的手，不期然地伸向了同一本书——《英汉对照词典》。我一抬头，认出了对方正是那个看自行车的女人，不由得将伸出的手缩了回来。我家小阿姨莲花嘱我替她捎买一本那样的书，不知那看自行车的女人替什么人买。

看自行车的女人那天没再穿那套使她的样子不伦不类的迷彩服，也没戴迷彩单帽，而穿了一身洗得干干净净的蓝布衫裤。我的手刚一缩回，她赶紧地将那一本书拿起在手中，急问卖书人多少钱。人家说二十元，她又问十五元行不行？人家说一本新的要卖四十元呢！你买不买？不买干脆放下，别人还买呢！看自行车的女人就将一种特别无奈的目光望向了我，她的手却仍不放那词典。我默默转身走了。

我听到她在背后央求地说："卖给我吧，卖给我吧，我真的就剩十五元钱了！你看，十五元六角，兜里再一分钱也没有了！我不骗你，你看，我还从你们这儿买了另外几本书哪！……"

又听卖书的人好像不情愿似的："行行行，别啰唆了，十五元六角拿去吧！"

……

后来，那女人又在一家商场门前看自行车了。一次，我去那家商场买蒸锅，没有大小合适的，带着的一百元钱也就没破开。取自行车时，我没想到看自行车的人会是她，歉意地说："忘带存车的零钱了，一百元你能找得开吗？"我那么说时表情挺不自然，以为她会朝不好的方面猜度我。因为一个人从商场出来，居然说自己兜里连几角零钱都没有，不大可信的。

她望着我愣了愣，似乎要回忆起在哪儿见过我，又似乎仅仅是由于我的话而发愣。也不知她是否回忆起了什么，总之她一笑，很不好意思地说："那就不用给钱了，走吧走吧！"——她当时那笑，给我留下很深的印象。

我们许多人，不是已被猜度惯了吗？偶尔有一次竟不被明明有理由猜度我们的人所猜度，于我们自己反倒是很稀奇之事了。每每地，竟至于感激起来。我当时的心情就是那样。应该不好意思的是我，她倒那么地不好意思。仅凭此点，以我的经验判断，在牙科医院前的人行道上发生的那件事中，这外地的看自行车的女人，她是毫无疑问地被欺负了……这世界上有多少事的真相，是在众目睽睽的情况之下被掩盖甚至被颠倒了啊！这么一想，我不禁替她不平……

我第二次去那家商场买到了我要买的那种大小的蒸锅，付存车费时我说："上次欠你两毛钱，这次付给你。"我之所以如此主动，并非想要证明自己是一个多么多么诚信的人。我当时丝毫也没有这样的意识。倒是相反，认为她肯定记着我欠她两毛钱存车费的事，若由她提醒我，我会尴尬的。不料她又像上次那样愣了一愣。分明地，她既不记得我曾欠她两毛钱存车费的事了，也不记得我和她曾要买下同一本词典的事了。可也是，每天这地方有一二百人存自行车取自行车，她怎么会偏偏记得我呢？对于那个外地的看自行车的女人，这显然是一份比牙科医院门前收入多的工作。我看出她脸上有种心满意足的表情。那套迷彩服和那顶迷彩单帽，仿佛是她看自行车时的工作装，照例穿戴着。依然赤脚穿着那双旧布鞋，依然用一只绿色的帆布小书包装存车费。

"不用啊不用啊"，她又不好意思起来，硬塞还给了我两毛钱。我觉得，她特别希望给在这里存自行车的人一种良好的印象。我将装蒸锅的纸箱夹在车后座上，忍不住问了她一句："你哪儿人？"

“河南。”她的脸，竟微微红了一下；我于是想到了那是为什么，便说：“我家小阿姨也是河南人。”她默默地，有些不知说什么好地笑着。“来北京多久了？”“还不到半年。”“家乡的日子怎么样呢？”“不容易过啊……再加上我儿子又上了大学……”她将大学两个字说出特别强调的意味，顿时一脸自豪。“嗯？在一所什么大学？”她说出了一座我陌生的河南城市的名字。我知近年某些省份的地区级城市的师范类专科学院，也有改挂大学校牌的，就没再问什么。

我推自行车下人行道时，觉得后轮很轻。回头一看，见她的一只手替我提起着后轮呢。骑上自行车刚蹬了几下，纸箱掉了。那看自行车的女人跑了过来，从书包里掏出一截塑料绳……

北京下第一场雪后的一天晚上，北影一位退了休的老同志给我打电话，让我替他写一封表扬信寄给报社。他要表扬的，就是那个河南的看自行车的女人。他说他到那家商场去取照片，遇到熟人聊了一会儿，竟没骑自行车走回了家，拎兜也忘在自行车筐里了……

“拎兜里有几百元钱，钱倒不是我太在乎的。我一共洗了三百多张老照片啊！干了一辈子摄影，那些老照片可都是我的宝呀！吃完晚饭天黑了我才想起来，急急忙忙打的去存车那地方，你猜怎么着？就剩我那一辆自行车了！人家看自行车那女人，冷得受不了，站在商店门里，隔着门玻璃，还在看着我那辆旧自行车哪！而且，替我将我的拎兜保管在她的书包里。人心不可以没有了感动呀是不是？人对人也不可以不知感激是不是？……”

北影退了休的摄影师在电话里恳言切切。我满口应承照办照办。然而过后事一多，所诺之事竟彻底忘了。不久前我又去那家商场买东西，见看自行车的人已经换了，是一个外地的男人了。我问原先那个看自行车的女人呢？他说走了。我问为什么她走了呢？他说，还能为什么呢？那就是她不称职呗！我们外地人在北京挣这一份工作，那也是要凭竞争能力的！我心黯然，替那看自行车的女人。并且，也有几分替她那在一所默默无闻的大学里读书的儿子……我想问她到哪里去了。张张嘴，却什么也没有再问。我不知她从农村来到城市，除了看自行车，还能干什么？如果她仍在北京的别处，或别的城市里做一个看自行车的人，我祈祝她永远也不会再碰到什么欺负她的人，比如那个抢夺了她书包的胖女人。

阳光底下，农村人，城市人，应该是平等的。弱者有时对这平等反倒显得诚惶诚恐似的，不是他们不配，而是因为这起码的平等往往太少，太少……

羊皮灯罩

此刻，羊皮灯罩拎在女人手里，女人站在灯具店门外，目光温柔地望着马路对面。过街天桥离地不远横跨马路。天桥那端的台阶旁是一家小小的理发铺。理发铺隔壁，是一间更小的板房，也没悬挂什么牌匾，只在窗上贴了四个红字“加工灯罩”。窗子被过街天桥的台阶斜挡了一半，从女人所伫立的地方，其实仅可见“加工”二字。

女人望着的正是那扇窗，目光温柔且有点儿羞赧，还有点儿犹豫不决。她已经驻足相望了一会儿了。她似乎无视马路上的不息车流，耳畔似乎也听不到都市的喧杂之声。分明的，她不但在望着，内心里也在思忖着什么。

这一天是情人节。

女人另一只手拿着一枝玫瑰。

太阳在天空的位置刚刚西偏。一个难得的无风的好天气。春节使过往行人的脚步变得散漫了，样子也都那么悠闲。再过几天，就是这女人二十九岁生日了。在城市里，尤其大都市里，二十九岁的女人，倘容貌标致，倘又是大公司的职员，正充分地挥发着“白领丽人”既妩媚又成熟的魅力。

这二十九岁的来自于乡下的女人，虽算不上容貌标致，却幸运地有着一张颇禁得住端详的脸庞。那脸庞上此刻也呈现着一种乡下水土所养育的先天的妩媚，也隐书着城市生活所造就的后天的成熟。只不过她这一辈子怕是永远与“白领丽人”四字无缘了。因为她在北京这座全中国生存竞争最为激烈的大都市打拼了十余年，刚刚打拼出一小片属于自己的天地——一个雇了两名闯北京的乡下打工妹的小小包子铺。在那两名打工妹心目中，她却是成功人士，是榜样。她的业绩对她们的人生起着她自己意想不到的鼓舞作用。

她今天穿的是她平时舍不得穿的一套衣服。确切地说，那是一套咖啡色的西服套装。对于一个二十九岁的女人，咖啡色是一种既不至于使她们给人以轻浮印象，也不至于看去显得老气的颜色。而黑色的弹力棉长袜，使她挺拔的两条秀腿格外引人注目。她脚上穿的是一双半高跟的靴子，脸上化着淡淡的妆。总之在北京 2 月这一个朗日，在知名度越来越高地影响着中国人的情人节的下午，这一个左手拎着一盏羊皮灯罩，右手拿着一枝红玫瑰，目光温柔且羞赧地望着马路对面那扇窗的，开家小小包子铺雇两名乡下打工妹的二十九岁的女人，要踏上离她不远的过街天桥“解决”一件对女人来说比男人尤其重大的事情。那件事有的人叫作“爱”，有的人叫作“婚姻”。

其实她并不犹豫什么，也对结果抱着感觉特别良好的预期。她非是一个脱离现实的女人。北京对她最有益的教诲那就是——任何时候任何情况之下，都千万别变成一个脱离现实的人而自己懵懂不悟。她那一种感觉特别良好的预期，是马路对面那扇窗内的一个男人，不，一个青年的眼睛告诉给她的。尽管她比他大五岁，她却深信他们已心心相印。那是一双怎样的眼睛啊！充满自尊，也有点忧郁。对于那样一双眼睛，爱是无须用话语表达的。

灯具店的售货员要将她买了的羊皮灯罩包起时，她说不用。

“拎到马路对面去进行艺术雕刻吧？”

她点了一下头，一时的脸色绯红。

“凡是到我们这儿买这一种羊皮灯罩的，十有六七都拎到马路对面去加工。那小伙子特有艺术水平，不愧是专科艺术院校的学生。唉，可惜了，要不哪会沦落到那种……”

她怕被售货员姑娘看出自己脸红了，拎起羊皮灯罩赶紧离开。

一男一女从那小屋走出，女人所拎和她买的是一模一样的羊皮灯罩。女人将灯罩朝向太阳擎举起来，转动着，欣赏着。男人一会儿站在女人左边，一会儿站在女人右边，一会儿又站在女人背后，也从各个角度欣赏。隔着马路，她望不到人家那羊皮灯罩上究竟刻着什么图案或字，却想象得到，对着太阳的光芒欣赏，一定会给人一种比灯光更美好的效果。艺术加工过的羊皮灯罩，内面是衬了彩纱的。或红，或粉，或紫，或绿，各色俱全，任凭选择。那男人一手搂在女人肩上，当街在女人颊上吻了一下。她想，如果他们不满意，是不会当街有那么情不自禁的举动的。于是她内心替那扇窗里的青年感到欣慰，甚而感到自豪。望着那一对男女坐入出租车，她不再思忖什么，迈着轻快的步子踏上了天桥台阶……

半年前的某日她到工商局去交税，路过马路对面那扇窗。突然地，玻璃从里边被砸碎了，吓了她一大跳，紧接着传出一个男人的叫嚷声：“你算什么东西？你怎么敢不经我们的许可给加了一个‘、’号？！你今天非得用数倍的钱赔我这灯罩不可！因为我的精神也受损失了！……”

于是很多行人停住了脚步。她也停住了脚步，但见小屋内一个衣着讲究的男人，正对一个坐在桌后的青年气势汹汹。男人身旁是一个脂粉气浓的女人，也挑眉瞪眼地煽风点火：“就是，就是，赔！至少得赔五倍的钱……”

坐在桌后的青年镇定地望着他们，语调平静而又不卑不亢地说：“赔是可以的。赔两个灯罩的钱也是可以的。但是赔五个灯罩的钱我委实赔不起，那我这一个月就几乎一分不挣了……”

同是外乡闯北京之人，她不禁地同情起那青年来，也被那青年清秀的脸和脸上镇定的不卑不亢的神情所吸引。在北京，在她看来，许许多多男人的脸，都不同程度地存在着酒色财气浸淫和污染的痕迹，有的更因是权贵是富人而满脸傲慢和骄矜，有的则因身份卑下而连同形象也一块儿猥琐了，或因心术不正欲望邪狞而样子可恶。她对眼前大都市里的形形色色的男人形形色色的脸已极富经验，但那青年的脸是多么清秀啊！多么干净啊！是的，清秀又干净。她只有小学五年级文化。清秀和干净四字，是她头脑中所存有的对人的面容的最高评语。她认为她动用了那最高评语是恰如其分的。

人们渐渐地听明白了——那一对男女要求那青年在他们的羊皮灯罩上完完整整地刻下苏轼的一首什么似花非花的词，而那青年把其中一句用标点断错了。一位老者开口为青年讨公道。他说：“没错。苏轼这一首词，是和别人词的句式作的。‘恨西园、落红难缀’一句，之间自古以来就是断开的。”

那青年说：“我就是这么告诉他们的。”语调仍平静得令人肃然起敬。

那男人指着老者说：“你在这儿充的什么大瓣蒜，一边儿去。没你说话的份儿！”——他口中朝人们喷过来阵阵酒气。

老者说：“我不是大瓣蒜。我是大学里专教古典诗词的教授。教了一辈子了。”

那女人说：“我们是他的上帝！上帝跟他说话，他连站都不站起来一下！一个外地乡巴佬，凭点儿雕虫小技在北京混饭吃，还摆的什么臭架子！”

这时，理发铺里走出了理发师傅。理发师傅说：“刚才我正理着发，离不开。”说着，他进入小屋，将挡住那青年双腿的桌子移开了。那青年的两条裤筒竟空荡荡的……

理发师傅又说：“他能站得起来吗？他每天坐这儿，是靠几位老乡轮流背来背去的！他怕没法上厕所，整天都不敢喝口水！……”

在众人谴责目光的咄咄盯视之下，那一对男女无地自容，拎上灯罩悻悻而去。

有人问：“给钱了吗？”青年摇头。

有人说：“不该这么便宜了他们！”青年笑笑，说跟一个喝醉了的人，有什么可认真的呢？……她从此忘不掉青年那一张清秀而又干净的脸了。后来她就自己给自己制造借口，经常从那扇窗前过往。每次都会不经意似的朝屋里望上一眼……再后来，每天中午，都会有一名打工妹，替她给他送一小笼包子。她亲手包的，亲手摆屉蒸的……再再后来，她亲自送了。并且，在他的小屋里待的时间越发地长了……终于，他们以姐弟亲昵相称了……

二十九岁的这一个女人，因为迟迟地还没做妻子，已经有点儿缺乏回家乡的勇气了。二十九岁的这一个女人，虽然迟迟地还没做妻子，却有过十几次性的经历了。某种情况之下是自己根本不情愿的；某种情况之下是半推半就的。前种情况之下是为了生意得以继续；后种情况是由于心灵的深度寂寞……

现在，她决定做妻子了。她不在乎他残疾，深信他也不会在乎她比他大五岁。她此刻柔情似水。踏下天桥，站在那小屋门外时，却见里边坐的已不是那青年，而是别的一个青年。

人家告诉她，他“已经不在了”。他在大学三年级时不幸患了骨癌，截去了双腿。他来到北京，就是希望减轻家里的经济负担，靠自己的能力医治自己的病，可癌症还是扩散了……

人家给了她一盏羊皮灯罩，说是他留给她的，说他“走”前，撑持着为她也刻下了那首什么似花非花的词……

二十九岁的这一个外省的乡下女人，顿时泪如泉涌……

不久，她将她的包子铺移交给两名打工妹经营，只身回到乡下去了；很快她就结婚了，嫁给了一个四十多岁的二茬光棍。在她的家乡那一农村，二十九岁快三十岁的女人，谈婚论嫁的资本是大打折扣的。一年后她生了一个男孩儿，遂又渐渐变成了农妇。刻了什么似花非花词的羊皮灯罩，从她结婚那一天起，一直挂着，却一直未亮过。那村里的人都舍不得钱交电费，电业所把电线绕过村引开去了……

那羊皮灯罩已落满灰尘。

又变成了农妇的这一个女人，与村里所有农妇不同的是，每每低吟一首什么似花非花的词。只吟那一首，也只知道世上有那么一首词。吟时，又多半是在奶着孩子。每吟首尾，即“似花还似非花，也无人惜从教坠”和“细看来，不是杨花，点点是离人泪”二句，必泪潸潸下，滴在自己乳上，滴在孩子小脸上……

小垃圾女

我第一次见到她，是在元月下旬的一个日子，刮着五六级风。家居对面，元大都遗址上的高树矮树，皆低俯着它们光秃秃的树冠，表示对冬季之厉色的臣服。偏偏 10 点左右，商场来电话，通知安装抽油烟机的师傅往我家出发了……

前一天我就将旧的抽油烟机卸下来丢弃在楼口外了。它已为我家厨房服役十余年，油污得不成样子。我早就对它腻歪透了。一除去它，上下左右的油污彻底暴露，我得赶在安装师傅到来之前刮擦干净。洗涤灵去污粉之类难起作用，我想到了用湿抹布滚粘了沙子去污的办法。我在外边寻找到些沙子用小盆往回端时，见个十一二岁的女孩儿，站在铁栅栏旁。我丢弃的那台脏兮兮的抽油烟机，已被她弄到那儿。并且，一半已从栅栏底下弄到栅栏外；另一半，被突出的部分卡住。

女孩儿正使劲跺踏着。她穿得很单薄，衣服裤子旧而且小。脚上是一双夏天穿的扣襻布鞋，破袜子露脚面。两条齐肩小辫，用不同颜色的头绳扎着。她一看见我，立刻停止跺踏，双手攥一根栅栏，双脚蹬在栅栏的横条上，悠荡着身子，仿佛在那儿玩的样子。那儿少了一根铁栅，传达室的朱师傅用粗铁丝拦了几道。对于那女孩儿来说，钻进钻出仍是很容易的。分明，只要我使她感到害怕，她便会一下子钻出去逃之夭夭。而我为了不使她感到害怕，主动说："孩子，你是没法弄走它的呀！"——倘她由于害怕我仓皇钻出时刮破了衣服，甚或刮伤了哪儿，我内心里肯定会觉得不安的。

她却说："是一个叔叔给我的。"——又开始用她的一只小脚踩踏。

果而有什么"叔叔"给她的话，那么只能是我。我当然没有。

我说："是吗？"

她说："真的。"

我说："你可小心……"

我的话还没说完，她已弯下腰去，一手捂着脚腕了。破裂了的塑料是很锋利的。

我说："唉，扎着了吧？你倒是要这么脏兮兮的东西干什么呢？"

她说："卖钱。"其声细小。说罢抬头望我，泪汪汪的。显然疼的。接着低头看自己捂过脚腕的小手，手掌心上染血了。我端着半盆沙子，一时因我的明知故问和她小手上的血而呆在那儿。

她又说："我是穷人的女儿。"——其声更细小了。她的话使我那么始料不及，我张张嘴，竟不知再说什么好。而商场派来的师傅到了，我只有引领他们回家。他们安装时，我翻出一片创可贴，去给那女孩儿，却见她蹲在那儿哭，脏兮兮的抽油烟机不见了。我问哪儿去了？

她说被两个蹬手板车收破烂儿的大男人抢去了。说他们中一个跳过栅栏，一接一递，没费什么事儿就成他们的了……我问能卖多少钱，她说十元都不止呢，哭得更伤心了。

我替她用创可贴护上了脚腕的伤口，又问："谁教你对人说你是穷人的女儿？"

她说："没人教，我本来就是。"

我不相信没人教她，但也不再问什么。我将她带到家门口，给了她几件不久前清理的旧衣物。

她说："穷人的女儿谢谢您了叔叔。"

我又始料不及，觉得脸上发烧。我兜里有些零钱，本打算掏出全给了她的。但一只手虽已插入兜里，却没往外掏。那女孩儿的眼，希冀地盯着我那只手和那衣兜。

我说："不用谢，去吧。"她单肩背起小布包下楼时，我又说："过几天再来，我还有些书刊给你。"听着她的脚步声消失在外边我才抽出手，不知不觉中竟出了一手的汗。我当时真不明白我是怎么了……

事实上我早已察觉到了那女孩儿对我的生活空间的"入侵"。那是一种诡秘的行径。但仅仅诡秘而已，绝不具有任何冒犯的意味。更不具有什么危险的性质。无非是些打算送给朱师傅去卖，暂且放在门外过道的旧物，每每再一出门就不翼而飞了。左邻右舍都曾说撞见过一个小小年纪的"女贼"在偷东西。我想，便是那"穷人的女儿"无疑了……

四五天后的一个早晨我去散步，刚出楼口又一眼看见了她。仍在第一次见到她的地方，她仍然悠荡着身子在玩儿似的。她也同时看见了我，语调亲昵地叫了声叔叔。而我，若未见她，已将她这一个穷人的女儿忘了。

我驻足问："你怎么又来了？"

她说："我在等您呀叔叔。"——语调中掺入了怯怯的，自感卑贱似的成分。

我说："等我？等我干什么？"

她说："您不是答应再给我些您家不要的东西吗？"我这才想起对她的许诺，搪塞地说："挺多呢，你也拎不动啊！""喏"——她朝一旁翘了翘下巴，一个小车就在她脚旁。说那是“车”，很牵强，只不过是一块带轮子的车底板。显然也是别人家扔的，被她捡了。我问她脚好了吗。她说还贴着创可贴呢，但已经不怎么疼了。之后，一双大眼瞪着我又强调地说：“我都等了您几个早晨了。”

我说：“女孩儿，你得知道，我家要处理的东西，一向都是给传达室朱师傅的。已经给了几年了。”——我的言下之意是，不能由于你改变了啊！

她那双大眼睛微微一眯，凝视我片刻说：“他家里有个十八九岁的残疾女儿，你喜欢她是不是？”我不禁笑着点了一下头。

“那，一次给她家，一次给我，行不？”——她专执一念地对我进行说服。我又笑了。

我说：“前几天刚给过你一次，再有不是该给她家了吗？”

她眨眨眼说：“那，你已经给她家几年了。也多轮我几次吧！”

我又想笑，却怎么也笑不起来了。心里一时很觉酸楚，替眼前花蕾之龄的女孩儿，也替她那张能说会道的小嘴儿。我终不忍令她太过失望，二次使她满足……我第三次见到那女孩儿，日子已快临近春节了。我开口便道：“这次可没什么东西打发你了。”

女孩儿说：“我不是来要东西的。”——她说从我给她的旧书刊中发现了一个信封，怕我找不到着急，所以接连两三天带在身上，要当面交我。那信封封着口，无字。我撕开一看，是稿费单及税单而已。

她问：“很重要吧？”

我说：“是的，很重要，谢谢你。”

她笑了：“咱俩之间还谢什么。”她那窃喜的模样，如同受到了庄严的表彰。而我却看出了破绽——封口处，留下了两个小小的脏手印儿。夹在书刊里寄给我的单据，从来是不封信封口的。

好一个狡黠的“穷人的女儿”啊！她对我动的小心眼儿令我心疼她。“看”——她将一只脚伸过栅栏，我发现她脚上已穿着双新的棉鞋了，摊儿上卖的那一种。并且，她一偏头，故意让我瞧见她的两只小辫已扎着红绫了。

我说：“你今天真漂亮。”

她悠荡着身子说：“我妈妈决定，今年春节我们不回老家了。”

“爸爸是干什么的？”她略一愣，遂低下了头。

我正后悔自己不该问，她抬起头说：“叔叔，初一早晨我会给您拜年。”我说不必。她说一定。我说我也许会睡懒觉。她说那她就等，说您不会初一整天不出家门的呀，说她连拜年的话都想好了：“叔叔马年吉祥，恭喜发财！”“叔叔我一定来给你拜年！”说完，猛转身一蹦一跳地跑了。两只小辫上扎的红绫，像两只蝴蝶在她左右肩翻飞……

初一我起得很早。倒并不是因为和那“穷人的女儿”有个比较郑重的约会，而是由于三十儿夜晚看一本书看得失眠了。我是个越失眠反而越早起的人。却也不能说与那个比较郑重的约会毫无关系。其实我挺希望初一一大早走出家门，一眼看见一个一身簇新，手儿脸儿洗得干干净净，两条齐肩小辫扎得精精神神的小姑娘快活地大声给我拜年：“叔叔马年吉祥，恭喜发财！”——尽管我不相信那真能给我带来什么财运……

一上午，我多次伫立窗口朝下望，却始终不见那“穷人的女儿”的小身影。下午也是。到今天为止，我再没见过她，却时而想到她。每一想到，便不由得在内心默默祈祷：小姑娘，马年吉祥，恭喜发财！……

在西线的列车上

2005 年 11 月，我应邀与中国作家协会的几位领导，前往甘肃天水参加一次民间举办的文化活动。但我和他们乘的不是同一车次——家附近就有代理售票处，购票方便。于是我单独踏上了由北京西站始发的，晚上 8 点多开往西部的列车……

我已经很少乘长途列车了。

20 世纪 80 年代初，我曾是前北京电影制片厂组稿组的一名编辑。陕西、甘肃、新疆都在我的组稿范围。所以那两三年内，我每年都是要乘坐几次西线的列车的；那时中国西部的农村人口，乘坐过列车的人还是很少的。成千上万西部农村人口向中国其他省份流动的现象还没出现。那时的中国，还是一个按地理区域相对凝固的中国。西部的农民如果要到外省去"讨生活"，大抵靠的还是他们的双脚。正如西部的一种民歌——"走西口"。

80 年代初曾有一篇口碑极佳的短篇小说《麦客》：描写当年因天灾收获自家土地上的劳动成果的希望已成泡影的西部农民们，为了挣点儿钱将日子继续过下去，成群结队越省跨界，去往中原和南方帮别的省份的农民收割庄稼的经历。在西部蛮荒的山岭之间，在原本没有路而后来被一代一代走西口的中国农民们的脚踩出的蜿蜒的野路上，他们的身影连绵不绝，越聚越多，终于形成一支浩荡的不见首尾的队伍。他们甚至连行李也不带，很可能有的人的家里根本就没有什么可供他带走的行李。除了别在腰间的镰刀和挎在肩上的干粮袋，他们身上再就一无所有。

那是中国农民的“长征”，不是为了革命，而是为了糊口。隔年似乎是由兰州电视台将《麦客》拍成了两集的电视剧；在北京，在我的家里，我看得热泪盈眶。记得当年我抑制不住自己的激动，还给电视台写去了一封信，祝贺他们拍出了那么优秀的现实主义风格的电视剧。

当年一个三十岁左右的青年出现在列车的卧铺车厢里，那是会引起一些好奇的目光的。因为当年并不是一切长途列车上都有软卧车厢，硬卧已是某种身份的证明。购票前要经领导批准，购票时要出示单位介绍信。故当年的我，从没觉得从北京到西部是怎样难耐的旅程。恰恰相反，在好奇的目光的注视之下，我常会感到优越。自然，想到西部的“麦客”们，心里边也往往会颇觉不安地暗问自己凭什么？当年我们许多中国人的意识方式真是朴实得可爱啊！

两三年后我调到了编剧组。以后竟再没踏上过西线的列车。屈指算来，已然二十余年了。

天水市委对文化活动极为重视，预先在电话里嘱咐——我们知道您身体不好，请您一定要乘软卧。我想到我是去西部，买了一张硬卧。

严重的颈椎病使我的睡眠的适应性极差。夜里不停地辗转反侧，令下两层铺和对面三层铺的乘客深受其扰。他们抗议的方式是擂铺板、大声咳嗽或小声嘟囔些不中听的话。我猛记起旅行袋里似乎带了一贴膏药，爬起一找，果然。反手歪歪扭扭地贴到后背上；用自己的手无法贴在准确的位置，但那也总算起到了一点儿心理作用，于是不再折腾……

整个车厢我起得最早，盼着到天水。然而中午 1 点多钟才到。望着车窗外西部铁路沿线的风光从黎明前的黑暗之中逐渐显现得分明了，我似乎觉得那是我所乘过的车速最慢的一次列车，似乎觉得从北京到西部的途程比二十几年前远多了。列车晚点了一个半小时。然而我知道那不是使我觉得途程变远了的真正原因。真正原因是我自己变了。我早已由当年那个坐硬卧很觉得优越并且心生不安的青年，变成了一个不经常乘坐列车的人了。

而中国，也变了。

习惯于乘飞机的中国人与乘列车的中国人相比，尤其是与乘西线列车的中国人相比，在许多方面都发生了大的差别。每一座城市都尽量将机场建得更气派、更现代，因为它意味着也是一座城市面向国际敞开的窗口。而每一座城市的列车站，则空前地人群云集了。特殊的月份，往往满目皆是背井离乡的中国农民的身影。在大都市的机场候机厅里，一些人感受到的是一种关于中国的概念；而在某些时候，在某些城市包括大都市的列车站里，另一些人将感受到关于中国的另一些概念……

沿线西部的乡村，它们为什么一处处那么地小？黄土抹墙的房舍，灰黑的鱼鳞瓦，家门前没有栅栏的平场，房舍后为数不多的苹果树或柿树；坎坡上放着几只羊的老人，在一小块一小块地里干着农活的老妪和孩子……一切仍在诉说着西部的贫困。

8 月是萧瑟的季节。西部的景象裸露在萧瑟之中，如同干墨笔触勾勒在生宣纸上的绘画草图。偶见红的瓦和刷了白灰或贴了白瓷砖的墙，竟使我有眼前一亮的感觉。尽管白瓷砖贴在农家房舍的外墙体上是那么不伦不类，然而一想到有西部的农家肯花那一份钱，还是不禁有些感动。西部农民希望过上好日子的那种世代不泯的追求，像杨白劳给喜儿买了并亲手扎在女儿辫子上的红头绳——父女俩自是喜悦着；看着那情形的人，倘对人世间的贫富差距还保留着点儿忧患，则就会难免地心生愀然……

从西部返回时，我登上了一次特别的列车。因为还要中途到广州去，故我得在咸阳下车，再去机场。

我持的是一张无座号的票，原以为注定是得在列车上站五六个小时了；却幸运得很，偏巧登上了一节空着几排座位的车厢。刚刚落座，列车已经开动。定睛扫视，发现自己置身在民工之间。手往小桌板上一放，觉得黏。细看桌板，遍布油污，显然很久没被人擦过了。于是顾惜起衣袖来，往起抬胳膊时，衣袖和桌板，业已由于油污的缘故，难舍难分了。于是进而顾惜衣服和裤子，往起站时，衣服和裤子也不那么情愿与座椅分开了，那座椅也显然早该有人擦擦却很久没被人擦过了。好在布袋里是有些纸的，于是取出来细细地擦。最后一张纸也用了，擦过后却依然是污黑的。

这时我注意到对面有好奇的目光在默默打量我，便有几分不自然了——一个人和某些跟自己有些不一样的人置身在同一环境，他对那环境的敏感，是会令那某些人大不以为然的。这一点，我这个写小说的人是心中有数的。当年我是连队生产一线的知青时，甚至以同样冷的目光，默默打量过陪着首长对连队进行视察的团部或师部的机关知青。那一种冷的目光中，具有知青与知青之间的嫌恶意味。何况，在那一节车厢里，我和我周围的人们之间的关系，连大命运相同的知青们之间的关系都不是。我将一堆污黑的纸团用手绢兜着，走过车厢扔入垃圾桶，回来垂着目光又坐下了。原来这一节车厢的绝大部分座位也都有人坐着，只我坐的那地方空着两三排座位而已。座位、桌板、窗子、地面、四壁、厕所、洗漱池——那列车的一切都肮脏极了。

我将手绢铺在桌板上，取出一册杂志来看。偶一抬头，见一个站在过道里的中等身材的青年还在打量我。他脸颊消瘦，11 月份了穿得还那么少。一件 T 恤衫，外加一件摊上买的迷彩服而已。T 恤衫的领子和迷彩服的领子，都已被汗渍镶上了黑边。

我并没太在意他对我的打量，垂下目光接着看手中的杂志。倏忽后我抬起头来，冲那年轻的民工微微一笑。因为我第一次抬起头时，觉得他的目光并不多么冷。我想，我对一个看我时目光并不多么冷的人，理应做出友好的反应——尤其在这一节车厢里，尤其我以显然的另类的外形而存在于某些同类之间的时候。

是的，他们当然是我的同类，或者反过来说也是一样。而且，还是我的同胞。而我对于他们，却分明是一个另类。我所体会的中国，那是一个概念，一个与从前的中国不能同日而语的概念；他们所体会的中国，乃是另一个概念，一个与从前的中国没什么两样的概念。

我笑后，那年轻的民工也微微一笑。果然，他的眼的深处，非但不怎么冷，还竟有几分柔情。但是，它们太忧郁了。所以，给予我无底之井一样的印象。倘他好好洗个澡，再穿上我的一身衣服，再将他蓬乱的头发剪剪、吹吹，那么，我敢肯定他是一个帅小伙子。尽管我的一身衣服实在是一身普通得很的衣服。

他说："你坐过来吧。"我回头看，身后无人。断定了他是在跟我说话。我犹豫。"你还是坐过来吧！列车从新疆开入甘肃的时候，有一个人喝醉了酒，把那几排座位吐得哪儿都是……"他始终微微地笑着，目光也始终望着我。

我早已嗅到了一股难闻的气味儿，只是不清楚发自于何处罢了。他既给了我个明白，我当然不愿继续在那儿坐下去了。我起身向他走过去时，他用手指着我说："你的手绢！"

而我说："不要了。"我本打算像他一样站在过道里，但是他请我坐在他的座位上。他一路从新疆坐过来；他说他腿坐肿了，宁肯多站会儿。那儿的人们都在打扑克，没谁注意我们。他又说："我知道你是谁。我上初中的时候作文挺好的，经常受到老师的称赞。那时候我以为我将来也能……"我小声请求说："那就当你不知道我是谁，好吗？"他点了点头，又问："你看的是什么？"我说："《读者》。"

我看《读者》历来被不少知识分子耻笑。他们认为真正的知识分子是不应看《读者》这么"低"层次的刊物的。但我以我的眼，在中国知识分子们认为是"高"层次的刊物上，越来越看不到对另一半中国的感受了。那另一半，才是中国的大半！并且，每每因而联想到杜甫《茅屋为秋风所破歌》中的诗句——"茅飞渡江洒江郊，高者挂罥长林梢，下者飘转沉塘坳"。挂卷长林梢，虽高，不也还是茅吗？我倒宁愿入塘坳。毕竟和泥和水在一起，可以早点儿沤烂，做大地的肥料。

年轻的民工听了我的话，点了点头。于是我们一个坐着，一个站着，聊了起来。

他说这一车次是"民工车"，也可以说是西北农民工们乘的"专列"，票价极便宜。在高峰运载季节，有时超载百分之一百几十。因为它实际上已经等于是一次民工专列了，不是民工的人们，是不太愿意乘坐这一车次的……

他说这一节车厢有人吐过，有一股难闻的气味，所以才有几排空座。说别的车厢里，没票站着的人照例很多……

忽然一阵煤灰飘飞过来，我赶紧闭上眼睛低下头去；抬起头时，身上落了一层。年轻的民工身上也落了一层黑白混杂的煤灰，他却懒得抚一下；笑笑，说车上烧水的不是电炉，仍是大煤炉，显然又有乘务员在捅火了……

他说，他心情很不好——他本在新疆打工来着，同村的人给他传了个信儿，有一个省的煤矿急需采煤工，于是他匆匆前往。去晚了怕就没有缺额了。说一个多小时以前，他透过车厢望见了他的家园——西线铁路旁的一个小小的自然村……

他说，他的父亲几年前死于矿难；几年前死一个采煤的农民工，矿主才补偿给一万多元钱。他说他没下车回家去看一看，也是因为怕见了母亲不知该怎么说；他说家里只有母亲、妹妹和爷爷。爷爷已经老得快干不动地里的活儿了；而妹妹，患着精神病……

我，竟寻找不到一句适当的话可以对这个年轻的农民工说。连一句安慰他的话也寻找不到……

“现在，死一个矿工，真的补偿给二十万吗？农民采煤工和正式的矿工，都能一律平等地补偿给二十万吗？……”

我从他的话中，听出了他对平等的极强烈的要求，以及对二十万人民币的极强烈的渴望。

“这……我不是太清楚……也许……是的吧……可是现在，矿难发生的次数太频繁了，你最好还是不要去……非去……没有比当采煤工挣钱更多的活了吗？……”我语无伦次，反问着不是人话的话。

“还用问吗？对我们，那是肯定没有的喽！”不知何时，玩扑克的都不玩了，都在注意听我和那年轻的农民工的谈话了。

“我记得有一份报上登过赔偿的数额……”“一条农民采煤工的命是赔偿二十万的，这肯定没错！”“你怎么能那么肯定？是法律条文了吗？什么时候公布过了？”“不会二十万那么高吧？现如今车祸撞死一个农民，法院一般不是才判赔偿几万吗？”“那是车祸，和采煤不同的。目前正是国家发展需要煤的时候，所以咱们的命也就比以往值钱多了！……”

“会不会一个省一个价呢？”年轻的农民工说，他和他们是一起的，都是要去同一个省的矿区的。有的是打工时认识的工友，有的是在这一次列车上认识的。他毫不客气地将别人拽了起来，自己坐在腾出的座位上了。接着又说："但愿我们去的地方，一条命也值二十万元……"

被他拽起来的民工说："有人倒下去，那就得有人补上去，好比冲锋陷阵，得有下定决心不怕牺牲的精神！"那样子，那语气，很是光荣，还有点儿悲壮。

我听着，心里不禁联想到了两句诗——"风萧萧兮易水寒，壮士一去兮不复还！"我问："你们要去的是哪个省？"他们相互望着，交换着耐人寻味的眼色，就都不说话了。分明地，他们不愿让我知道。仿佛那是一个他们共同的福音，也是一个需要他们共同保守的大秘密。一旦被旁人所知，尤其是被我这样的旁人所知，大好的机会就会遭到破坏似的。

为了取悦于他们，我说："啊，我想起来了，有一份文件，规定了哪儿都是二十万，一律平等。"他们都很信我的话，脸上的疑虑一扫而光，就都高兴起来。这个说有文件就好，那个说平等才对。他们一高兴，对我的态度也亲近了，请我嗑瓜子，吃花生、枣子，还向我敬烟。我没吃什么，却极想吸烟，又没有烟了，便很高兴地接过了烟。一只按着打火机的手及时向我伸过来，我刚吸了一口，劣质的烟呛得我几乎咳嗽……

后来玩扑克的人接着玩扑克，那眼神忧郁的年轻的农民工也不再开口了，呆呆地望着窗外想他的心事。没人理睬我了，我低下头仍看我的《读者》。

瘦老头

A 君是我朋友，一位“环保”专家。20 世纪 90 年代初，他以博士身份从国外甫一归来，便为国内的“环保”问题四处奔走，大声疾呼。可以说，他是中国最早的一位能以专业头脑传播“环保”思想的人。现在，他任职于某大学，成为博士生导师，业已桃李满天下矣。中国之“环保”领域中，其弟子多多，皆是有贡献者。他也经常飞往国外参加各种“环保”会议，向世界宣讲中国之“环保”现状……

我第一次见到他，是在区“人大”组织的代表学习活动中。屈指算来，六七年前的事了。他作为专家，向二十几名区人大代表介绍世界“环保”经验。中午吃饭时，我恰坐于他的旁边。主食是米饭，也有面条。他要了一碗米饭，持箸端碗之际，叫住服务员姑娘，望着一桌羹肴小声问：“有榨菜吗？”

服务员姑娘摇头后说，有泡菜，有食堂自腌的小咸菜，有南方辣菜，还有腐乳，就是没有榨菜。他却说：“怎么可以没有榨菜呢？榨菜，必然应该有的啊！”服务员姑娘说：“那，就只能为您现去买一小袋了。”众人都看得分明，人家服务员姑娘那么说，显然等于软软地“将”了他一“军”，使他认清形势，能在没有榨菜的特殊情况下，顺利地将一碗米饭吃下去。

不料他赶紧说："那多谢了，那多谢了！"服务员姑娘愣了愣，不乐意地离去。他见众人都在费解地望他，神色颇不自然，连道："见笑见笑，对我来说，米饭还是就着榨菜才香。毛病，毛病……"众人都未接言，默默赔笑而已。我心里暗想，当然是毛病！觉得众人心里，肯定与我同感。他呢，则干脆垂手而坐，直等到人家服务员姑娘为他买来了一小袋榨菜；于是撕开，全部抖在碗中，拌几拌，大快朵颐。

后来，我又在别的场合见到过他几次，竟成朋友。对于他的经历，尤其他与榨菜的亲密关系，渐渐了解：

A君原本是北方林区的一个孩子，他上小学四年级时，逢"文革"年代。"文革"对于中国当年的中小学生们，大抵也留下过某些愉快的回忆。比之于今天皆被逼迫成了分数的奴婢的中小学生，当年的中小学生们简直可以说"幸福"无比了。逃学之事，蔚然成风。在那样的年代，全中国的中小学生没多少真的"以学为主"的，绝大多数以玩为主。尤其像A君那样一些当年的北方林区的孩子，用A君的话说，是"从早到晚，一心只想着怎么玩儿"。

"对于孩子，我们林区有意思的事儿太多了呀！那个年代，我们快玩疯了。我的四年级同学中，居然有识字不足一百个的，还居然有背不下乘法口诀的。别说我们些个孩子认为读书无用了，连我们的父母差不多也都这么认为啊！我们的小学校，在林场的场部。我们结伴从家里走到场部去，得走一个来小时。即使离开家门时，都是打算不逃课的，但半路一发现吸引我们的事儿，比如一个马蜂窝，一个鸟巢，一只大个儿的青蛙，或一只蜻蜓王，便又集体逃课没商量了。因为坚持上学的学生越来越少，老师们都找借口调离了学校。我四年级还没读完，学校合并到县城去了。这么一来，我们上学更远，便都索性辍学了。家长们懒得管我们，不是家长的大人们对我们的种种玩法淘法也早已司空见惯，我们仿佛成了林区的一群小野生动物，整天纠结在一起东游西逛，为了满足心理快感，也每干点儿坏事。比如偷几串张家院子里晒的蘑菇，悄悄挂到李家的院子里去，看两家的人因而吵起来了，我们大为开心。又比如见谁家院子里的花啦菜啦的长得好，没招虫，我们就活捉一罐头瓶毛虫，隔着板障子，将罐头瓶扔进谁家院子……”

在三十多年后，在冬季的一个下午，在我家里，A君将臂肘架在窗台上，缓缓地吸着烟，不动声色地向我讲着他小时候所干的种种坏事。虽然是在冬季，那一个下午的阳光却很好，照进屋里一大片，也照在我和他的身上。是的，他起初是不动声色的，开始讲到“瘦老头儿”的时候，表情和语调，才使我觉得有了忏悔的意味……

“某天，我们五六个最野的小伙伴的视野中，出现了一个陌生的瘦老头。连大人们也不知道他从前是干什么的，只互相传说他是从南方被发配到我们那处北方林场的，姓张。还传说，连他的姓也是有关方面按在他头上的，并非他的真姓。家长们嘱咐我们，千万不要做什么辱害他的事，因为他已经患了晚期癌症，活不了多少日子了。有些话，即使家长们千叮万嘱，我们也还是会当成耳旁风。但是那一回，我们都把家长们的话记在心里了。辱害将死之人，是必会受到老天惩罚的，林区的大人孩子都深信此点。何况，瘦老头确实瘦得令人可怜，又高又瘦。他的脸，几乎是一张皮包骨的脸，所以就显得眼睛挺大的。但是他的背，却挺得很直，起码我们每次见到他时他是那样子。他被指定住在一处路口的小木板房里，从林区往外运原木的卡车必然经过那个路口，他的工作就是负责登记车牌号、驾驶证号、运出的是何种原木。他一在那小木板房住下，便开始清理周围的垃圾，铲平土堆，围小园子。当时是春季，他在小园子里翻地、培垄、埋种。我们远远地望着，都困惑不已。依我们看来，他肯定活不过夏季的，大人们也都这样认为。那么，他所做的一切，不是毫无意义吗？夏天来临了，他竟没死。而那小园子在他的精心侍弄之下，茄子、豆角、黄瓜、柿子、西葫芦什么的，结得喜人。那破败的小木板房的前后，也有各种各样美丽的花开着了。某次我们经过他那园子，他在园子里唤住了我们，手拿着松土的小铲子问我们：'听说你们几个很淘，是吗？'

"我们相互看看，都不知道该怎么回答他。

"他又说：'男孩儿不淘气的少。咱们订一条君子协议好不？——请你们不要祸害我这园子里的菜秧。如果你们能做到，而我不到秋天就死了，那么园子里的菜由你们收获，全归你们。如果我活到了那一天，我只留少部分，大部分还是归你们。这个协议，你们现在愿意和我订下来吗？

"我们又互相看着，都不由自主地点头。

"而他，望一眼小木板房，又说：'要是我真的活不到秋季，拜托你们几个，替我把那些花的籽撸下来，用纸包好，交给接我工作的人。就说我希望他，年年种花。那些花多美啊，不论自己看着还是别人看着，心情都愉快嘛，是吧？'

"我们又不由自主地点头。

"'那么，你们算是答应我了？'

"我们除了点头，仍不知该说什么。彼此使使眼色，一转身都脚步快快地走了……"

A 君按灭烟，喝了一口茶，问我小时候想到过死没有。

我说我七八岁时的一天，在无任何人暗示的情况下，不知怎么一来，忽然就想到了死，于是害怕得独自流泪，感到很绝望，很无助。

“大部分人小时候都经历过那么一个时期吧？”

“我想是的。”

“我们当时就正经历着那样的时期。别看我们整天疯啊野啊的，似乎天不怕地不怕，其实个个心里有一怕，就是怕死，只不过谁都不愿承认罢了。所以，我们对瘦老头都有几分佩服起来，因为他是一个不怕死的人。一个怕死的人，在活过今天不知明天还活不活得成的情况下，哪儿还有心思管什么菜啦花啦的呀！从那一天以后，我们再经过那小木板房和那小园子时，都一反常态，不吵不闹了。

“那一年的秋天来得早，立秋不久，发生了一次山火；许多人家怕遭殃，离开林场，四处投亲靠友，我和几个小伙伴的家人，也将我们分别转移了。我们的父母并没随我们一起走，他们身负扑火的义务。等我们从四面八方回到林场，已经是一个多月以后的事了。山火早已扑灭，也没有哪一户人家被火烧到。我们都以为瘦老头肯定死了，各自回到家里才知道，他非但没死，还将园子里的菜收了，一篮一篮地送到了我们各自的家里。大人们都说，为了打听清楚我们都是谁家的孩子，他真是费了不少口舌。还说，他夸我们都是守信誉的孩子。

“从没有谁夸过我们那几个淘小子，明明是他自己一言九鼎，却反过来夸我们守信誉，使我们都惭愧极了。难道没忍心糟蹋他的园子也能算守信誉吗？那么，做守信誉的人也太容易了呀！于是我们一起去谢他，他园子里的菜秧已经拔起来，堆在一角；小木板房前后的花，也显然被撸过籽了。而他正在吃饭，不过就是喝着碗里的玉米面糊糊，就着小盘里的一点儿什么咸菜条而已。屋里这儿那儿，却不见有什么菜的影子。我们问他为什么不给自己也留些菜呢？他说他不愿吃菜，只愿吃小盘里那种咸菜。

“我们一时便都失语，由我替大家吭吭哧哧说了两句谢他的话，皆转身想走。他不让我们立刻离去，放下碗筷，从一个纸盒邮包里取出些小塑料袋，一一塞在我们手中，告诉我们那是榨菜。从小在北方林场长大的我们，头一次听说‘榨菜’两个字。我们走在回家的路上时，就都撕开小塑料袋尝起来。这一尝不要紧，哪个都管不住自己了。榨菜真好吃呀，嫩嫩的，脆脆的，微酸微咸微辣，与我们北方的任何一种咸菜的滋味都不同，也比我们所吃过的任何一种北方咸菜都爽口。在当年，我们北方人家腌的咸菜，无非就是疙瘩头咸萝卜什么的，我们早都吃烦了。蒜茄子固然是好吃的，但一般人家是舍不得把茄子也腌了的。纵使舍得腌点，往往也要留着待客，或春节才吃。你可想而知，榨菜对于我们，不啻是种美食。我们一会儿就都把各自的一小袋榨菜吃光了，一个个却还想吃。当然地，一进家门，就都喝水。

“过了几天，我们聚在一起，一商议，一块儿捡了些干枝子给瘦老头送去当柴烧。其实个个都明白，那是借口，还不是希望能得到那么一小袋榨菜嘛！瘦老头见了我们特别高兴，也十分感动于我们的好意。但是，却没再给我们榨菜。他问，为什么总不见我们背着书包去上学？还是由我替大家回答他：因为小学校合并到县里了，去上学路太远了。又问，那你们还想不想学文化知识了呢？我们就一时你看我，我看他，都有心诚实地回答：不想——学了又有什么用呢？就是学得再强，长大了想当正式伐木工人，那还得托关系走后门呢！可谁好意思这么诚实地回答啊，正在应该上学的年龄，自己却说根本不想上学，那话太羞臊了，说不出口。便都违心地说，其实都可想上学呢。

“瘦老头他沉吟片刻，问如果我教你们学，你们愿意不？这一问，我们又都充聋作哑了。小伙伴中有一个反问，如果我们让你教，对我们有什么好处？瘦老头摸了摸小伙伴的头，问榨菜好吃吗？这下，我们才齐刷刷地回答——好吃！他便接着说，只要同意他每天教我们两个小时，我们将会经常吃到好吃的榨菜。就这样，我们几个才上小学四五年级的孩子，以后竟成了那么一个身患绝症的瘦老头的学生。

“我们确实以后又吃到了好吃的榨菜，却并不是每人每次一袋。他只给学习有进步的那个，一次照例只给一袋，比现在飞机上有时候发的那种小袋大不到哪儿去，他说等于是奖励。这么一来，起初只不过由于太馋才到他那里去当他的学生的我们，都被激发起了好强心理。渐渐地，连自己也说不清都甘愿当他的学生所为何由了。

“瘦老头很会教学生，比如他每教我们识一个新字，都会从那个字一千多年以前是怎么写的讲起。他说每一个中国字都是长寿佬，都有婴儿时期和童年、少年、青年、中年阶段。每经过一个阶段几乎都要变一次，到再也不变的时候就是固定在最美妙的时候了。我知道你想说什么，当然，今天由我们这样的人听来，那话毫无独到之处。可你别忘了，我们是三十多年前出生在林场的一些孩子，我们连县城还没去过呢！教过我们的小学老师，大抵也只不过具有初中文化程度而已，并且有的还是林场‘革委会’头头脑脑的子女。当老师对于他们，只不过是混一份工资罢了，他们从没那么教过我们新字。如果他们也像瘦老头讲得那么有趣味，兴许我们都是爱学习的好学生了。

“瘦老头讲算术也讲得特有意思。他说这世界也基本上是数字的世界，比如水是由水分子组成的；而一个水分子，是由两个氢原子一个氧原子组成的，二比一这种数字关系永远包含在不受污染的水中。眼睛看着一碗水，也可以想象是看着万万亿亿的数学比例式。几乎人眼所见的每一种东西，将它们用化学的方法化解到最小单位时，便都是些数学式的关系了。那些数学式一变，某一种东西就开始发生质变了。甚至，连世界也开始发生某一方面的变化了。

“我们虽然小学四五年级就辍学了，可他竟将算术、代数和几何连在一起讲给我们听，而且还每每将物理和化学知识包含在内。没多久，他开始频频表扬我们都是些聪明的孩子；我们自己也都开始觉得，原来我们并不像自己和我们的爸爸妈妈所以为的那样，都是笨头笨脑的孩子，‘根本不是读书的料’。当年的课本，你也知道的，语文也罢，算术也罢，都是没意思到了极点的。幸而瘦老头根本不是手拿当年的课本教我们，他要是也那样教，即使榨菜再好吃，那我们当了几天他的学生，还是会逃之夭夭的。

“总而言之，瘦老头他渐渐将我们迷住了。不管知识有没有用，他将知识变得非常有趣了是一个事实。他讲课时，腰板挺得尤其直，一只手背在后边，一只拿粉笔的手自然而然地举胸前，目光几乎一刻也不离开我们的脸，一忽儿凝视这个，一忽儿凝视那个。有时，他的目光明明在凝视这个，却会将拿粉笔那只手忽然一伸，叫起另外某个回答问题。另外那个一时回答不上来，他也从不急，一向耐心地说：‘想想，再想想，上次我讲过的。’于是将自己的目光望向窗外，耐心地期待。如果他对于回答半满意不满意，就会很认真地问我们另外几个：‘咱们民主一下，你们认为该奖给他榨菜吗？’通常情况下，大家必会异口同声地说：‘应该。’因为我们心里有数，奖给了谁，也等于奖给了大家，谁都不会独吞的。我们分吃具有奖励意味的榨菜时，不但口中的感觉好极了，心里的感觉也好极了。

“对于我们而言，仿佛瘦老头的课也讲出了和好吃的榨菜一样的滋味。每当他的手伸入纸板邮盒往外拿榨菜时，也照例要说一句：‘多乎哉，不多也。’我们呢，就都开心地又都有些不好意思地笑。自从我们成了他的学生，他几乎每个月都要去邮局取包裹了。而以前，隔两三个月才会有包裹从南方寄给他。他住的小木板房也因为我们而变了，他将一张破桌子重新摆放，使一面墙壁一览无余；又不知从哪儿搞到半瓶墨，涂黑墙壁，于是成了黑板……你听烦了吧？……”

阳光照在“环保”专家的脸上；他微眯着眼，目光凝注地望着窗外某处，仿佛要看清什么。问我话，居然也不转一下脸。窗外是元大都城墙遗址，覆盖着冬季的第一场雪。北京的冬季是很少下那么大的雪的，这使北京多少有点儿东北冬季的景象了。然而，窗外毕竟没有了记忆中的林场，没有住着一个瘦老头的小木板房……

我说：“讲下去。”

他说：“在那一年的冬季，小木板房成了我们几个孩子的阳光房……其实那小木板房并不朝阳，再加上一面墙涂成了黑色……但是你能明白我的意思吧？……”

我说：“明白。”

“我们那时已经不叫他瘦老头了。我们已经开始当面叫他张大爷了，背后却都叫他‘咱们老师’……”

“为什么不是反过来，当面叫他老师，背后叫他张大爷？”

“我们中有一个当面叫过他老师的。他正要提问，一下子被叫愣了。愣了几秒钟，走到窗口那儿去了。背着一只手，腰挺得笔直，一动不动地在窗口那儿站了很久，我们全都呆望他的背影，不知他是怎么了。终于我们听到他低声说：‘今天的课就讲到这儿，我有点儿不舒服，孩子们你们可以走了……’我们一个个悄没声地离开，我走在最后，忍不住轻轻将门推开一道缝，往内偷窥，结果我看到他双手捂在了脸上。对于他的身高，那小木板房的屋顶实在是太低了。如果他脚下垫两三块砖，那么他的头差不多就触到屋顶了。我看得出来，他是在无声地哭，尽管我窥到的只不过是他的背影。我们当然都无法理解那是为什么，却互相告诫，以后都不许当面叫他老师了……大人们说，他活不到开春的。可春天来临了，他仍活着。我们帮他修小园子的篱笆，帮他翻地、培垄，帮他搭菜架和花架……”

“等等……”

A 君缓缓地将脸转向了我。他已半天没看我一眼了，似乎只不过在自言自语。

我说：“晚期癌症有时是很疼痛的。”

他说：“是啊。可我们那样一些孩子，当年也不懂许多事啊，也不知道怎么心疼大人啊。我们是见到他疼痛难耐过的，某天他讲着讲着课，忽然一手捂胃，接着额上渗出汗来；再接着，弯下了他那一向笔直着的腰。那是他第一次在讲课时弯下腰去。很快他又直起腰来，说他去茅房，还不许我们离开屋子。我们只当他是忽然肚子疼了；我们也都忽然肚子疼过啊！着凉、岔气儿、吃了什么不干净的东西，都会肚子疼的呀，谁还没肚子疼过呢？他半天没回来，我们就都有点儿不安了，都出去了，见他蹲在门旁，双手握成拳，一上一下抵压着胃腹。他脸上滴落的汗，湿了鞋尖前的地面儿。

“我们将他搀进屋，他说他没什么，疼痛一会儿就会过去的。他撕开一袋榨菜，一条接一条全吃光了。之后倒了半碗开水，吹一口喝一口，转眼喝尽。我们当年真傻，虽然都亲眼看到了他疼痛的样子，却没有一个往癌症那方面去联想。也可以说，那时的我们，其实是很排斥他患了不治之症这一个事实的，也特别讨厌大人们判断他活不了多久的话。我们宁愿相信，他能那么干瘦干瘦地活很久，很久，等我们都长成了大人，还活着。我们已经看顺眼了他的瘦，反而都觉得，如果他不那么瘦，就不符合‘咱们老师’应该怎样的条件了。

“两年半以后，他还活着。一天他对我们说，我们不可以再是他的学生了，而应该到县里去读中学。并说，他已经分别和我们的父母谈过了，我们的父母都是同意的。可我们有点儿不情愿，我们对当年的学校还是难以产生好感，长大以后都争取当上伐木工人是我们一致的想法。他却这么问我们：‘一个国家的森林是有限的，有限的森林会越伐越少。到那时，国家就不需要很多伐木工了，你们可拿自己怎么办呢？’他的话，使我们都忧虑起来。

“见我们个个低头不语，他又夸我们全都如何如何聪明，说中国的将来，究竟会产生多少新的行业，需要多少文化高、知识广、能力棒的人才，是他难以想象到的，更是我们这样一些孩子不可能想象到的，所以我们只由着性子在年龄这么好的时候虚度时光，高兴怎样就怎样，不高兴怎样就不怎样，那是不对的。人有时候更应该明白应该怎样不应该怎样的道理。

“从没有人对我们说过那样的话，我们的家长也没说过。但当时他的话并没说到我们内心里去，我们也不是太理解他的话，却看得出来，他完全是为了我们好。我们心生感动，然而其实并没被说服。他的话对我们父母的影响，比对我们的影响大得多。于是我们的父母都严厉地命令我们，几天后必须跟他们到县里那所中学去。

“县中学的校长听说我们都没读完小学，指示要对我们进行考试，还要先亲自一个一个地面试我们。如果面试没通过，那连考也不必考了，还是再去读小学吧。我被面试过以后，在操场发现了瘦老头。我问他为什么也来了，他说他忘了让我们每人带上一袋榨菜，所以亲自给我们送来；说如果对着卷子一时发蒙，嚼一条榨菜能使心情稳定下来，还能清脑，使精力集中。他将几袋榨菜交给我，一转身蹒跚而去，为的是赶上一趟林区的小火车。

“校长面试过我们之后又决定，不对我们进行考试了，当即就将我们分了年级和班级。我们一一被插入初二各班，有一个还直接被插入了初三的某班。校长显得很高兴，当着几位老师的面指着我们说：‘像他们这样的孩子，来多少收多少，都不必经过考试！’

“我们成了县中的学生以后，都得住在学校了。县城距离林场三十多里，到了林场也不等于是到了家门口，到家还得走上十来里，不住校是不行的。我们连星期日也很少回家了，因为要是搭不上便车，就得坐小火车，那年月，我们怎么会舍得花五角钱买一张车票呢？往返要花一元钱呢，根本舍不得。

“我们一块儿回家，是在放寒假后。到家当天，吃午饭时，我父亲一时想起地告诉我——‘你们应该感谢的那个瘦老头，他死了，才几天前的事儿’。大人们虽然知道了姓张，但背后普遍都叫他瘦老头，当面则叫他‘哎你’，因为一连他的姓叫，反而不好叫了。他的政治问题使大人们都尽量避免和他接触。何况，都认为他并不真的姓张。我搁下饭碗便往外跑，挨家将小伙伴们叫上，一块儿跑到了小木板房那儿。几场大雪将小木板房的门埋住了半截，门上贴的封条已被风撕得残缺不全。我们想从窗子往里看，窗玻璃结着厚厚的霜。园子里，雪被下刺出参差不齐的搭菜架的木条和树枝。几只绒球似的麻雀在雪上蹦来蹦去的……”

“环保”专家又吸着一支烟。

我问：“他埋在你们林区了？”

他说：“不。他被火化之后，骨灰寄给了他南方的什么亲人……估计，就是往常从南方寄给他榨菜的亲人吧。这也只是我们的估计而已。凭我们几个初中生，当年打听不清关于他的什么真实情况。也根本不知道向谁去打听……”

“那，后来你们几个……”

“‘文革’一结束，我们先后都考上了大学。现在，除了我，我们中还出了两位大学教授、一位林业局副局长。还有两个成了外国人，一个在美国，一个在法国。他俩起先也在大学里任教，近年失去联系了。啊对了，现在县中的校长，也是我们中的一个。县中现在是地区的重点中学了。我早已将父母接到北京来住，在林区没亲戚。前年我回去了一次，没什么事儿，就是很想回去看看。一切都今非昔比了，大多数伐木工人都转行了，少部分伐木工人成了护林队员或育林工人。我们那个当县中校长的发小告诉我——据他后来了解，我们的恩师……他算得上是我们的恩师吧？……”

我说：“当然。”

“他五七年大鸣大放中，因为批评乱砍滥伐的现象，成了右派，从一所大学被扫地出门，成了一名扫街人。‘文革’中，又被收集整理了几句‘反动言论’，判刑入狱。出狱后，被押送到东北进行改造。因为七十来岁了，没地方愿意改造他了，阴错阳差地，被像破麻袋似的甩弃在我们那个林场了。我们当县中校长的发小，也就了解到这么多，还不知确凿不确凿。我们恩师患的是晚期胃癌，这一点倒是可以肯定的。当年给了他一份工资，只有二十几元，仅够他吃饭活着的，哪里能挤出买药的钱呢？当年在林区，又能买到什么药呢！所以胃疼起来，也只能忍着。现在想来，榨菜是唯一能帮他每天喝得下两碗玉米面糊糊的东西。他连自己园子里收的菜都一点儿不留，证明除了榨菜和玉米面糊糊，他的胃已经不接受任何其他食物了。也许，榨菜对于他的胃，还有匪夷所思的止疼药作用吧，你认为呢？……”

我说：“这我很难回答你。”

他转动着手中的半截烟，看着，语调缓慢地又说："如果真是那样，当年我们还馋他的榨菜，那可太罪过了。我的大学生活是在哈尔滨度过的，一到哈尔滨，我就到处买榨菜。可当年的哈尔滨，哪哪都买不到榨菜。直到我大三了，哈尔滨的某些副食店里才出现南方的榨菜。我一买到手，就吃零嘴儿似的吃掉了一袋儿。我们中还有一位，第一次乘飞机时，飞机上发的盒饭中有一小袋榨菜。一小袋对于他是不够的，居然厚着脸又向空姐要了一小袋。我们那两个在国外的，隔三岔五地就要跑到唐人街去吃碗榨菜面什么的，说否则胃里就像有馋虫在窜动……你明白我为什么那么喜欢吃榨菜了吧？"

我说："明白了。"

"我们当县中校长那位，专门咨询过医生，问他那么喜欢吃榨菜，算不算一种病？你猜医生怎么回答他？"

"怎么回答？"

"医生说：'我也喜欢吃榨菜啊！只要每餐吃得清淡点儿，一天一小袋儿，多喝开水，对身体不会有什么危害的。'医生还说自己一犯烟瘾时就吃一条榨菜，竟然把烟戒了，但愿我也能那样。一位又瘦又病的高个儿老人改变了我的人生，而榨菜使我每天的日子有种别人咀嚼不出的特殊滋味……"

我的"环保"专家朋友接着又说了些什么，我已不再注意听了。似乎，他说到了贵人、缘分之类的话，还说到了哪一首歌……

但我的目光已经望向我家的一面墙壁；墙上的小相框中，镶着一幅西方肖像派油画，印刷品——米开朗琪罗的《先知耶利米》；那先知沉郁而苍老，低着头，垂着眼皮，右手撑着下巴，实际上是严严地捂住了自己的嘴。他在思想着什么事，表情苦闷而忧伤。我觉得，那先知若瘦一些，大概就有点儿像我朋友记忆中的瘦老头了吧？……

“你在想什么？”

朋友不知何时站到了我身旁。

我说没想什么。

他说：“你对良知和责任怎么理解？”

我说：“一回事吧？”

“一回事？难道是一回事吗？有良知只不过意味着不做坏事，有责任的人却是要大声疾呼的！在我这一行里，我是有责任的人。在你那一行里，你只不过还有点儿良知罢了！知道我为什么今天到你家来吗？知道我为什么向你讲那些吗？不是因为我讲述的愿望太强烈了，而是为了你！因为你我已经是朋友了，因为我觉得，你这样的作家只保留住了点儿所谓良知，却一点儿都不承担社会责任了那是不对的！估计这年头没什么人会跟你说这种话了。你我既有缘成为朋友，那么我认为我应该成为你人生中的瘦老头！尽管我比你小七八岁！……”

我惊愕，我呆住，那一时刻我双耳失聪，听不到他接下去所说的话了。

我的眼又一次望向《先知耶利米》……

玉顺嫂的股

9 月出头，北方已有些凉。

我在村外的河边散步时，晨雾从对岸铺过来。庄稼地里，割倒的苞谷秸不见了，一节卡车的挂斗车厢也被隐去了轮，像江面上的一条船。

这边的河岸蔟生着狗尾草，草穗的长绒毛吸着显而易见的露珠，刚浇过水似的。四五只红色或黄色的蜻蜓落在上边，翅子低垂，有一只的翅膀几乎是在搂抱着草穗。它们肯定昨晚就那么落着了，一夜的霜露弄湿了翅膀，分明也冻得够呛。不等到太阳出来晒干双翅，大约是飞不起来的。我竟信手捏住了一只的翅膀，指尖感觉到了微微的水湿。可怜的小东西们接近着麻木了，由麻木而极其麻痹。

那一只在我手中听天由命地缓缓地转动着玻璃球似的头，我看着这种世界上眼睛最大的昆虫因为秋寒到来而丧失了起码的警觉，一时心生出忧伤来。“穿花蛱蝶深深见，点水蜻蜓款款飞”的季节过去了，它们的好日子已然不多，这是确定无疑的。它们不变得那样还能怎样呢？我轻轻将那只蜻蜓放在草穗上，而小东西随即又垂拢翅膀搂抱着草穗了。河边土地肥沃且水分充足，狗尾草占尽生长优势，草穗粗长，草籽饱满，看上去更像狗尾巴了。

“梁先生……”

我一转身，见是个少年。雾已漫过河来，他如在云中，我也是。我在村中见到过他。

我问：“有事？”

他说：“我干妈派我，请您到她家去一次。”

我又问：“你干妈是谁？”

他腼腆了，讷讷地说：“就是……就是……村里的大人都叫她玉顺嫂那个……我干妈说您认识她……”

我立刻就知道他干妈是谁了。

这是个极寻常的小村，才三十几户人家，不起眼。除了村外这条河算是特点，此外再没什么吸引人的方面。我来到这里，是由于盛情难却。我的一位朋友在此出生，他的老父母还生活在村里。村里有一位民间医生善推拿，朋友说治颈椎病是他的“绝招”。我每次回哈尔滨，那朋友是必定得见的。而每次见后，他总是极其热情地陪我回来治疗颈椎病。效果姑且不谈，其盛情却是只有服从的。算这一次，我已来过三次，已认识不少村人了。玉顺嫂是我第二次来时认识的——那是冬季，也在河边。我要过河那边去，她要过河这边来，我俩相遇在桥中间。

“是梁先生吧？”——她背一大捆苞谷秸，望着我站住，一脸的虔敬。

我说是。她说要向我请教问题。我说那您放下苞谷秸吧。她说背着没事儿，不太沉，就几句话。

“你们北京人知道的情况多，据你看来，咱们国家的股市，前景到底会怎么样呢？”

我不由得一愣，如同鲁迅在听祥林嫂问他：人死后究竟是有灵魂的吗？

她问得我心里咯噔一下。

我是从不炒股的。然每天不想听也会听到几耳，所以也算了解点儿情况。

我说：“不怎么乐观。”

“是吗？”——她的双眉顿时紧皱起来了。同时，她的身子似乎顿时矮了，仿佛背着的苞谷秸一下子沉了几十斤。那不是由于弯腰所致，事实上她仍尽量在我面前挺直着腰。给我的感觉不是她的腰弯了，而是她的骨架转瞬间缩巴了。

她又说：“是吗？”——目光牢牢地锁定我，竟有些发直，我一时后悔。

“您……也炒股？”

“是啊，可……你说不怎么乐观是什么意思呢？不怎么好？还是很糟糕？就算暂时不好，以后必定又会好的吧？村里人都说会的。他们说专家们一致是看好的。你的话，使我不知该信谁了……只要沉住气，最终还是会好的吧？”

她一连串的发问，使我根本无言以对，也根本料想不到，在这么一个仅三十几户人家的小村里，会一不小心遇到一名股民，还是农妇！

我明智地又说：“当然，别人的看法肯定是对的……至于专家们，他们比我有眼光。我对股市行情太缺乏研究，完全是外行，您千万别把我的话当回事儿……否极泰来，否极泰来……”

“我不明白……”

“就是……总而言之，要镇定，保持乐观的心态是正确的……”

我敷衍了几句，匆匆走过桥去，接近着逃掉。

在朋友家，他听我讲了经过，颇为不安地说：“肯定是玉顺嫂，你说了不该那么说的话……”

朋友的老父母也不安了，都说那可咋办？那可咋办？

朋友告诉我，村里人家多是王姓，如果从爷爷辈论，皆五服内的亲戚关系，也皆闯关东的山东人后代，祖父辈的人将五服内的亲戚关系带到了东北。排论起来，他得叫玉顺嫂姑。只不过，如今不那么细论了，概以近便的乡亲关系相处。三年前，玉顺嫂的丈夫王玉顺在自家地里起土豆时，一头栽倒死去了。那一年他们的儿子在上技校，他们夫妻已攒下了八万多元钱，是预备翻盖房子的钱。村里大部分人家的房子都翻盖过了，只她家和另外三四家住的还是从前的土坯房。丈夫一死，玉顺嫂没了翻盖房子的心思。偏偏那时，村里人家几乎都炒起股来。村里的炒股热，是由一个叫王仪的人煽乎起来的。

那王仪曾是某大村里的中学老师，教数学，且教得一向极有水平，培养出了不少尖子生，他们屡屡在全县甚至全省的数学竞赛中取得名次及获奖。他退休后，几名考上了大学的学生表达师恩，凑钱买了一台挺高级的笔记本电脑送给他。不知从何日起，他便靠那台电脑在家炒起股来，逢人每喜滋滋地说：赚了一笔又赚了一笔。村人们被他的话拨弄得眼红心动，于是有人就将存款委托给他代炒。他则一一爽诺，表示肯定会使乡亲们都富起来。

委托之人渐多，玉顺嫂最终也把持不住欲望，将自家的八万多元钱悉数交付给他全权代理了。起初人们还是相信他经常报告的好消息的。但消息再闭塞的一个小村，还是会有些外界的情况说法挤入的。于是有人起疑了，天天晚上也看起电视里的财经频道来。以前，人们是从不看那类频道的，每晚只选电视剧看。开始看那类频道了，疑心难免增大，有天晚上大家便相约了到王仪家郑重“咨询”。王仪倒也态度老实，坦率承认他代每一户人家买的股票全都损失惨重。还承认，其实他自己也将他们两口子多年辛苦挣下的十几万全赔进去了。他煽乎大家参与炒股，是想运用大家的钱将自家损失的钱捞回来……

他这么替自己辩护：我真的赚过！一次没赚过我也不会有那种想法。我利用了大家的钱确实不对，但从理论上讲，我和大家双赢的可能也不是一点儿没有！

愤怒了的大家哪里还愿多听他“从理论上”讲什么呢？就在他家里，当着他老婆孩子的面，委托给他的钱数大或较大的人，对他采取了暴烈的行动，把他揍得也挺惨。即使对于农民，当今也非仓里有粮、心中不慌的时代，而同样是钱钞为王的时代了。他们是中国挣钱最不容易的人。明知钱钞天天在贬值已够忧心忡忡的，一听说各家的血汗钱几乎等于打了水漂儿，又怎么可能不急眼呢？兹事体大，什么“五服”内“五服”外的关系，当时对于拳脚丝毫不是障碍了。第二天王仪离家出走了，以后就再没在村里出现过。他的家人说，连他们也不知他的下落了。各家惶惶地将所剩无几的股渣清了仓。

从此，这小村的农民们闻股变色，如同真实存在的股市是真真实实的蟒蛇精，专化形成性感异常的美女，生吞活咽幻想“共享富裕”的人。但人们转而一想，也就只有认命。可不嘛，些个农民炒的什么股呢？说到底自己被忽悠了也得怨自己，好比自己割肉喂猛兽了，而且是猛兽并没扑向自己，自己主动割上赶着喂的，疼得要哭叫起来也只能背着人哭到旷野上去叫呀！

有的人，一见到或一想到玉顺嫂，心里还会备受道义的拷问与折磨——大家是都认命清仓了，唯独玉顺嫂仍蒙在鼓里！仍在做着股票升值的美梦！仍整天沉浸于她当初那八万多元已经涨到了二十多万的幸福感之中。告诉她八万多元已损失到一万多了也赶紧清仓吧，于心不忍，怕死了丈夫不久的她承受不住真话的沉重打击；不告诉呢，又都觉得自己简直不是人了！我的朋友及他的老父母尤其受此折磨，因为他们家与玉顺嫂的关系真的在“五服”之内，是更亲近的。

朋友正讲着，玉顺嫂来了。朋友一反常态，当着玉顺嫂的面一句接一句数落我，极尽讽刺挖苦之能事，无非说我这个人一向不懂装懂，自以为是，由于长期被严重的颈椎病所纠缠，看什么事都变成了不可救药的悲观主义者云云。朋友的老父母也参与演戏，说我也曾炒过股，亏了几次，所以一谈到股市心里就没好气，自然念衰败经。我呢，只有嘿嘿讪笑，尽量表现出承认自己正是那样的。

玉顺嫂是很容易骗的女人。她高兴了，劝我要多住几天。说大冬天的，按摩加上每晚睡热乎乎的火炕，颈椎病会有减轻。

我说是的是的，我感觉痛苦症状减轻多了，这个村简直是我的吉祥地……

玉顺嫂走后，我和朋友互相看看，良久无话。我想苦笑，却连一个苦的笑都没笑成。朋友的老父母则都喃喃自语。一个说：“这算干什么？这算干什么……”另一个说：“往后还咋办？还咋办……”

我跟那礼貌的少年来到玉顺嫂家，见她躺在炕上。她一边坐起来一边说：“还真把你给请来了，我病着，不下炕了，你别见怪啊……”那少年将桌前的一把椅子摆正，我看出那是让我坐的地方，笑笑，坐了下去。我说不知道她病了。如果知道，会主动来探望她的。她叹口气，说她得了风湿性心脏病，一检查出来已很严重，地里的活儿是根本干不了啦，只能慢慢腾腾地自己给自己弄口饭吃了。我心一沉，问她儿子目前在哪儿。她说儿子已从技校毕业，在南方打工。知道家里把钱买成了股票后，跟她吵了一架，赌气又一走，连电话也很少打给她了。我心不但一沉，竟还疼了一下。她望着少年又说，多亏有他这个干儿子，经常来帮她做点儿事。

接着问少年：“是叫的梁先生吗？”我替少年回答是的，夸了他一句。

玉顺嫂也夸了他几句，话题一转，说她是请我来写遗嘱的。我一愣，急安慰她不要悲观，不要思虑太多，没必要嘛。玉顺嫂又叹口气，坚决地说：“有必要啊！你别安慰我了，安慰我的话我听多了，没一句能对我起作用的。何况你梁先生是一个悲观的人，悲观的人劝别人不要悲观，那更不起作用了！你来都来了，便耽误你点儿时间，这会儿就替我把遗嘱写完吧……”

那少年从抽屉里取出纸、笔以及印泥盒，一一摆在桌上。在玉顺嫂那种充满信赖的目光的注视之下，我犹犹豫豫地拿起了笔。按照她的遗嘱，子虚乌有的二十二万多元钱，二十万留给她的儿子，一万元捐给村里的小学，一万元办她的葬事，包括修修她丈夫的坟，余下三千多元，归她的干儿子……

我接着替她给儿子写了封遗书，她嘱咐儿子务必用那二十万元给自己修一处农村的家园，说在农村没有了家园的农民的儿子，人生总归是堪忧的。并嘱咐儿子千万不要也炒股，那份儿提心吊胆的滋味实在不好……我回到朋友家里，将写遗嘱之事一说，朋友长叹道：“我的任务总算完成了。希望由你这位作家替她写遗嘱，成了她最大的心愿……”我张张嘴，一个字也没说出来。序、家信、情书、起诉状、辩护书，我都替人写过不少。连悼词，也曾写过几次的。遗嘱却是第一次写，然而是多么不靠谱的一份遗嘱啊！值得欣慰的是，同时代人写了一封语重心长的遗书，一位母亲留给儿子的遗书，一封对得住作家的文字水平的遗书……

这么一想，我心情稍好了点儿。第二天下起了雨。第三天也是雨天。第四天上午，天终于放晴，朋友正欲陪我回哈尔滨，几个村人匆匆来了，他们说玉顺嫂死在炕上。朋友说：“我不能陪你走了……”他眼睛红了。我说：“那我也留下来送玉顺嫂入土吧，我毕竟是替她写过遗嘱的人。”

村人们凑钱将玉顺嫂埋在了她自家的地头她丈夫的坟旁，也凑钱替她丈夫修了坟。她儿子没赶回来，唯一能与之联系的手机号码被告诉停机了。

没人敢做主取出玉顺嫂的股钱来用，怕被她那脾气不好的儿子回来时问责，惹出麻烦。那是一场极简单的丧事，却还是有人哭了。葬事结束，我见那少年悄悄问我的朋友："叔，干妈留给我的那份儿钱，我该跟谁要呢？"朋友默默看着少年，仿佛聋了，哑了。他求助地将目光望向我。我胸中一大团纠结，郁闷得有些透不过气来，同样不知说什么好。路边草丛之下，遍地死蜻蜓。一场秋雨一场寒……

三平方米的金融海啸

这雨，可说场大雨了；小街上，便不见人影。然而，却还是有人的，都躲到人行道两侧避雨的地方去了。所谓避雨的地方，自然是那些没有门窗，竟也叫门面的菜摊或水果摊的屋顶下……

在北京的三环和四环之间，这条小街真是够脏够乱的。路宽不足十米，两侧一辆挨一辆停满了各种卧车、菜农或果农开来的大卡车、小卡车、厢式小货车以及小贩们的三轮平板车，马车也是常见的。今天是星期日，有三辆马车夹在机动辆之间——一辆载满蔬菜，另一辆载满瓜果，还有一辆载的是成袋的大米；幸而已及时罩上了雨布。那情形看去颇为荒诞，仿佛这条街上有处加油站；仿佛这是一个汽油短缺的月份，一概车辆皆在排队加油；马车也不例外……

阿伟坐的地方，是雨淋不着的。不但雨淋不着他，夏季的炎日也晒不着他。而且，只要他想坐在那儿，是可以从早到晚一直坐在那儿的。那儿是一个小区的门旁，有台阶。台阶半圆形，为了美观，向两边延伸出几米，看上去像有帽翅的古代的官帽。阿伟呢，就坐在左边的“帽翅”上，臀下垫块纸板。那是他合法的蹲坐之处。右边的“帽翅”，连着一家美发店的台阶。如果他坐到右边去，就不合法了，美发店的老板是有理由也有权力驱赶他离开的。当然，他若真坐到右边去，美发店的专利权那也断不至于撵他。他们已很熟。并且，广义言之，阿伟也是老板。

阿伟姓赵，原名赵韦，河南农民；已婚，并有一子。他的家庭成员，皆农民。他们祖祖辈辈是农民，已经十几代之久了。到他这一代，按名谱排下来，都逢上了韦字。韦字是没什么讲头的字，几位盼着家庭兴旺的长者一商量，就将他这一代人的韦字，加上了单立人。于是他的名，就也从赵韦，改成赵伟了。伟字自然是很有讲头了，但阿伟的人生，还没沾到伟字的什么大光。

阿伟在这条街上收废品。面前，有三平方米的合法地盘，用绿色的，两尺高的硬塑板围着。硬塑板上用白字印着北京某环保部门的名称。除此之外，他还有执照。为这一种合法性，阿伟每年须向有关部门交六千多元管理费，平均每月五百多元。

在那“官帽”的“帽翅”上，阿伟已经坐到第四年了。多垫两块纸板，他便也能够躺下，但腿是伸不开的，“帽翅”没那么长。若他躺下去，只有屈起双膝来。阿伟不常躺下，他对自己的职业形象还是挺在乎的。铁门内，有几幢二十余层的高楼。楼里人家都将废品卖给阿伟。阿伟自然也是有手机的，许多楼里人家知道他的手机号码。倘哪些人家积攒的废品多了，一打他的手机，阿伟转眼便会拎着麻袋和秤出现在那些人家的门口。阿伟和小区里的人们关系处得不错……

前三年，阿伟的业务充满光明。起码，他自己是心满意足的。想想吧，一个年轻农民，在北京这一条很脏很乱的小街上，一旦取得了三平方米那么一小块合法坐守的地方，刨去应缴的管理费，一年竟能有两万多元的收入，还不应该谢天谢地吗？所以他总是对北京心怀着几分虔诚的感激。并且总是这么想——如果全中国的大小城市都能有北京这么多照顾穷人的挣钱机会，那么中国的农民就几乎算是熬到了共产主义啦！一个中国农民，不论是哪个省的，即使一年到头辛辛苦苦地侍弄了十几亩地，也未必就能有两万多元的回报啊！而他，几乎就是坐守罢了。这钱怎么说也算挣得容易啊！第二年他的妻子带着儿子也来到北京了，他以每月三百元的便宜价格租下了一间地下室，就在背后的小区里……

那时两口子对于生活都开始心生出有点儿伟大的憧憬来——他们盘算过攒下多少钱便足以推倒农村的旧屋盖新房了，也盘算过攒下多少钱就可以在小街上租下一间门面，经营一种什么小生意了。那有点儿伟大的憧憬需要用两个五年计划来实现。两个五年计划不才十年吗？他们都年轻着，有那份耐心。

不料好景不长，今年以来，业务每况愈下，都是金融海啸给闹的。

他每日所收的废报和过期刊物的封面上，几乎随时都能扫视到“金融海啸”四个字。那四个字每每作为黑体标题，有时大得离谱，然而他只当那是和自己毫无关系的事。似乎，也和每日出现在这条小街上的人们没什么关系。一切摊位上的蔬菜瓜果并没明显地涨价。理发的价格从八元涨到了十元，然而他并没听到什么抱怨之声。但是不久，“金融海啸”竟啸到了他这一行。虽然不曾见海，其啸却来势汹汹。废品的回收价格都降了一半，而那意味着他们的收入每天、每月、每年便也减少了一半……

某天夜里，妻子轻轻推了他两次。他说：“我没睡着。”躺下以后，他就不曾合过眼睛。而妻子，却是睡着了一阵又醒来的。她已经在两个月前开始做钟点工了，做钟点工不能带着小孩。白天，他们四岁的儿子跟他一起守摊。简直可以说，小小的儿子也开始打工生涯了。

妻子没头没脑地问：“咋办？”但他一听就明白她在问什么。他说：“挺。”妻子沉默一会儿，低声哭了。他摸索到她一只手，握了握，又说：

"别哭醒儿子。"儿子不知道有什么金融海啸，当然也不觉得有什么危机正压迫着他们一家三口。儿子挺乐于跟他一块坦然自若守摊的，困了就偎在他怀里睡一觉。第二天，他与妻子统一了意见；妻子当晚将儿子送回老家去了……

雨仍在下，丝毫没有停的迹象。菜摊的主人们也都躲到避雨的地方去了，隔街望着各自的菜摊而已。他们成心不罩他们的菜——萝卜、土豆、柿子、黄瓜、各类青菜，被大雨一淋，红的更红，紫的更紫，白的更白，绿的更绿了，正中摊主们的下怀。他们倒是都有点儿感激金融海啸的。"贵？金融海啸了，不涨价格，我们还有活路吗？"——他们每说这一类话。嫌贵的人听他们那么一说，就不好意思讨价还价了。

阿伟羡慕他们，然而并不后悔。毕竟，他所占据的三平方米地面是合法的。2009年六千多元的管理费，他在年初如数交了。而他们，城管人员一来到这条小街上，便顷刻作鸟兽散。

雨虽然将菜淋得更新鲜了似的，但街面上流淌着的水却那么污浊，各种各样的垃圾顺流而漂。阿伟却一向以极亲切的眼光来看这一条小街，包括此刻。因为，他视自己那三平方米地面为宝地。在过去的三年多里，他靠它挣了六七万元啊！农村里哪儿有这么宝贵的一小块地啊！

"你手机响了。"——站在铁门旁的保安对他大声说。他赶紧掏出手机。"响了两次了。""是吗？谢谢，我没听到。"手机里传出一个小伙子的声音，催他到一幢楼里去收废品。他本想说等雨停了再去，听出小伙子很急，张张嘴没那么说……

给他开门的是个二十六七岁的小女子，看样刚迈出大学校门不久；一个三十多岁的男子在屋里对着手机大声嚷嚷："那不行！有规定不能随便裁人！我给公司出了多年的力了，凭什么找个借口就想一脚踢开我？少废话！我不管什么金融海啸不海啸，法庭上见！……”

想必，便是他以为的小伙子。小女子刚将一纸箱塑料瓶放在门外，那男子一步跨到门口，对他大发其火：“你他妈怎么回事儿？拨过你两次手机了！”

他愣了愣，低声说：“下雨，没听到。保安告诉我才听到的，对不起。”

“你他妈聋了？”

他又说：“对不起。”

小女子默默将那男子推开，催促他：“快点，快点儿。”

他数了数瓶子，忍气吞声地说：“总共七角。”

“七角？！”——那男子又冲到了门口，指着他声色俱厉：“多少钱？再说一遍！”

“八个小瓶，每个五分，五八四角。三个大瓶，每个一角，三角。四角加三角，七角。信不过我你亲自再数一遍。”

“你骗谁你？！当我们没卖过瓶子啊？明明小瓶子一角，大瓶子两角，你怎么按五分收？按一角收？……”

“那是去年的价。去年就是我收的……今年，你们也知道的，金融海啸了……”

“啸你妈的头啊！你个收破烂儿的，也他妈敢打着金融海啸的幌子呀？你配吗你？！……七角钱！老子宁肯扔了也不卖了！……”那男子气呼呼地跨将出来，捧起纸箱，几步走到公共垃圾筒前，将纸箱扔入。之后，看也不看他一眼，返入家门，将门呼地关上……

阿伟生气地望着那门。他记得以前也来这一户收过废品，主人并非刚才那一对男女。显然，主人将房子租出去了。为了上门来收废品，他淋得落汤鸡似的。那些瓶子一扔进垃圾筒里，捡它们的权利便属于这幢楼的清洁工了。这是小区里的规定。任何别人捡，等于侵权。侵犯别人权益之事，阿伟是做不来的。尽管，他这会儿将纸箱子从垃圾筒里捡出来，没人会看到。他有点儿想那么做，但也只是一念闪过而已。这幢楼的女清洁工，也是从农村出来的。他认识她，他俩常在一起聊农村人进城打工的不容易。他俩同病相怜。他觉得他如果照自己那一闪念去做了，未免太可耻。

他也特想踹开门，将那男子也狗血喷头地骂一顿。如果对方敢跟他动手，他才不怕。打就打，都是高矮胖瘦一般般的男人，谁怕谁？却同样是一闪念而已。听了那男子对着手机嚷嚷的话，他不愿和对方一般见识了。

落汤鸡般的阿伟是在十五层楼。电梯迟迟不上来，他等不及，索性下楼梯。外边，雨终于变小。阿伟出现在楼口台阶上时，天空已经有些见晴。他抬头望望天空，郁闷情绪因之稍释。

“挺。”他喃喃自语，不料脚下一滑，从台阶上跌了下去。他站了几次，没站起来……在医院，妻子见他一条腿上了夹板，立刻就哭了。“咋办？”“挺。”“你都这样了，还怎么挺啊……”“世上从来没有一直不过去的事儿……咱们那三平方米宝地得坚守住！

不放弃，绝不放弃！哪怕把以前挣的钱再贴进去，也要守住！守住了那三平方米地方，盖新房子就还有希望，供儿子将来上学的费用就不愁！……”这农村年轻人的脸上流下泪来；然而，那话语却说得掷地有声。

“听说，不久这条街要改造了……”“咱不怕。不管怎么改造，城市人家总还是有废品的。咱那地方，是合法的！”

几天以后，阿伟又出现在他的宝地旁。由于一条腿上了夹板，他只能侧身而坐。那样，他上了夹板的腿就可以平放在水泥台上。那是很累的一种坐法。

在小区的广告板上，新贴了一张纸，上面写几行字是：

由于金融海啸的影响，废品收购价格全都下降了百分之五十，请大家理解。又由于本人跌断了腿，一段时期内不能上门收购，也请多多原谅！特殊时期，让我们共渡难关，朝前看。希望在前边！……

木匠哪里去了？

我的“兵团战友”姚伦，是木匠的儿子，也是木匠的孙子。我当知青的七年中，有五年多的时间和他同在一个连队。朝夕相处，友情深焉。

他祖父是那类背着工具箱，游走民间揽活为生的木匠。父亲是哈尔滨市某家具厂的八级师傅。当年那厂里只有一位八级木匠。全哈尔滨市也不会超过五位。有次开“群英会”，各行各业的“英模”现场“大比武”。他的父亲夺得了木工组“全能第一”的奖牌，从此戴上了“木工王”的桂冠。成为木工行业至尊至圣的“权威人物”。

既是“权威”，哪怕是工匠“权威”，“文革”中也是少不了要挨斗的。挨斗之后，被厂里“扫地出门”了。知识分子——科学家、作家、艺术家、学者、教授之类，一斗就“臭”了、就斯文丧失了。他们的学识和所长，仿佛也就贬值了，“英雄无用武之地”了。但有两类人却是越斗越香的。便是医生和木匠。用今天的说法，简直就意味着是“炒”他们的名气了。

一位医生，某日一旦被戴上“大权威”“小权威”的纸糊高帽，挂上“业务白专人物”的牌子游街示众，那就等于做广告，全城家喻户晓了。于是从医院到家里，一拨一拨的人点名道姓，非要被游斗过的他们诊病治病不可。老百姓才不傻呢，心里明镜似的，知道在什么情况下应该毫不犹豫地选择什么人指望什么人拯救自己。包括白天批过“权威”斗过“权威”的“造反派”甚至“专案组”的人，晚上也会带着自己患了疑难病症的至爱亲朋，隐至“权威”的家里，请求他们按照毛主席的“最高指示”——“救死扶伤，发扬革命的人道主义”。或用小汽车将“权威”们悄悄接到自己家里……

在这一点上木匠和医生相比差不多是同等的幸运。当年中国人对一个理想的“家”的设计和要求，是以“腿儿”作标准的。写字台四条腿儿，大立柜四条腿儿，一组沙发十二条腿儿……据说，应有尽有，添置齐全了，大约“四十六条腿儿”。当然，这是一流标准，权势者的标准，是处以上干部们的家的起码水平，是科长们追求和向往之的家的水平，是老百姓们梦寐以求的水平。

一对儿恋人打算登记结婚了，女方每每问男方——预备下多少条“腿儿”了？倘“腿儿”的数量太少，女方是要噘嘴儿，甚至是要掉眼泪要犯急的。那么婚期就得往后拖。当年哈尔滨的小伙子结婚前，主要是为“腿儿”的多少而操心上火，而大伤脑筋，而四处奔忙。一间新房，怎么也得有二十几条“腿儿”牢立在地，才能向新娘交代得过去。才能将新娘高高兴兴地迎入。“革命”耽误了中国科技的发展，耽误了中国生产的发展，却从没耽误过中国的男人和女人结婚。

老百姓身上的衣服，总是要补的，总是要换的。老百姓家里的家具，总是要修的，总是要更新的。衣服到处都有卖的，全市却仅有两处家具店。而且买家具是要凭票的。当年的一级工月薪二十四元，二级工三十六元，三级工四十二元。当年四十岁以下的中国人，能升到三级工的是极少数。筹备结婚的年轻人，月薪普遍在二十四元。仅够买一张写字台的一条腿儿。所以，打算结婚的年轻人，打算添置新家具的人家，即使是处长之家局长之家，一般也都得千方百计备下些木料，请木匠师傅给做。

被家具厂的“造反派”们“扫地出门”的“木工王”，身价不跌，反而倍增。在人们的广泛的需求意识中，仍是木工行业的“无冕之王”。主动上门央求做家具的人们不计其数。工期排得满满的，天天做也做不完。相求的人们，除了付工钱，照例还得要送份儿礼。八级木工的月薪是八十八元。“木工王”反而因为被妒得福，每月收入都在二百元以上。连家具厂的“造反派”们，更有权势的“造反派”们也免不了有求他的时候。既求他，当然就得庇护着他点。家具厂的“造反派”们，尽管对他妒上加妒，却奈何不得他。他忙不过来，就要儿子做帮手，指导儿子学起木工来。所以我的“战友”在下乡前就是一名好木工了。正所谓名师出高徒。

他下乡不久，主动要求调到了木工班。一年后，手艺超群显示，将连里一些从未受过指导的滥竽充数的木匠的手艺全比下去了。于是声名大噪。老职工、老战士、知青们都纷纷求他做各式各样的桌子，各式各样的柜子，各式各样的箱子。他从不收钱。收钱性质就变了。他很明智，恪守着不收钱的原则，以业余时间帮人忙播种人情。人缘广泛，口碑甚佳。

有一年团政委到我们连“蹲点”，先是发现我们连的知青几乎人人都有木箱，而且工艺都是那么细致，漆色也涂得那么棒。接着发现许多老战士老职工家里的桌子柜子，都是崭新的，样式又都那么美观，大为惊诧。于是召开现场会，严厉批判用公家木料做私人家具的不良现象。批判了一通之后，对姚伦的木工手艺，却又赞不绝口。说想不到知青中会存在手艺如此高超的木工巧匠！说可惜知青中没有八级。若有，一定特批姚伦为八级木工！……

于是从那一天起，姚伦虽然姓名仍在连队的花名册上，但差不多属于半个团里的人了。一年中有半年的时间，被抽调到团里去为各办公室，为礼堂，甚至为首长们个人做这做那。他像他父亲一样，成了团里的“木工王”。最多时，手下指挥着二三十名木工。

那是他的人生最辉煌的阶段。

后来他结婚了。妻子是位漂亮又贤惠的当地姑娘。

他家里的家具的“腿儿”，也许是全团人家里最多的。

后来他有儿子了。

后来和大批知青一样，他返城了。

他返城时遇到了棘手的难题。因为妻子不是知青，落不上城市户口，牵连着儿子也落不上城市户口。于是他给各方各面的人白做家具，打通一重重障碍。他的木工手艺在关键时刻帮了他。一年后他妻子儿子的户口全落上了。靠了木工手艺，他为妻子解决了工作。为他们三口之家谋到了住房——一幢新楼的一间半地下室。虽然是地下室，但在当年，相比于返城后一无所有，一切都得从零开始的广大知青，他还是幸运的。令人羡慕的。

但是他自己却不急于谋职。谋职对他并不难。他嫌正式工作工资太低。他成了返城知青中最早的一名个体手艺劳动者。每月一百多元，二百来元。今年干着，同时揽着明年的活儿。仿佛足以一直从容不迫地干下去。

相比而言，在返城知青中，当年他的小日子过得相当滋润。爱妻娇子、和和美美。衣食不愁，每月还有点儿积蓄。

到了20世纪80年代中后期，他的活法开始受到威胁了。涌入城市的大批的民工中，也有不少像他祖父那类背着工具箱游走于民间的木匠。尤其南方来的一些木匠，活儿做得也很细，工艺也很讲究，北方人又天生在许多方面迷信南方。于是南方的木匠们，在北方的这座城市特别吃香了。正如那句话说的——“外来的和尚好念经”。

他妻子就劝他：“活儿少了，只怕干不了几年了，趁早儿找个正式工作吧？”他却不以为然。说几百万人口的一座城市，到什么时候也少不了木匠啊！我就不信南方来的木匠，会挤得我有没活儿干那一天。然而世事的发展变迁，远比他所预料的要快得多。第二年市里的某一家具厂与国外合资，引进了一条流水线。市场上出现了样式美观工艺上乘的组合家具，广告做得铺天盖地，迅速成为名牌，也迅速改变了人们的家具需求观念。翌年又有两家合资家具厂诞生。三足鼎立，展开激烈竞争。南方来的木匠们在家具厂的激烈竞争中，从这座城市里消失了，撤退了。他也陷入了失业之境。他当然就不得不急着谋职了。

“会什么？”“木工活儿。我父亲是当年本市的‘木工王’！……”“是吗？可我们不需要木匠啊！除了木工活儿你还会什么？”他不得不承认，除了会木工活儿，再无所长。“那，我们缺个勤杂工你干不干？”“勤杂工？”“就是打扫厕所，打扫环境卫生的人。”“这……每月多少钱？……”“二百多吧！”“其他呢？”“没什么其他了！”斯时已是90年代初。他已经四十余岁了。物价早已涨了几倍了。下岗的工人一天比一天多了。他备觉受辱。自然是不肯干的。但是四处碰壁，所遇情况差不多。他在失业之境中闲了两年。早些年的积蓄花光了，每月只能靠妻子的低微收入勉强度日了。那一种闲可不是他情愿的，心情也是非常愁闷的。

城市非但不再需要细木工了，甚至也不再需要车工、钳工、铣工、刨工了……

十年河东，十年河西。彼生此亡，日新月异。对一部分人，一个英雄大有用武之地，机会多多的时代，正微笑着向他们招手示意。对另一部分人，这时代六亲不认地鄙视地板起了面孔，冷冷地宣布他们为多余的人。

今天，你在任何城市里都难得看见背着工具箱走街串巷的木匠了。哪一座城市每年不搞几次家具大联展大甩卖呢？

他曾经朋友介绍在一个室内装修队干了两个月。可室内装修他是生手，也根本无需太高的木工技能，一切也都是流水线上生产的规格化了的材料。往往只需拼贴粘牢就是了。而且其美观程度，远非一切能工巧匠的手艺达得到的。规模生产的工艺水平，对工匠们的劳动方式的淘汰，竟是那么的铁面无情。二十几岁的小伙子中出了一批又一批装修业的行家里手。他在装修队只配给他们当小工。整日被呼来唤去支使得团团转。收入当然是很低的。他的自尊被瓦解，只干了两个月就不干了。

他也曾背着工具箱到郊县甚至农村去找活儿干。但是郊县和农村的人家也不自备木料请匠人做家具了。到城里收购旧家具，不是更便宜更省事吗？何况，城里又兴起了旧家具拍卖业。很新很适用的家具，只因样式过时了，城里人家就卖了。大衣柜才三四十元。写字台才二三十元。一对箱子往往只标价十五元。有些正是他十年前亲手做成的。当然，郊县和农村也还有要修理家具的人家。可单靠挣点儿修理费，他是养不了家口维持不了生活的。

他设油锅炸过油条。炸油条相比于学成一名业熟艺精的木匠，当然是简单容易的。但他每每守着油锅，思想开小差，回忆自己当年是一名好木匠的好日子，并长吁短叹那好日子的不再复返。结果油条不是炸焦了就是缺火候。不久便干不下去了。

他也摆摊儿卖过菜，但不善吆喝，也吃不了那份儿起早贪黑的苦，尤其耐不住那种一上午或一下午无人问价空守摊位的寂寞。一个月算下来，没亏没挣。白干了。因白干而不干了。

他妻子偏偏那时下岗了。

他心情灰颓，忧上加忧。开始借酒浇愁，渐渐酗酒成性，沦为酒徒。

去年，我有一位朋友组成了一个建筑施工队，干得挺红火。我想到了他，赶紧去信替他联系。朋友回信说——既然大家都是朋友，那就让他来找我吧！不必他干什么活儿，打算让他当个小工长。工资嘛，也保证不会亏待他的。

我正替他高兴着，却有确凿的消息传来——他自杀了。

噫吁呼！

我为他的死难过了许多日子。

在那些日子里，我常因他而思考时代的变迁。觉得“发展”二字，既是一个给许多人带来大机遇大希望大转运的词，也是一个使许多人陷入窘境困境懵懂不知所措的词啊。它包含着相当冷酷的意味儿。

一个这样的时代正逼近我们中国人的面前——它的轮子只管隆隆向前，绝不为任何一个行动迟缓的人减慢速度或停下来稍等片刻。你要么坐在它的车厢里。它的车厢的等级是分得越来越细越多了。你要么跟着它的轮子飞跑疲于奔命，待它到哪一站“加水”时跃身上车。你要么具有根本不理睬它开到哪儿去的经济基础和心理素质，有资格并且自甘做一个时代发展的旁观者局外人。而最不幸的是你对它的多变性冷酷性预见不到估计不足，被碾在了它的轮下……

几乎我们百分之九十的人，都不得不经常想到——今天对于我们已习惯了的活法，可能明天早晨醒来就被彻底扰乱了。并且都不得不经常问自己——那时你还怎么活？

也许，从今以后，父母在儿女长到十来岁的时候，就有责任使他们渐渐明白——他们必须为他们以后的人生，设想起码三种不同的活法。从好的到糟的。而且使他们渐渐明白，只要人留意关注时代，那么它将要甩掉某些人之前，总是会显出些迹象的。忽略了这些迹象的发生，不再是时代的过错，而只能承认自己对自己没尽到责任了。

当然，也应讲到这一点，对于有所准备的人，从好的活法跌入糟的活法，其实并不意味着处境绝望，也并不真的那么可怕。需要耐心和承受力，禁得起摔掷的自尊和从头来过的自信罢了。正如儿童搭积木，一次次倒了再一次次重来时需要耐心和自信一样。

有所准备的人，必能从糟的活法重新过渡向另一种好的活法，避免被时代碾在它的轮下。

它不偿命。

人对待它最不可取的态度是轻生……

我们何以不宽容

紧绷的小街

迄今，我在北京住过三处地方了。

第一处自然是从前的北京电影制片厂院内。自 1977 年始，我在这里住了十二年筒子楼。往往一星期没出过北影大门，家、食堂、编导室办公楼，白天晚上数次往返于三点之间，像继续着大学生的校园生活。出了筒子楼半分钟就到食堂了，从食堂到办公室才五六分钟的路，比之于今天在上下班路上耗去两三个小时的人，上班那么近实在是一大福气了。

1988 年底我调到了中国儿童电影制片厂，次年夏季搬到童影宿舍。这里有一条小街，小街的长度不会超过从北影的前门到后门，很窄，一侧是元大都的一段土城墙。当年城墙遗址杂草丛生，相当荒野。小街尽头是总参的某干休所，所谓“死胡同”，车辆不能通行。当年有车的人家寥寥无几，“打的”也是一件挺奢侈的事，进出于小街的车辆除了出租车便是干休所的车了。小街上每每见到住在北影院内的老导演老演员们的身影，或步行，或骑自行车，或骑电动小三轮车，车后座上坐着他们的老伴儿。他们一位位的名字在中国电影史上举足轻重，掷地有声。当年北影的后门刚刚改造不久，小街曾很幽静。

又一年，小街上有了摆摊的。渐渐，就形成了街市，几乎卖什么的都有了。别的地方难得一见的东西，在小街上也可以买到。我在小街买过野蜂窝，朋友说是人造的，用糖浆加糖精再加凝固剂灌在蜂窝形的模子里，做出的“野蜂窝”要多像有多像，过程极容易。我还买过一条一尺来长的蜥蜴，卖的人说用黄酒活泡了，那酒于是滋补。我是个连闻到酒味儿都会醉的人，从不信什么滋补之道，只不过买了养着玩儿，不久就放生了。

我当街理过发，当街享受了半小时的推拿，推拿者一时兴起，强烈要求我脱掉背心，我拗不过，只得照办，吸引了不少围观者。我以十元钱买过三件据卖的人说是纯棉的出口转内销的背心，也买过五六种印有我的名字、我的照片的盗版书，其中一本的书名是《爱与恨的交织》，而我根本没写过那么一本书。当时的我穿着背心、裤衩，趿着破拖鞋，刚剃过光头，几天没刮胡子。我蹲在书摊前，看着那一本厚厚的书，吞吞吐吐地竟说：“这本书是假的。”

卖书的外地小伙子瞪我一眼，老反感地顶我：“书还有假的吗？假的你看半天？到底买不买？”

我说我就是梁晓声，而我从没出版过这么一本书。

他说：“我看你还是假的梁晓声呢！”

旁边有认识我的人说中国有多少叫梁晓声的不敢肯定，但他肯定是作家梁晓声。

小伙子夺去那本书，啪地往书摊上一放，说：“难道全中国只许你一个叫梁晓声的人是作家？！”

我居然产生了保存那本书的念头，想买。小伙子说冲我刚才说是假的，一分钱也不便宜给我，爱买不买。我不愿扫了他的兴又扫我自己的兴，二话没说就买下了。待我站在楼口，小伙子追了上来，还跟着一个小女子，手拿照相机。小伙子说她是他媳妇儿，说：“既然你是真的梁晓声，那证明咱俩太有缘分了，大叔，咱俩合影留念吧！”人家说得那么诚恳，我怎么可以拒绝呢？于是合影，恰巧走来人，小伙子又央那人为我们三个合影，自然是我站中间，一对小夫妻一左一右，都挽我手臂。

使小街变脏的首先是那类现做现卖的食品摊——煎饼、油条、粥、炒肝、炸春卷、馄饨、烤肉串，再加上卖菜的，再加上杀鸡宰鸭剖鱼的……早市一结束，满街狼藉，人行道和街面都是油腻的，走时粘鞋底儿。一下雨，街上淌的像刷锅水，黑水上漂着烂菜叶，间或漂着油花儿。

我在那条小街上与人发生了三次冲突。前两次互相都挺君子，没动手。第三次对方挨了两记耳光，不过不是我扇的，是童影厂当年的青年导演孙诚替我扇的。那时的小街，早六七点至九十点钟内，已是水泄不通，如节假日的庙会。即使一只黄鼬，在那种情况之下企图窜过街去也是不大可能的。某日清晨，我在家中听到汽车喇叭响个不停，俯窗一看，见一辆自行车横在一辆出租车前，自行车两边一男一女，皆三十来岁，衣着体面。出租车后，是一辆搬家公司的厢式大车。两辆车一被堵住，一概人只有侧身梭行。

我出了楼，挤过去，请自行车的主人将自行车顺一下。

那人瞪着我怒斥:“你他妈少管闲事！”

我问出租车司机怎么回事，他是不是剐蹭着人家了？

出租车司机说绝对没有，他也不知对方为什么要挡住他的车。

那女的骂道:“你他妈装糊涂！你按喇叭按得我们心烦，今天非堵你到早市散了不可！”

我听得来气，将自行车一顺，想要指挥出租车通过。对方一掌推开我，复将自行车横在出租车前。我与他如是三番，他从车上取下了链锁，威胁地朝我扬起来。

正那时，他脸上啪地挨了一大嘴巴子。还没等我看清扇他的是谁，耳畔又听啪的一声。待我认出扇他的是孙诚，那男的已乖乖地推着自行车便走，那女的也相跟而去，两个都一次没回头……至今我也不甚明白那一对男女为什么会是那么一种德行。

两年后“自由市场”被取缔。

如今我已在牡丹园北里又住了十多年，这里也有一条小街，这条小街起初也很幽静，现在也变成了一条市场街，是出租汽车司机极不情愿去的地方。它的情形变得与十年前我家住过的那条小街又差不多了。闷热的夏日，空气中弥漫着腐败腥臭的气味儿。路面重铺了两次，过不了多久又粘鞋底儿了。下雨时，流水也像刷锅水似的了，像新中国成立前财主家阴沟里淌出的油腻的刷锅水，某几处路面的油腻程度可用铲子铲下一层来。人行道名存实亡，差不多被一家紧挨一家的小店铺完全占据。今非昔比，今胜过昔，街道两侧一辆紧挨一辆停满了廉价车辆，间或也会看到一辆特高级的。

早晨 7 点左右“商业活动”开始，于是满街油炸烟味儿。上班族行色匆匆，有的边吃边走。买早点的老人步履缓慢，出租车或私家车明智地停住，耐心可嘉地等老人们蹒跚而过。8 点左右街上已乱作一团，人是更多了，车辆也多起来。如今买一辆廉价的二手车才一两万元，租了门面房开小店铺的外地小老板十之五六也都有车，早晨是他们忙着上货的时候。

太平庄那儿一家“国美”商城的免费接送车在小街上兜了一圈又一圈，相对于对开两辆小汽车已勉为其难的街宽，“国美”那辆大客车是庞然大物。倘一辆小汽车迎头遭遇了它，并且各自没了倒车的余地，那么堵塞半小时、一小时是家常便饭。“国美”大客车是出租车司机和驾私家车的人打内心里厌烦的，但因为免费，它却是老人们的最爱。真的堵塞住了，已坐上了它或急着想要坐上它的老人们，往往会不拿好眼色瞪着出租车或私家车，显然他们认为一大早添乱的是后者。

傍晚的情形比早上的情形更糟糕。6 点左右，小饭店的桌椅已摆到人行道上了，仿佛人行道根本就是自家的。人行道摆满了，沿马路边再摆一排。烤肉的出现了，烤海鲜的出现了，烤玉米烤土豆片地瓜片的也出现了。时代进步了，人们的吃法新颖了，小街上还曾出现过烤茄子、青椒和木瓜的摊贩。最火的是一家海鲜店，每晚在人行道上摆二十几套桌椅，居然有开着“宝马”或“奥迪”前来大快朵颐的男女，往往一吃便吃到深夜。某些男子直吃得脱掉衣衫，赤裸上身，汗流浃背，喝五吆六，划拳行令，旁若无人。乌烟瘴气中，行人嫌恶开车的；开车的嫌恶摆摊的；摆摊的嫌恶开店面的；开店面的嫌恶出租店面的——租金又涨了，占道经营等于变相地扩大门面，也只有这样赚得才多点儿。通货膨胀使他们来到北京打拼人生的成本大大提高了，不多赚点儿怎么行呢？而原住居民嫌恶一概之外地人——当初这条小街是多么幽静啊，看现在，外地人将这条小街搞成什么样子了？！那一时段，在这条小街，几乎所有人都在内心里嫌恶同胞……

而在那一时段，居然还有成心堵车的！

有次我回家，见一辆“奥迪”斜停在菜摊前。那么一斜停，三分之一的街面被占了，两边都堵住了三四辆车，喇叭声此起彼伏。车里坐一男人，听着音乐，悠悠然地吸着烟。

我忍无可忍，走到车窗旁冲他大吼：“你他妈聋啦？！”

他这才弹掉烟灰，不情愿地将车尾顺直。于是，堵塞消除。原来，他等一个在菜摊前挑挑拣拣买菜的女人。那一时段，这条街上的菜最便宜。可是，就为买几斤便宜的菜，至于开着“奥迪”到这么一条小街上来添乱吗？我们的某些同胞多么难以理解！

那男人开车前，瞪着我气势汹汹地问：“你刚才骂谁？”

我顺手从人行道上的货摊中抄起一把拖布，比他更气势汹汹地说：“骂的就是你，浑蛋！”

也许见我是老者，也许见我一脸怒气，并且猜不到我是个什么身份的人，还自知理亏，他也骂我一句，将车开走了……

能说他不是成心堵车吗？！

可他为什么要那样呢？我至今也想不明白。

还有一次——一辆旧的白色“捷达”横在一个小区的车辆进出口，将院里街上的车堵住了十几辆，小街仿佛变成了停车场，连行人都要从车隙间侧身而过。车里却无人，锁了。有个认得我的人小声告诉我——对面人行道上，一个穿T恤衫的吸着烟的男人便是车主。我见他望西洋景似的望着堵得一塌糊涂的场面幸灾乐祸地笑。毫无疑问，他肯定是车主。也可以肯定，他成心使坏是因为与出入口那儿的保安发生过什么不快。

那时的我真是怒从心头起，恶向胆边生。倘身处古代，倘我武艺了得，定然奔将过去，大打出手，管他娘的什么君子不君子！然我已老了，全没了打斗的能力和勇气，但骂的勇气却还残存着几分。于是撇掉斯文，瞪住那人，大骂一通浑蛋王八蛋狗娘养的！

我的骂自然丝毫也解决不了问题。最终解决问题的是交警支队的人，但那已是一个多小时以后的事了。在那一个多小时内，坐在人行道露天餐桌四周的人们，吃着喝着看着“热闹”，似乎堵塞之事与人行道被占一点儿关系都没有……

十余年前，我住童影宿舍所在的那一条小街时，曾听到有人这么说——真希望哪天大家集资买几百袋强力洗衣粉、几十把钢丝刷子，再雇一辆喷水车，发起一场义务劳动，将咱们这条油腻肮脏的小街彻底冲刷一遍！

如今，我听到过有人这么说——某时真想开一辆坦克，从街头一路压到街尾！这样的一条街住久了会使人发疯的！

在这条小街上，不仅经常引起同胞对同胞的嫌恶，还经常引起同胞对同胞的怨毒气，还经常造成同胞与同胞之间的紧张感。互相嫌恶，却也互相不敢轻易冒犯。谁都是弱者，谁都有底线。大多数人都活得很隐忍，小心翼翼。

街道委员会对这条小街束手无策，他们说他们没有执法权。

城管部门对这条小街也束手无策。他们说要治理，非来“硬”的不可，但北京是“首善之都”，怎么能来“硬”的呢？

新闻单位被什么人请来过，却一次也没进行报道。他们说，我们的原则是报道可以解决的事，明摆着这条小街的现状根本没法解决啊！

有人给市长热线一次次地打电话，最终居委会的同志找到了打电话的人，劝说——容易解决不是早解决了吗？实在忍受不了你干脆搬走吧！

有人也要求我这个区人大代表应该履责，我却从没向区政府反映过这条小街的情况。我的看法乃是——每一处摊位，每一处门面，背后都是一户人家的生计、生活甚至生存问题，悠悠万事，唯此为大。

在小街的另一街口，一行大红字标志着一个所在是“城市美化与管理学院”。相隔几米的街对面，人行道上搭着快餐摊棚。下水道口近在咫尺，夏季臭气冲鼻，情形令人作呕。

城管并不是毫不作为的。他们干脆将那下水道口用水泥封了，于是那儿摆着一个盛泔水的大盆了。至晚，泔水被倒往附近的下水道口，于是另一个下水道口也臭气冲鼻，情形令人作呕了。

又几步远，曾是一处卖油炸食物的摊点。经年累月，油锅上方的高压线挂满油烟嘟噜了，如同南方农家灶口上方挂了许多年的腊肠。架子上的变压器也早已熏黑了。某夜，城管发起“突击”，将那么一处的地面砖重铺了，围上了栏杆，栏杆内搭起“执法亭”了。白天，摊主见大势已去，也躺在地上闹过，但最终以和平方式告终。

本就很窄的街面，在一侧的人行道旁，又隔了一道八十公分宽的栏杆，使那一侧无法停车了。理论上是这样一道算式——斜停车辆占路面一点五米宽即一百五十公分的话，如此一来，无法停车了，约等于路面被少占了七十公分。两害相比取其轻，不得已而为之的办法，一种精神上的“胜利”。这条极可能经常发生城管人员与占道经营、无照经营、不卫生经营者之间的严峻斗争的小街，十余年来，其实并没发生过什么斗争事件。斗争不能使这一条小街变得稍好一些，相反，恐怕将月无宁日，日无宁时。这是双方都明白的，所以都尽量地互相理解，互相体恤。

也不是所有的门面和摊位都会使街道肮脏不堪。小街上有多家理发店、照相馆、洗衣店、打印社，还有茶店、糕点店、眼镜店、鲜花店、房屋中介公司、手工做鞋和卖鞋的小铺面；它们除了方便于居民，可以说毫无负面的环境影响。我经常去的两家打印社，主人都是农村来的。他们的铺面月租金五六千元，而据他们说，每年还有五六万的纯收入。

这是多么养人的一条小街啊！出租者和租者每年都有五六万的收入，而且或是城市底层人家，或是农村来的同胞，这是一切道理之上最硬的道理啊！其他一切道理，难道还不应该服从这一道理吗？

在一处拐角，有一位无照经营的大娘，她几乎每天据守着一平方米多一点儿的摊位卖咸鸭蛋。一年四季，寒暑无阻，已在那儿据守了十余年了。一天才能挣几多钱啊！如果那点儿收入对她不是很需要，七十多岁的人了，想必不会坚持了吧。

大娘的对面是一位东北农村来的姑娘，去年冬天她开始在拐角那儿卖大碴子粥。一碗三元钱，玉米很新鲜，那粥香啊！她也只不过占了一平方米多一点儿的人行道路面。占道经营自然是违章经营，可是据她说，每月也能挣四五千元！因为玉米是自家地里产的，除了点儿运费，几乎再无另外的成本。她曾对我说："我都二十七了还没结婚呢，我对象家穷，我得出来帮他挣钱，才能盖起新房啊！要不咋办呢？"

再往前走十几步，有一位农家妇女用三轮平板车卖豆浆、豆腐，也在那儿坚持十余年了。旁边，是用橱架车卖烧饼的一对夫妻，丈夫做，妻子卖，同样是小街上的老生意人。寒暑假期间，两家的两个都是小学生的女孩也来帮大人忙生计。炎夏之日，小脸儿晒得黑红。而寒冬时，小手冻得肿乎乎的。两个女孩儿的脸上，都呈现着历世的早熟的沧桑了。

有次我问其中一个："你俩肯定早就认识了，一块儿玩不？"

她竟说："也没空儿呀，再说也没心情！"

回答得特实在，实在得令人听了心疼。

五一节前，拐角那儿出现了一个五十来岁的外地汉子，挤在卖咸鸭蛋的大娘与卖鞋垫的大娘之间，仅占了一尺来宽的一小块儿地方，蹲在那儿，守着装了硬海绵的小木匣，其上插五六支风轮，彩色闪光纸做的风轮。他引起我注意的原因不仅是因为他卖成本那么低、肯定也挣不了几个小钱的东西，还因为他右手戴着原本是白色、现已脏成了黑色的线手套，一种廉价的劳保手套。

我心想："你这外地汉子呀，北京再能谋到生计，这条街再养得活人，你靠卖风轮那也还是挣不出一天的饭钱的呀！你这大男人脑子进水啦？找份什么活儿干不行，非得蹲这儿卖风轮？"然而，我一次、两次、三次、四次地看到他挤在两位大娘之间，蹲在那儿，五月份快过去了他才消失。

我买鞋垫时问大娘："那人的风轮卖得好吗？"

大娘说："好什么呀！快一个月了只卖出几支，一支才卖一元钱，比我这鞋垫儿还少伍角钱！"

卖咸鸭蛋的大娘接言道："他在老家农村干活儿时，一条手臂砸断了，残了，右手是只假手。不是觉得他可怜，我俩还不愿让他挤中间呢……"

我顿时默然。

卖咸鸭蛋的大娘又说，其实她一个月也卖不了多少咸鸭蛋，只能挣五六百元而已，这五六百元还仅归她一半儿。农村有养鸭的亲戚，负责每月给她送来鸭蛋，她负责腌，负责卖。

"儿女们挣的都少，如今供孩子上学花费太高，我们这种没工作过也没退休金的老人，"——她指指旁边卖鞋垫的大娘，"哪怕每月能给第三代挣出点儿零花钱，那也算儿女们不白养活我们呀……"

卖鞋垫的大娘就一个劲儿点头。

我不禁联想到了卖豆制品的和卖烧饼的。他们的女儿，已在帮着他们挣钱了。父母但凡工作着，小儿女每月就必定得有些零花钱——城里人家尤其是北京人家的小儿女，与外地农村人家的小儿女相比，似乎永远是有区别的。

我的脾气，如今竟变好了。小街日复一日年复一年地教育了我，逐渐使我明白我的坏脾气与这一条小街是多么的不相宜。再遇到使我怒从心起之事，每能强压怒火，上前好言排解了。若竟懒得，则命令自己装没看见，扭头一走了之。

而这条小街少了我的骂声，情形却也并没更糟到哪儿去。正如我大骂过几遭，情形并没有因而就变好点儿。

我觉得不少人都变得和我一样好脾气了。

有次我碰到了那位曾说恨不得开辆坦克从街头压到街尾的熟人。

我说："你看我们这条小街还有法儿治吗？"

他苦笑道："能有什么法儿呀？理解万岁呗，讲体恤呗，讲和谐呗……"

由他的话，我忽然意识到，紧绷了十余年的这一条小街，它竟自然而然地生成了一种品格，那就是人与人之间的体恤。所谓和谐，对于这一条小街，首先却是容忍。

有些同胞生计、生活、生存之艰难辛苦，在这一条小街呈现得历历在目。小街上还有所小学——瓷砖围墙上，镶着陶行知的头像及"爱满天下"四个大字。墙根低矮的冬青丛中藏污纳垢，叶上经常粘着痰。行知先生终日从墙上望着这条小街，我每觉他的目光似乎越来越忧郁，却也似乎越来越温柔了。

尽管时而紧张，但十余年来，却又未发生什么溅血的暴力冲突——

这也真是一条品格令人钦佩的小街！发生在小街上的一些可恨之事，往细一想，终究是人心可以容忍的。发生在中国的一些可恨之事，却断不能以"容忍"二字轻描淡写地对待。

"为之于未有，治之于未乱。"——老聃此言胜千言万语也！

我们何以不和谐

社会和谐或不和谐，因素很多。主要的现象在民间，主要的前提却不在民间。

百姓其实都是巴望和谐的。

因为一切导致社会不和谐状态，首先必使人民的生活乃至生存丧失保障。比如战争，比如动乱，比如枉法，比如苛政，比如一个阶级对另一个阶级的压迫与剥削……

“血流漂杵，人死如林”；“持金易粟，粟贵于金”；“中野何萧条，千里无人烟”；“边城多健（青壮年）少，内舍多寡妇”；“梦中依稀慈母泪，城头变幻大王旗”——这样的社会，是断没法和谐的。

片言折狱，严刑诬服，荣势破理，屈诛无辜；万全之利，权者以小不便而废；百世之患，贵者图小利而不顾——这样的社会，也是断没法和谐的。

苛政猛于虎，百姓如刍狗；朱门酒肉臭，路有暴尸殍——在如此这般的社会状况下，“孔子”们那些教化庶民的话，不管多么中听，根本就是废话。倘什么人还喋喋不休地向民间念教化经，那确乎可恶了。

“五四”时期，“打倒孔家店”成主流的社会风潮，运动者们固然有偏激之处，孔老夫子委实也有点儿冤枉，但平心静气地想一想，却并不能说这是文化人士根本不负责任的胡闹。

不久前与几位同龄辈闲聊，有人言：“除了‘文革’十年，建国凡五十余载，竟无内战，无论如何，该说是中国人的福。”皆肃然，遂纷纷点头。想想半个多世纪前的中国，可能比今天的伊拉克还要悲惨；凡中国人，不可能不由而庆幸。

窃以为，今日之中国，民间也来总结和谐的经验，吸取不和谐的教训，还是有了不少可行性的前提的。虽然发生在我们百姓日常生活中的不和谐，对于社会只不过是细节，且与什么大前提无关。但有时却会令当事人目瞪欲裂，血脉偾张；甚而真的向社会溅出血去；更甚而闹出人命来……

有次我在某市碰到这样一件事——上午我散步时，见一环卫工正在清理垃圾桶，旁边一女子在遛狗。那狗突然拉了屎，女子倒也自觉，而且分明有所准备，从兜里掏出卫生纸，包起狗屎打算扔进垃圾桶里；而那环卫工不知为什么不高兴了，将垃圾桶的盖子一盖，不许女子将狗屎扔进去。那女子手捏着一纸包狗屎，也不高兴了。

她质问：“为什么不许我扔进去？”

环卫工理直气壮：“这是垃圾桶不是扔狗屎的地方。”

我想，那环卫工之所以不高兴，恐怕是觉得自尊心受到了伤害（在我们的社会中，不尊重环卫工人的人格和他们的劳动甚而蓄意伤害他们自尊心的事也确实屡屡发生）——我干这么脏的活儿，每月那么少的工资，整天默默地为你们城里人服务，你们城里人何时正眼瞅过我们一次？我这儿正在扎塑料袋口呢，你偏赶这会儿当我面儿往袋里扔狗屎……这么一想，自然就有点儿是可忍孰不可忍了。都讲要换位思考，我想，如果那女子当时能换位思考一下的话，只消一句自嘲言语，环卫工心里的气肯定顷刻全无。

但那女子却手捏着一纸包狗屎认真起来。

“难道狗屎不是垃圾！”

“垃圾是垃圾，狗屎是狗屎！难道我是专门清理狗屎的人？！”

“狗屎也是垃圾！”

“狗屎不是垃圾！垃圾是生活废弃物！”

“狗屎就是废弃物！”

“这叫垃圾桶，不叫狗屎桶！”

“你胡搅蛮缠！”

“你才胡搅蛮缠！”

这时，对于那女子，怎么样才能扔掉狗屎似乎已不重要了；似乎理论明白狗屎究竟属不属于垃圾更为重要了。她的思维逻辑显然是这样的——只有通过理直气壮的辩论，迫使环卫工承认狗屎也是垃圾，手中的狗屎才会顺利扔掉。她肯定还觉得很委屈——自己的狗在道上拉了屎，自己并没牵着狗一走了之，而是掏出纸包拾了起来，却偏偏遇到一名犯浑的环卫工不许自己往垃圾桶里扔！她也是可忍孰不可忍了。

那小狗蹲于地，看着一男一女两个人恶色相向，不明所以，一脸困惑。

我见他们越吵越凶，趋前劝之。我是有立场倾向的——暂且不论狗屎是否属于严格意义上的垃圾，看一个女人一直拿在手里总不是回事儿，所以侧重于劝那环卫工退让一步……

环卫工则指着那女人说：“你看她那凶样子！反倒来劝我？今天我偏陪她较这个真，你别管闲事！”斯时那女人的样子确实已快失控——换位替她想想，手里一直捏着一纸包狗屎呢，样子能和谐得了吗？劝解无效，我只得去散我的步。半小时后再经过原地，环卫工不见了，被警车拉走了；

女子也不见了，被救护车拉走了。满地血点子，一名警察在向些个人了解流血事件的过程。而我听到的情况是这样——后来那女子将狗屎摔到了环卫工的脸上，后者用垃圾桶的盖子狠狠拍了她……才半个小时，倒也算是速战速决。

我还听到有人评论道："唉，这个女子也是死心眼儿，不许往垃圾桶里扔，走几步扔那片草坪上得了嘛，正好做肥料。"闲人们皆道："是啊，是啊。"我心里边就有点儿自责，怪自己半小时前没想到，所以劝得也不得法；若那么劝了，一场街头流血事件不就避免了吗？紧接着又有人说："没见草坪那儿正有人推着剪草机剪草吗？我要是那人，往草坪扔狗屎，我还不许呢！"想想，这话也是有预见性的。那，狗屎除了往人脸上摔，还能怎么个"处理"法呢？我困惑。

几天前的一个早晨，我在家附近的元大都遗址公园散步，见一高个子和一中等个子的公园保安正与一对中年夫妇理论。公园管理处有一条新规定——不得在公园内进行"大规模"摄影。这无疑是一条好规定。若此公园成了随便拍广告、影视外景的地方，显然会影响人们晨练、健身，也必增加管理难度。那对中年夫妇是推辆幼儿车到公园里来的，车里的孩子看上去还不满周岁，中年得子，多高兴的事儿，丈夫想多拍几张照片，散步的人们于是都绕开走，他们很能理解那一对夫妇的愉快心情。但是两名保安不知为什么对此事认真起来，上前阻止他们拍照。

他们自然要问："为什么？"答曰："有规定，禁止'大规模'摄影。"那丈夫诧异了："我们这是'大规模'摄影？"高个子保安肯定地说："对。因为你架三脚架了，架三脚架就算'大规模'摄影。""可我这三脚架这么小，只不过是为了相机稳定和能够自拍。""别跟我们说这么多，我们在执行规定。""哪儿规定的？""上级。""你们的上级是哪儿？""这你就无权过问了。”“我要找你们上级提出抗议。”“我们又没侵犯你的人权，只不过是在执行规定，所以有理由不告诉你。”“你们侵犯了我的人权！”“我们怎么侵犯你的人权了？”“你们凭什么不许我们拍照？！”“凭规定。”“你看那儿，那儿，他们都在照！”“他们没支三脚架。”“支这么个小三脚架就算‘大规模’摄影了？！”那丈夫吼起来了。“对，我们这么认为。”高个子保安的口吻听来一点儿商量的余地都没有。

于是引起围观。

几位息事宁人的老者对两名保安说：“别这么较真嘛，什么都不影响，一会儿就照完了呀！”我也附和着那么说。高个子保安却坚定地摇头：“不许。”看得出他当保安有些年头了；还看得出那中等个子的保安是新人，一直沉默不语，仅仅以不反对高个子保安的态度表现他的支持。在我们的生活中，这类以不反对的态度表现的支持，我们已司空见惯。而那高个子的保安，似乎要为中等个子的保安做铁面无私之榜样。

那女人妥协了，她说：“那就别用三脚架了，合影时请别人给照一张算了。”而那丈夫势不两立起来了，掏出手机大声嚷嚷：“我还偏不信这个邪！我通知电视台！”接着一通拨手机。高个子保安冷冷一笑：“我奉陪。”俩保安一动不动站在原地，监视着那一对夫妇。婴儿车里的婴儿却始终甜甜地睡着，对于大人们的冲突浑然不觉。我不愿劝人不成，自取其辱，便转身走开了，但也不想回家。我打定主意，要看这件事究竟怎么个了结。

当我绕了一圈又经过那儿时，那丈夫不给电视台打电话了，开始给派出所打电话……

我又绕了一圈，派出所来了两名年轻的民警，在听双方各执一词……

我绕了第三圈回来，两名年轻的民警同志还在那儿调解。看得出，就这么一件小事，还真使他们感到为难。一方据理力争的是正当的公民权，抗议不合理的规章制度；一方寸步不让的是执法权威，坚持有章必行。至于那规定本身，不用说初衷肯定是好的，是为了维护大多数公民的利益。但事情怎么就闹成这样了呢？

我那时又忘了友人们经常对我进行的闲事莫管的教导，指着那高个子保安厉喝："住口吧你！就为不许人家照几张相，你们两名保安站在这儿都四十几分钟了，成心犯浑啊！"

这时保安队长闻讯赶来了，也冲我嚷嚷："这儿正调解呢，你多的什么嘴？"

我大声说："看不过眼去的事，每个公民都有说话的权利！"

于是围观者七言八语，都说事情根本不值得那么较真儿。

而两名派出所的同志趁机将保安们推走了。

那一对夫妇终于可以照相了，但他们并没开始照——脸上的表情那么不悦，照出来的效果会好吗？

回到家里的我，却吃不下早点了，为自己所见的事生气，却又不知究竟该生哪一方的气。虽然我当时认为保安们不对，但冷静一想，他们都那么年轻，而且是外地人，能在北京当上保安那也不容易，如果上司确曾对他们说过"支起三脚架即算'大规模'摄影"——这是很有可能的——那么他们明明看见了有人在支起三脚架摄影，不禁止行吗？万一管他们的人看到了，斥责他们失职，兴许还会开了他们，那他们又怎么担待得起呢？因为小小的过失开一两名保安，还不是家常便饭吗？这么一想，我不免又理解起两名保安小伙子了，并因为我对他们的态度感到深深的内疚和羞惭。

那么说来说去，是那一对中年夫妇有什么不对喽？可他们究竟又有什么不对呢？我看得出来他们并不住在附近。想想吧，在星期日的上午，一家人高高兴兴地前来公园，本打算为孩子拍几张纪念照，只因为架起了不足一米高的三脚架却被视为进行“大规模”摄影，再三辩说也不许照，那么多人帮之说情也无济于事——换了谁，都不会乖乖地服从。

但如果哪一方都无错可责，又怎么会在一个明媚的上午，在一处美丽而又人气和谐的公园里，双方大煞风景地僵持四十几分钟，以至于不得不呼来派出所的民警呢？

孰是孰非，又像“狗屎究竟算不算垃圾”一样，似乎成了“斯蒂芬斯之谜”。

此事使我联想到另一件事——前不久，我的一外省友人在电话中告诉我，他险入一次鬼门关，所幸阳寿未尽，又回转到现世来了。他是一位七十余岁的老先生，什么事都循规蹈矩，唯恐给别人留下为老不尊的不良印象。但他说起他的遭遇，竟异常激动：某日 10 点左右，忽觉头疼，起初并不在意，然其疼与时俱增，挨至中午，已甚剧烈。情知不妙，赶紧打的去医院。及至，下午各科的号已全挂满，只有专家门诊尚可加号，于是挂了一个专家号。

我问：“为什么不挂急诊啊？”

他说他是有些常识的，估计自己可能是脑血管方面出了问题，那么首先要拍脑部的血流片子。急诊也必如此，专家门诊也必如此。与其在急诊部排队，莫如在专家门诊加个号，只开上拍片的单子，也就最多半分钟的事儿，并不耽误别人就诊，自己也能很快进入拍片室。

问题就出在了他的这一种想法上。挂号处给他开的是 32 号，这意味着他要坐在专家门诊室处等很久。可那时他的头更疼了，几乎忍受不住了。专家门诊室外有专门监管秩序的护士。他上前央求：“能不能先照顾我一下啊，就半分钟，啊？”护士断然拒绝：“不行，都得按号看病。”“我头疼得厉害，快忍不住了啦。”“那去看急诊。”“可我已经挂了专家号。”“那就是你个人的问题了。”七十余岁的老人便再无话可说。还说什么呢？以他的年龄，以他的修养，是断不会硬闯入专家门诊室去的。

万一和是自己孙女辈的小护士拉拉扯扯起来，成何体统呢？于是他转而去分号台那儿央求。可人家说只管分号，不管别的事。想要受到优先照顾，还是得跟在专家门诊室外监管秩序的护士去说……

他便又回到了专家门诊室那儿，再次央求。小护士还是不肯给予照顾，且振振有词："我站在这儿是干什么的？就是负责监管秩序的。有秩序对大家都公平，不能因为你一个人破坏了公平。你头疼，别人就哪儿都好好的吗？老先生，还是耐心坐在那儿等着吧。既然给你开了号，下班前就准能轮到你……”

小护士对他谆谆教导，听来那一番话不能说毫无道理。医院专门安排几名护士在专家门诊前监管秩序，那也确实是对大多数看病的人负责任的一种措施。而那小护士分明也是想认认真真地负起自己那一份职责。

但是对于我的友人，那一种认真却未免近于冷酷无情。出于热爱自己生命的本能，趁一个看病的人刚从专家门诊室出来，他便顾不了许多地硬往里闯了……

“你这人怎么这样？”小护士还真拽住了他。

“姑娘，我不骗你，我的头……”

老人家一急，话没说完，竟身子猛烈一抖，随之往后便倒。老先生脑血管因堵塞而破裂，幸而抢救及时，进行了开颅手术，捡回一条命。

在我们普通人所终日生活的社会细节里，如此这般的事举不胜举。若想从这类事中分清孰对孰错，是很难的。若想完全避开这类事，也是很难的。这类事和腐败没有什么关系，和官僚主义也没有什么关系，和所谓的社会公平正义更没有什么关系，但它也是那么影响我们对现实生活的感受，现实生活是否值得我们热爱，往往也由这类事对我们生活情绪的影响而定。以我自己为例，我大致归纳了一下，倘从我十八岁成年以后算起，大约有三分之一使我大动肝火的事，其实正是以上一类事。这类事是任何一个国家的政府都不大能替人民操心得到的，也是任何一个法官都难以断清的。任何一个国家的环卫部门都不曾对狗屎究竟算不算垃圾做出过权威结论。难以想象的是，有时一条好的规定、一项好的措施竟会使人和人的关系反而不和谐了。

关键还是在人。

正如我们常说的："规章制度是死的，人是活的。"

而这句话在人口少的国家是一回事，在我们有十三亿多人口的中国是另一回事。

如果元大都遗址公园每天早晨健身的人少了一半，那两名太过认真的保安对那一对中年夫妇也不会那么认真了吧？

如果我们的医院不都像集市一样，那么太过认真的小护士也会对我的友人予以照顾了吧？

十三亿多，对于一个国家而言，人口真是太多了。以至于在我们社会的每一条褶皱里，每一个细节中，都时常会发生些本不该发生的事。

我喋喋不休地讲述以上几件事其实并非为辨明是非，而只不过想使我自己和我的读者更加明了——生活在一个十三亿多人口的国家里，每一个普通人最好都夹起尾巴做人。管别人的人，不要总习惯于对别人像牧人对待羊群中的一只羊一样；被管的人，遇到了太过认真的人，应像车遇到了拦路石一样，明智地绕行。即使忍气吞声，该忍则忍，该吞则吞吧！

否则和谐那还有望吗？！

体恤儿子

现在，儿子是一点儿良好的自我感觉也没有了。稍微的一点儿也没有了。起码我这个父亲是这么看他的。

由小学生到中学生，他已算颇经历了一些事，或直白曰是一些挫折。在学业竞争中呛了几次水，品咂了几次苦涩。

儿子自小就受到邻居的喜爱。“干妈”不少。“干妈”们认他这个“干儿子”，绝非冲着我认的。一个写作者的儿子没有什么稀罕的。在人际关系中对谁都不可能有实际的帮助。犯不着走“干儿子”路线，迂回巴结。当然也绝非冲着他亲妈认的。他亲妈我的“内人”乃工人阶级之一员，更是谁都犯不着讨好的。别人们喜爱他，纯粹是因为他自己有招人喜爱之处。长得招人喜爱，虎头虎脑，一副憨样儿。性情招人喜爱，不顽不闹，循规蹈矩，胆子还有些小，内向又文静。

在小学六年里，他由“一道杠”而“两道杠”，由小组长而班委，连续三年是“三好生”。这方面那方面，奖状获了不少。而优于我的一点是，“群众关系”极佳。同学们都乐于跟他交朋友。小学中的儿子，是班里的一个小“首领”，不是靠了争强好胜，而是靠了随和亲善。

六年级下学期，他顶在乎的一件事，便是能否评上“三好生”了。评上了，据他自己讲，就可以被“保送”了。然而儿子小学的最后一次考试，亦即毕业考试，却并没有考好。在我印象中，似乎数学九十六分，语文八十五分，平均九十点五分。结果可想而知，他在全班的名次排到了第二十几名。儿子终于意识到，“保送”是绝无希望了！

“但是我们老师说，一百二十三中也不错！以后可能升格为区重点中学呢！”

他这么安慰他自己，也希望他的父亲能从这番话中获得安慰。

我当然有些沮丧，但主要是替他感到的。

我说：“儿子，好学生不只出在重点中学里。你能自己往开了想，这一点爸爸赞成。”

在我印象中，一百二十三中是我们那一市区普通得不能再普通的一所中学。然而儿子连这一所中学也没去成。两天后他回到家里，表情从来没有过的那么抑郁。他说：“爸，老师说去一百二十三中的同学，名次必须在二十名以前。”我说：“那，你如果连一百二十三中也去不成的话，能去哪一所中学呢？”

“老师悄悄告诉我，推荐我去北医大附中。”听来倒好像老师们格外惠顾着他似的。而北医大附中，据我想来，已属“最后的退却”了。

我问：“你们老师不是说，考卷要发给家长们看看的吗？”——我这么问，是因为我凭着大人的社会经验，开始起了些疑心的。

“又不发了。”

“为什么？”

“不知道。”

“你自己怎么想？”

“我……怎么想也没用了……”

我说："儿子，听着。如果你希望进一所较好的中学，爸爸是可以试着办一办的，只不过太违反爸爸的性格。但爸爸从来没给你开过一次家长会，觉得很愧疚，也是肯在你感到需要时……"

"爸你别说了！我不怪你。我去北医大附中就是了。"看得出，儿子是不愿使我这个"老爸"做什么违心求人之事的。然而儿子连北医大附中也没去成。第二天他接到同学打来的一个电话后，伤心地哭了。他被分到了一所仿佛是全市最差的中学。

我说："别哭，也许是不一定的事儿呢！"发榜那一天，结果却正是那么一回事儿。只不过他拿回了小学的最后一份"三好学生"证书。于是该轮到我安慰他了。我说："哪怕最差的中学，只要学生自己努力，也是有可能考上最好的高中的。你难道没有信心做一名这样的中学生？"

他流着泪说："有的……"

于是开学那一天，我亲自送他去报到……

但是他的"干妈"们，和一直关心着他升学去向的我的朋友们，获知消息后，一个个都感到十分意外了，纷纷登门了——有的严厉地批评我对子女之不负责任，有的"见义勇为"地向儿子保证着什么……

在正式开学的第三天，儿子转入了一所重点中学——这是我根本没有能力扭转，也不知究竟该怎么去办的事。全靠别人的热心……

如今，上了重点中学的儿子，仅仅一年，性情彻底变了，也成了家中最没有"业余时间"的成员——早晨我还在梦乡之中，他就已经离开家骑着自行车去上学了。晚上，妻子都已经下班了，儿子往往还没回到家里。一回到家里，就一头扎入他自己的小房间，将门关起来。吃过晚饭，搁下饭碗就又回到他的小房间……

有次我问他："在同学中有新朋友了吗？"

他摇头。摇过头说：“都只顾学习。谁跟谁都没时间建立友谊。”

倒是他小学的同学们，星期天还常一伙一伙地来找他玩儿。瞧着些小学的学友们在一起那股子亲密劲儿，我真从内心里替孩子们感到忧伤——缺乏友谊，缺少愉悦的时光，整天满脑子是分数、名次和来自于家长及学校双方的压力。这样的少年阶段，将来怕是连点儿值得回忆的内容都没了吧？几分之差，往往便意味着名次排列上前后的悬殊。所以为了几分乃至一分半分，他们彼此间的竞争态势，绝不比商人们在商场上的竞争性缓和……

由我的儿子，我也很是体恤中国当代的所有上了中学的孩子们。他们小小年纪，也许是活得最累的一部分中国人了……

玻璃匠和他的儿子

20 世纪 80 年代以前，城市里每能见到一类游走匠人——他们背着一个简陋的木架走街串巷；架子上分格装着些尺寸不等、厚薄不同的玻璃。他们一边走一边招徕生意："镶——窗户！……镶——镜框！……镶——相框！……"

他们被叫作"玻璃匠"。

有时，人们甚至直接这么叫他们："哎，镶玻璃的！"

他们一旦被叫住，他们就有点儿钱可挣了。或一角，或几角。总之，除了成本，也就是一块玻璃的原价。他们一次所挣的钱，绝不会超过几角去。一次能挣五角钱的活，那就是"大活儿"了。他们一个月遇不上几次大活儿的。一年四季，他们风里来雨里去，冒酷暑，顶严寒，为的是一家人的生活。他们大抵是些由于这样或那样的原因而被拒在"国有"体制以外的人。按今天的说法，是些当年"自谋生路"的人。

有"玻璃匠"的年代，城市百姓的日子都过得很拮据，也特别仔细。不论窗玻璃裂碎了，还是相框玻璃或镜子裂碎了，那大块儿的，是舍不得扔的，专等玻璃匠来了，给切割一番，拼对一番。要知道，那是连破了一只瓷盆都舍不得扔，专等锔匠来了给锔上的穷困年代啊！……

玻璃匠开始切割玻璃时，每每吸引不少好奇的孩子围观。孩子们的好奇心，主要是由“玻璃匠”那一把玻璃刀引起的。玻璃刀本身当然不是玻璃的。玻璃刀看上去都是样子差不了哪儿去的刃具，像临帖的毛笔。刀头一般长方而扁，其上固定着极小极小的一粒钻石。玻璃刀之所以能切割玻璃，完全靠那一粒钻石。没有了那一粒小之又小的钻石，一把玻璃刀便一钱不值了。玻璃匠也就只得改行，除非他再买一把玻璃刀。而从前一把玻璃刀一百几十元，相当于一辆新自行车的价格，对于靠镶玻璃养家糊口的人，谈何容易！并且，也极难买到。因为在从前，在中国，钻石本身太稀缺了。所以，从前中国的玻璃匠们，用的几乎全是从前的从前也即新中国成立前的玻璃刀，大抵是外国货。新中国成立前的中国还造不出玻璃刀来。将一粒小之又小的钻石固定在铜或钢的刀头上，是一种特殊的工艺。

可想而知，玻璃匠们是多么爱惜他们的玻璃刀！与侠客对自己的兵器的爱惜程度相比，也是不算夸张的。每一位玻璃匠都一定为他们的玻璃刀做了套子，像从前的中学女生每每为自己心爱的钢笔织一个笔套。有的玻璃匠，甚至为他们的玻璃刀做了双层的套子。一层保护刀头，另一层连刀身都套进去，再用一条链子系在内衣兜里，像系着一块宝贵的怀表似的。当他们从套中抽出玻璃刀，好奇的孩子们就将一双双眼睛瞪大了。玻璃刀贴着尺在玻璃上轻轻一划，随之出现一道纹，再经玻璃匠的双手有把握地一掰，玻璃就沿纹齐整地分开了，在孩子们看来那是不可思议的……

我的一位中年朋友的父亲，便是从前年代的一名玻璃匠。他的父亲有一把德国造的玻璃刀。那把玻璃刀上的钻石，比许多玻璃刀上的钻石都大，约半个芝麻粒儿那么大。它对于他的父亲和他一家，意味着什么不必细说。

有次，我这一位朋友在我家里望着我父亲的遗像，聊起了自己曾是玻璃匠的父亲，聊起了他父亲那一把视如宝物的玻璃刀。我听他娓娓道来，心中感慨万千：

他说他父亲一向身体不好，脾气也不好。他十岁那一年，他母亲去世了，从此他父亲的脾气就更不好了。而他是长子，下边有一个弟弟一个妹妹。父亲一发脾气，他就首先成了出气筒。年纪小小的他，和父亲的关系越来越紧张，也越来越冷漠。他认为他的父亲一点儿也不关爱他和弟弟妹妹。他暗想，自己因而也有理由不爱父亲。他承认，少年时的他，心里竟有点儿恨自己的父亲……

有一年夏季，父亲回老家去办理祖父的丧事。父亲临走，指着一个小木匣严厉地说："谁也不许动那里边的东西！"——他知道父亲的话主要是说给他听的，同时猜到，父亲的玻璃刀放在那个小木匣里了。但他毕竟是个孩子啊！别的孩子感兴趣的东西，他也免不了会对之产生好奇心的呀！何况那东西是自己家里的，就放在一个没有锁的，普普通通的小木匣里！于是父亲走后的第二天他打开了那小木匣，父亲的玻璃刀果然在内。但他只不过将玻璃刀从双层的绒布的套子里抽出来欣赏一番，比画几下而已。

他以为他的好奇心会就此满足。却没有。第三天他又将玻璃刀拿在手中，好奇心更大了。找到块碎玻璃试着在上边划了一下，一掰，碎玻璃分为两半，他就觉得更好玩了。以后的几天里，他也成了一名小玻璃匠，用东捡西拾的碎玻璃，为同学们切割出了一些玻璃的直尺和三角尺，大受欢迎。然而最后一次。那把玻璃刀没能从玻璃上划出纹来，仔细一看，刀头上的钻石不见了！

他这一惊非同小可，心里毛了，手也被玻璃割破了。他怎么也没想到，使用不得法。刀头上那粒小之又小的钻石，是会被弄掉的。他完全搞不清楚是什么时候掉的，可能掉在哪儿了？就算清楚，又哪里会找得到呢？就算找到了，凭他，又如何安到刀头上去呢？他对我说，那是他人生中所面临的第一次重大事件。甚至，是唯一的一次重大事件。以后他所面临过的某些烦恼之事的性质，都不及当年那一件事严峻。他当时可以说是吓傻了……

由于恐惧，那一天夜里，他想出了一个卑劣的方法——第二天他向同学借了一把小镊子。将一小块碎玻璃在石块上仔仔细细捣得粉碎，夹起半个芝麻粒儿那么小的一个玻璃碴儿，用胶水粘在玻璃刀的刀头上了。那一年是 1972 年，他十四岁……

三十余年后，在我家里，想到他的父亲时，他一边回忆一边对我说："当年，我并不觉得我的办法卑劣。甚至，还觉得挺高明。我希望父亲发现玻璃刀上的钻石粒儿掉了时，以为是他自己使用不慎弄掉的。那么小的东西，一旦掉了，满地哪儿去找呢？即使找不到，哪怕怀疑是我搞坏的，也没有什么根据。只能是怀疑啊！……"

他的父亲回到家里后，吃饭时见他手上缠着布条，问他手指怎么了。他搪塞地回答，生火时不小心被烫了一下。父亲没再多问他什么。

翌日，父亲一早背着玻璃箱出门挣钱去，才一个多小时后就回来了。脸上阴云密布。他和他的弟弟妹妹吓得大气儿都不敢出一口。然而父亲并没问玻璃刀的事，只不过仰躺在床上，闷声不响地接连吸烟……

下午，父亲将他和弟弟妹妹叫到跟前，依然阴沉着脸却语调平静地说："镶玻璃这种营生是越来越不好干了。哪儿哪儿都停产，连玻璃厂都不生产玻璃了。玻璃匠买不到玻璃，给别人家镶什么呢？我要把那玻璃箱连同剩下的几块玻璃都卖了。我以后不做玻璃匠了，我得另找一种活儿挣钱养活你们……"

他的父亲说完，真的背起玻璃箱出门卖去了……

以后，他的父亲就不再是一个靠手艺挣钱的男人了，而是一个靠力气挣钱养活自己儿女的男人了。他说，以后他的父亲做过临时搬运工，做过临时仓库看守员，还做过公共浴堂的临时搓澡人：居然还放弃一个中年男人的自尊，正正式式地拜师为徒，在公共浴堂里学过修脚……

而且，他父亲的暴脾气，不知为什么竟一天天变好了，不管在外边受了多大委屈和欺辱，再也没回到家里冲他和弟弟妹妹宣泄过。那当父亲的，对于自己的儿女们，也很懂得问饥问寒地关爱着了。这一点一直是他和弟弟妹妹们心中的一个谜，虽然都不免奇怪，却并没有哪一个当面问过他们的父亲。

到了我的朋友三十四岁那一年也就是20世纪90年代初，他的父亲因积劳成疾，才六十多岁就患了绝症。在医院里，在曾做过玻璃匠的父亲的生命之烛快燃尽的日子里，我的朋友对他的父亲孝敬倍增。那时，他们父子的关系已变得非常深厚了。一天，趁父亲精神还可以，儿子终于向父亲承认，二十几年前，父亲那一把宝贵的玻璃刀是自己弄坏的，也坦白了自己当时那一种卑劣的想法……

不料他父亲说："当年我就断定是你小子弄坏的！"

儿子惊讶了："为什么父亲？难道你从地上找到了……那么小那么小的东西啊，怎么可能呢？"

他的老父亲微微一笑，语调幽默地说："你以为你那种法子高明啊？你以为你爸就那么容易受骗呀？你又哪里会知道，我每次给人家割玻璃时，总是习惯用大拇指抹抹刀头。那天，我一抹，你粘在刀头上的玻璃碴子，扎进我大拇指肚里去了。我只得把揣进自己兜里的五角钱又掏出来退给人家了。我当时那种难堪的样子就别提了，好些个大人孩子围着我看呢！儿子你就不想想。你那么做，不是等于要成心当众出你爸爸的洋相吗？……"

儿子愣了愣，低声又问："那你，当年怎么没暴打我一顿？"

他那老父亲注视着他，目光一时变得极为温柔，语调缓慢地说：“当年，我是那么想来着。恨不得几步就走回家里，见着你，掀翻就打。可走着走着，似乎有谁在我耳边对我说，你这个当爸的男人啊，你怪谁呢？你的儿子弄坏了你的东西不敢对你说，还不是因为你平日对他太凶吗？你如果平日使他感到你对于他是最可亲爱的一个人，他至于那么做吗？一个十四岁的孩子，那么做是容易的吗？换成大人也不容易啊！不信你回家试试，看你自己把玻璃捣得那么碎，再把那么小那么小的玻璃碴粘在金属上容易不容易？你儿子的做法，是怕你怕的呀！……

“我走着走着，我就流泪了。那一天，是我当父亲以来，第一次知道心疼孩子。以前呢，我的心都被穷日子累糙了，顾不上关怀自己的孩子们了……”

“那，爸你也不是因为镶玻璃的活儿不好干了才……”“唉，儿子你这话问的！这还用问吗？……”我的朋友，一个三十五六岁的儿子，伏在他老父亲身上，无声地哭了。几天后，那父亲在他的两个儿子一个女儿的守护之下，安详而逝……我的朋友对我讲述完了，我和他不约而同地吸起烟来，长久无话。那时，夕照洒进屋里，洒了一地，洒了一墙。我老父亲的遗像，沐浴着夕照，他在对我微笑。他也曾是一位脾气很大的父亲，也曾使我们当儿女的都很惧怕。可是从某一年开始，他忽然判若两人似的，变成了一位性情温良的父亲。

我望着父亲的遗像，陷入默默的回忆——在我们几个儿女和我们的老父亲之间，想必也曾发生过类似的事吧？那究竟是一件什么事呢？——可我却没有我的朋友那么幸运，至今也不知道。而且，也不可能知道了，将永远是一个谜了……

乘客和黑车司机

我有一位朋友，家乡人，经商的。业务主项在北京，每个月都要往南方去一两次。

一次又往，目的地是常去的一座大城市。从机场到市里，约四十几分钟车路。拎着包刚一出现在机场大厅里，便被一个小伙子迎住了，问要不要乘便宜车之类的话。一听就知道是黑车司机，不理睬。

然而小伙子却彬彬有礼，恭敬之至。说可以少收二十元钱；说有什么特许证，可以免交设在半路的高速公路费；说可以抄近路，保证至少提前十分钟进入市区。最后，特别强调地说，他的车可是一辆奥迪。

我的朋友，竟被说动了心，跟着那小伙子去坐那辆黑车了。黑车果然是奥迪。而且，是黑的。但那辆奥迪，是 20 世纪 80 年代的老款，里里外外已经旧到不能再旧的程度了。

黑车司机将车开走以后，得意扬扬地说：“是奥迪吧？我开的是黑车不假，但是我不骗人。”

我的朋友就问：“早知道你开的是这么一辆奥迪，我根本不会上你的车。”

小伙子一笑，说已经坐上了，后悔的话就别说了呀。你不是还能省下二三十元钱嘛，不是还能提前十来分钟进入市区嘛……

我的朋友一想，可也是的，也就不再说什么非常不满的话。这事儿，在我的朋友那儿，其实图的不是能省下二三十元钱。他的生意做得不错，每年入项颇丰，根本不在乎能否省下二三十元钱。早十来分钟进入市区，对他也没有什么吸引力，他是直接坐到宾馆去，早不早那十来分钟，对他没什么特殊的意义。我的这一位朋友，本身有两大问题——第一是烟瘾很大，第二是难耐寂寞。但飞机上是不允许吸烟的；这一次坐在他旁边的又是一位年轻女士，人家不和陌生人说话。所以他一下飞机，便立刻想要满足两大急迫而又强烈的要求。一是生理的，赶紧吸上一支烟才舒服；二是心理的，三个多小时没主动和人说话了，急迫而又强烈地想和人说说话。

该市是他常去的。该市偏偏又对出租车行业规范严格——“请勿在车内吸烟”“请勿与司机交谈”。这样两行文字，醒目地印在“敬告乘客”之宣传卡片上；卡面用透明胶条粘在车里。故我的这位朋友每次乘坐该市的出租车，反而备觉约束。对他这一类乘客，那两条“警告”很不人性化似的。主要是由于这种原因，我的朋友才坐上了那小伙子的黑车。

但他毕竟也是一个懂得起码的文明礼貌的人，试探地问：“我可以吸支烟吗？”

小伙子爽快地说：“可以。太可以了！您想吸多少支就吸多少支，想怎么吸就怎么吸。”

我的朋友一听，高兴了。掏出烟来，急不可待地吞云吐雾。生理的要求获得满足的同时，心理的要求也开始蠢蠢欲动了，于是没话找话地跟司机搭讪：“看你的样子还不到三十吧？”

“老板您眼力真准，我二十九。”

“结婚了？”

“都有孩子了。”

“男孩儿，女孩儿？”

“女孩儿。”

“女孩儿好，将来往外一嫁，也就省心了。”

“老板，咱俩想一块儿去了。”

“这车是你的？”

“也不是我自己的，三个哥们儿合买的一辆二手车。”

“这车开不了几年了呀，该淘汰了啊！”

“能开几年开几年呗，得养家糊口哇。”

“那，为什么不争取当一名正式的出租车司机呢？”

“那太受剥削了呀！辛辛苦苦一个月，差不多三分之二的钱让出租车公司搂去了！……”

于是我的朋友大发感慨。对出租车公司进行谴责，对开黑车的小伙子表示同情……忽然他觉得不对，问：“怎么还没过收费站啊？”过了收费站，离市区就只剩一半路了。

小伙子说：“咱们绕过收费站去。我不是有言在先，要为您省下十元公路费嘛！”

“那，咱们现在绕过去了吗？”

“还没有。一会儿就绕过去了。”

“可，我坐到你的车上已经二十多分钟了。你保证了的，提前十分钟进入市区……”

“放心，没问题，没问题……”那时车开在一条我的朋友完全陌生的路上，坑坑洼洼，颠颠簸簸；路两旁，看不见一处他曾熟悉过的标志性建筑。他开始怀疑再过十分钟怎么会进得了市区呢？开始有点儿后悔坐上那一辆黑车了。心理满足了一下，话也不多了……

路上的车渐多起来。一会儿，那辆老旧的奥迪被堵在了一处十字路口。

“你看，现在都半小时过去了，这儿是市区吗？”“这儿当然不是市区啦！我怎么能料到会在这儿被堵住呢？”“那你偏往这么一条路上开？”“不是要为你省下十元过路费嘛！我得讲诚信啊！”“你居然还说什么诚信！我就那么在乎能省下十元钱啊？”“你不在乎你上我的车？你不在乎你一开始就声明啊！……”“你、你还这么跟我说话！……”“那我该怎么跟你说话？……”由于堵车，二人的情绪都变糟了，你有来言我有去语的，几乎吵了起来。

堵车是因为前边出车祸了。他们的车一堵就被堵了半个多小时。等终于又能往前开了，我的朋友已是满肚子的气了啊。但，生气也白生气。而且，只有生自己的气啊！车里的气氛，当然也就不像他吸第一支烟时那么友好了。

又半个多小时，汽车才进入市区。其时天已黑了。我的朋友却还是看不到一幢标志性建筑，忍不住气呼呼地问：“你是在往我住的宾馆开吗？”

黑车司机反问：“那你以为我是在往哪儿开？”

他说：“那我怎么看着道两旁一点儿都不熟悉？”

黑车司机说：“咱们不是从别的路开入市区的吗？”

那时候，偏偏又是市区里堵车的时候……

简单说，又过了四十多分钟，我的朋友还坐在那一辆黑车上。黑车下了这一条封闭马路，驶上另一条封闭马路。往复不已，似乎完全失去了方向感。不是小伙子成心要多跑冤枉路，耽误他的时间坑他的钱，而是根本不清楚我的朋友要去的宾馆在一条什么街上。

“你他妈的不清楚，你还敢诓我上你的黑车！……”“老板你别骂人行不行？你不是说你常住那家宾馆，你熟悉路嘛！……”“我当然熟悉啦！”“那你说咱们该怎么走？”“我怎么知道？”“你刚刚还说你熟悉！……”二人终于大声吵了起来。开黑车的小伙子也急得怪可怜的，淌下满脸的汗来。但我的朋友已不同情对方也要养家糊口的难处，只觉得对方实在太可恶可恨了。

当黑车又一次从封闭公路上驶下来，小伙子打算向停在人行道边的一辆正式的出租汽车的司机打听路时，我的朋友反应迅速，在几秒钟内便拎着包下了车，坐入正式的出租车里了。

正式的出租车毕竟是正式的出租车。他刚一说出要去什么宾馆，人家司机已经把车开走了，并说：“不太远，二十分钟就到。”那开黑车的小伙子，开着黑车尾随出租车，时时与出租车并行。一并行着了，便从车里伸出手臂向我的朋友讨要乘车钱。我的朋友正在气头上，怎么会让出租车停下来给他钱呢？非但不给，还恶语相骂。出租车司机对开黑车的小伙子用当地话说了几句什么，那辆黑车才不尾随了。

出租车司机又问我的朋友怎么回事，他据实相告，末了理直气壮地说：“我不是想赖他那几十元乘车钱，给了他我自己心里的气如何消？”出租车司机沉默良久，低声说出几句话是：“那老板您在本市的日子里可要多加小心了。据我所知，他们那些黑车司机都不是单干，也是有组织的，跟黑社会差不多。您须提防他们报复您。何况他已经知道您住在哪一家宾馆了。”

我的朋友心中大为不安起来。

宾馆离他换车的地方确乎已不甚远。那时已不堵车了，没用二十分钟就到了。然其办完了手续，进入了房间，冲过了澡，定下心来一想那开黑车的小伙子自然令人恼火，但也就是不对，分明并非成心，何必非惹对方记恨自己呢？再联想到那小伙子对自己做的那一种手势，以及出租车司机对自己说的那一番话，越发不安，进而疑神疑鬼。

一个多小时以后，他到前台去退房。从迈出房间那一步到迈入电梯再到退罢了房迈出宾馆站立在人行道上，左顾右盼，神情惴惴，仿佛前后左右都会冷不丁冒出一个或几个仇人，以夺其性命为快事。

好在很快就拦住了出租汽车，于是转往别家宾馆去住了。因在前一家宾馆是预订的房间，已超过退房规定时间，白交了一天三百多元的房钱。但他那时已顾不上计较经济的损失，悠悠万事，唯保性命安全为大了。

虽然顺利地住入了另一家宾馆，一颗心却还是终日忐忑，草木皆兵，出入诡秘，不安并未稍减。业务之事，但凡能请对方到宾馆来谈，则便不离开宾馆。心里的害怕，又不便向对方解释。结果那一次给对方的印象就特别不佳，使对方误以为他架子大了，摆谱了，对他也就不怎么待见起来。这年头，相互达成的商机多着呢，都是商道上见过世面的人了，谁离开了谁不行呢？谁又非得把谁格外地放在眼里不可呢？

几天内双方在宾馆里见了几次面，来前原本有把握谈成的几桩买卖，到头来竟一桩也没落实。这令他大为失望；对方觉得他架子大了，对他的印象不好了，也感到不爽。

离开那一座城市的前一天，他要求对方派人派车送他到机场。买卖没谈成，架子又变大了，对方本已不爽；便将他的要求，又误解为摆架子了，惹得对方更加不爽。随便地找了个借口，把他的要求挡回去了。

心隐悸惧的他，为了安全起见，买的是最早的一次航班，6 点来钟就离开宾馆去往机场了。唯恐在机场遭遇到那黑车司机及其同伙，一下出租车，那样子几近逃入了机场……

回到北京后才安稳下一颗惊恐万状的心来。然而此后，一打算要去 A

市，立刻便会联想到那一名开黑车的司机对他所做的那一种威胁的手势，以及那一名正式的出租汽车司机对他的忠告，于是畏缩不愿成行。半年后，连在 A 市的业务，也都荒废了……

唉，我早已听惯了许多人对社会险恶的抱怨和切身感受。但大抵是以自己的优点说事的。比如先言自己的怀才不遇，接着批评别人的有眼无珠；先言自己的卓越能力，接着感叹别人的妒贤嫉能；先言自己的大公无私，接着谴责别人的私欲膨胀；先言自己的与人为善，接着抨击别人的小人勾当和伪善行径种种……

却很少听到有人承认，是由于自己身上的某些毛病恰巧与社会的某些毛病发生了大大小小的惯性撞击，于是才使自己在某些时候陷于狼狈之境的。

发生在我朋友身上的事，便是后种情况之一例。

而依我的眼看来，对于并非处在弱势群体中的人，后一种情况比前一种情况多得多。

是以自诫。

画之廊

那是一座文化底蕴深厚的南方古城，雅致而美丽，近代以来产生过几位绘画界人物，皆有开风创派之作，令它引以为荣。20 世纪 90 年代后，本市各届官员对于文化和文艺界人士，予以特别重视。文化局、作家协会、美术家协会、摄影家协会、地方剧团等一个省该有的文化单位，都集中在古城的一条街上，此街于是更名为“文化街”。每个单位曾各有各的小楼，皆从前富人家的别墅。

时下，旧城翻新，摩登建筑林立，文艺人士们的“协会”，搬入文化局新建的机关大楼里去了。名分还在，却各有一两间小小办公室而已，没了独门独栋的往日风光。腾出的小别墅，不是卖给了新贵或新富，成为标榜地位的私宅，便是租作酒楼、歌舞厅、洗浴中心什么的了。街名也由“文化街”而改为“文化商业街”了，估计是中国街名最长的一条街。

只有美术家协会——诸别墅中最大的一幢，仍归在该协会名下，由五十余岁的副主席承包，改造成画廊了。这位副主席姓谭，于水粉画方面很有点儿名气。谭副主席头脑灵光，交友甚广，在美术市场中左右逢源，如鱼得水，使古城的书画市场大沾其光，相当活跃，潜力十足。谭副主席留髯，每穿唐装、布鞋，风度颇雅，人称“谭先生”，透着敬意。

某日，画廊茶聚，些个丹青妙手文人墨客到场，品茗、赏画、鉴字，一如既往凑趣清谈。一隅，有白公翁抚琴，仙风道骨，其调袅宛。翁乃道观主持，与谭先生挚交，非谭先生亲自礼接，绝不肯与俗流之辈混迹一堂的。

座间一人说："几次经过遗址，但见门庭若市，可见生意大好。"

谭先生浅浅一笑，矜持答道："承蒙诸兄抬爱，不少人才慕名前来。"

斯时琴音幽婉绵长，回荡室间。

谭先生神情忽悒，轻叹一声，欲言又止。

于是有人问："谭先生莫不是又想起那穆小小了？"

谭先生这才又说："琴音虽美，操琴人却不是轻易就能请得动一次的。而且现在，一切按经济规律办事，老主持的出场费，一般人那也是付不起的。随便用个乐手来弄出点儿乐声，又怕损了我画廊的面子。哪儿那么容易再聘到一位穆小小，人也安分，箫也吹得好；佣金嘛，现在看来更是便宜极了，教我如何不想她？"言罢，再叹，且摇其头。众人一时默然……那日上午，我应邀在古城进行了一堂文化讲座，被朋友勉强，亦跻身座中。我是小说家，对有些事本能的敏感。朋友送我回宾馆后，我忍不住问起穆小小来。

以下诸事，乃朋友相告：

先是画廊创办之初，谭先生曾登广告，公开招聘善箫者。依他想来，每次画廊，箫声连绵，定能烘托气氛。音乐多多，播放一张碟本也是可以的，为什么非得现场演奏呢？要的就是那一种格调啊！凡事必讲格调，谭先生才是谭先生嘛！

广告吸引了近百名应聘者，形色百态，以起哄者居多。现而今，洋乐器才能使人名利双收，还有几多学箫之人啊。虽也不乏能马马虎虎吹几段曲子的，但马马虎虎的水平，焉能令谭先生满意？

他还收到了一封信——信上说，我是哑巴，只哑不聋，后天失语的那一类哑巴，您也能给我个应试的机会吗？那信写得言简意赅，不卑不亢。谭先生并没有认真地对待，权当取闹。失望情况下，他忽而想到了那封信，命秘书按信中留下的手机号码发了一条短信——给予应聘资格，过时不候。

感谢手机时代，即日下午，一名面容清秀的小青年出现在谭先生面前。谭先生给他一支笔、两页纸，心怀几分好奇亲自与之“笔谈”。“你姓甚名谁？家住何方？”青年写下了自己的名字——“穆小小”，接着写出“保密”二字。其字娟小，笔画拘敛，然工整。

“师从何人？”

笔答：“父亲。”

“令尊艺从何来？”

他怅怅然悱悱然似有所讳。

谭先生认真起来，睇视以待。青年只得又在纸上写出“自学”二字。

半页纸未写满，这谭先生已无心多问，命他发挥所学，吹奏一曲。青年便从墨色绸套中缓缓抽出一管青褐色长箫，以帕稍拭吹孔，唇触之际，箫音顿起。吹的是苏轼词《水龙吟·似花还似非花》之曲，但觉五声妙曼，缠绵低回，似怨似愁，如泣如诉，诉而有韵，怨而不悲。有道是“一曲听初彻，几年愁暂开”。谭先生本是善赏古乐之人，听出那箫音不凡，遂大喜，不鄙其哑，欣录之。

他拍拍青年的肩道：“穆小小这个名字太女气，你一个青年叫这么个名字实在不妥，若你愿意，我愿为你改个更合适的名字。”

青年点头。

谭先生思忖片刻，试探而问：“穆清风这个名字你觉得怎么样呢？”

那青年稍一沉吟，又点头。

谭先生创业伊始，投资颇多，急欲收回钱钞，不免处处精打细算。对于穆清风之薪水，也不例外，仅月酬七百，且要求不论早晚，随传随到，还无公休日。如若紧急传唤，另补些许小费。但是就连为他定做一身行头的支出，也要从月薪里照单扣去。

哑巴青年穆清风一一点头认可。

而自从画廊聘了他，渐显特点，遂成沙龙。

谭先生为穆清风定做的是白绸衫裤，领口和襟摆，黑绸翻边。穿在那穆清风身上，人配衣裳，衣裳衬人，端的好看。那穆清风吹起箫来，神情专注，修长十指在一管青褐色长箫上信然起落，姿态优美。画家与画商们，凡见过的听过的，没有不称赞谭先生有眼光的。穆清风也似乎很知足，似乎以能获得画家们、画商们的赏识为荣。

几日后，不知打何处来了个修鞋的老头儿，在画廊门旁摆开了摊位。谭先生心底生厌，命人撵之。老头儿作揖打躬，可怜兮兮地说：“请老板发慈悲，赐给穷苦人一小块儿挣钱糊口的地方吧！”

手下人不忍恶色相向，谭先生只得亲自出马。老头儿照样苦苦哀求，搞得谭先生赶也不是，不赶也不是，左右为难。正这当儿，穆清风应召而至，老头儿转向哑青年说：“这位少先生，您也是身在文艺行当的人，面子大，替我求个情吧！”

穆清风自是没有开口，只是凝视着谭先生，眼光中流露着不知名的忧伤，谭先生禁不住那样的凝视，越发不忍，说道：“好吧好吧，老人家的话也真是让人难受，大千世界，的确该让每个人都有一口饭吃。这么着吧，我允许你在这儿摆摊修鞋，但是你得免费为我和到这儿来的人擦鞋。如果你愿意，我还可以赠你一柄遮阳避雨的大伞。”老头儿诺诺连声，千恩万谢……

于是画廊门前多了一道奇特的“风景”。修鞋摊与画廊自是很不和谐的，但不论是谁，只要走进画廊，就可免费擦鞋。人们在享受这项便利的同时，也不知不觉地习惯了修鞋摊的存在。这个修鞋摊似乎更加提升了画廊的人气——某些人为了免费擦一次皮鞋，都高兴走入画廊看看，谭先生也乐于见到这么一个良好的发展。

只是那老头儿有点怪。穆清风不在的时候，不见他人影。穆清风一来，他也会出现。穆清风每每晚上才来，老头儿也会不知从哪儿颠颠地掮着修鞋的破箱子赶至。穆清风去得迟了，老头儿也离开得晚。通常是穆清风换下衣服，骑上自行车消失在夜幕中后，老头儿也随之不见。

有一天傍晚，谭先生发现画廊外老头儿用自己的破箱子垫着脚，将脸贴在玻璃窗上专注地往画廊里看。谭先生斥道：“哎，你这老人家，何苦的呢？该回哪儿回哪儿吧！别在这儿惹人注意了。”老头儿从破箱子上下来，嘿嘿地笑着说：“好听。”又怕谭先生来气，赶紧自我解嘲：“我们到处流浪的苦命人，租住的地方也就只能算是个窝，大伏天的，回去早了也热得睡不着，还不如在这儿听听箫。”谭先生虽觉老头儿的话奇怪，却没再说什么……

此时的穆清风在这附近已经小有名气了。些个豆蔻年华的少女慕名前来睹其风采，却又都因他的清俊冷淡而不敢贸然上前搭讪。转眼到了冬季。有天晚上，这南方古城居然飘起了大雪，格外稀罕也格外寒冷。画廊里有着与屋外相迥的温暖，画家与诗人们在画廊里相聚，以雪为题，大呈赋诗作画、笔走龙蛇之风雅能事。穆清风自然到场，为一室文人们助兴，唇不离箫，一曲方罢又接一曲。雪落无声，箫音悠远，给人以无尽畅想。

门口那修鞋的老头儿袖着双手，缩着颈子，蹲在两道门之间狭窄的地方，冻得直打哆嗦，还自说自话："雪正下着呢，我可不走，我可不走……"谭先生虽瞥见了，也只有睁一只眼闭一只眼地视而不见。这时穆清风悄悄塞给他一张纸条，上面写着一行字："老板，我可以给那大爷一杯热茶吗？"谭先生愣了愣，动了恻隐之心，将穆清风扯到一旁，附耳道："再给他几块点心，怪可怜的。也许神经有什么毛病……"那刻，穆清风眼里饱含温情。不知是因了谭先生的话，还是因了自己的善良……

元旦前某日，有画商陪一位韩国的中年富孀来到画廊预订了一批画。富孀临辞，提出要带走穆清风，想单独听他吹箫。谭先生示意穆清风跟去，而穆清风不愿。富孀带来的两个保镖，一左一右地将穆清风架到了外边，哑巴青年奋力挣扎，难敌两个彪悍保镖的蛮力。那修鞋老头儿见状，从旁大声道："人家孩子不愿意，何必勉强人家！"其中一个保镖听了即恼，走过去踹了老头儿一脚："老家伙，别多管闲事！"另一个保镖拉开车门就想把穆清风朝里推……

谭先生终于看不下眼了，上前正色制止，说不让穆清风去了。

那韩国富孀通过画商告诉他，如果连那么一点儿心愿都不能顺遂于她，那么双方的订单就白签了。

那会儿穆清风已是泪流满面，而那修鞋的老头儿，捂着被踹的腹部，蹲缩在旁呻吟不止……

谭先生胸中倏然生起一股正义之感，火了，骂道："他妈的当你们在哪儿啊！这是在中国！当我姓谭的是什么人了？我也是中国人啊！我还是一位中国艺术家啊！"

他怒气冲冲大步进入画廊，将订单拿在手，出来撕得粉碎，扔在富孀脸上……

那订单签的是十几幅画二十来万元的一笔大买卖。那时刻谭先生真是称得上见义忘利了。

穆清风却未领情，冲入了画廊。

倒是那修鞋的老头儿，双膝一屈，就要给谭先生跪下。画商也自觉羞愧了，没容老头儿真跪在雪地，及时一扶……

画商和谭先生都顾不得寻思那修鞋的老头儿为什么有那么一种举动，也双双进了画廊，但见穆清风手握一杆毛笔，正往一整张宣纸上写字。他唰唰写出的六个大字是：“结账，我不干了！”

谭先生自觉无地自容，只有掏出烟来，一口接一口猛吸。

他的画商朋友替他劝穆清风别不干，穆清风转身跑出去了……

一笔板上钉钉的大买卖居然几分钟后即如泡影破灭，完全是由于自己所雇的小哑巴一时犯倔，而且他还百分之百占尽了道理似的，说不干就不干了——冷静下来的谭先生未免又有些后悔。自己可是何苦的呢？当着那韩国富孀的面将穆清风解雇不更是一种好办法吗？那么一来，自己和富孀都不失面子，最重要的是，订单保住了。至于那吹箫的小哑巴，在尊严和饭碗之间，他若选择前者，那也纯粹是他自己的决定嘛！

谭先生越想越窝火，迁怒于画商朋友。他的画商朋友亦觉窝火，二人互相指责，差点儿翻脸……

出乎谭先生意料的是，过了元旦，穆清风竟又来到了画廊，见了谭先生，深鞠一躬，不待谭先生有所表示，径自走向自己吹箫的座位，坐下之后，无须吩咐，一如既往那般，神情专注地吹起箫来……谭先生本欲训斥他的，一想到几日后将有一位从这座古城走出去的美籍华人画家在自己的画廊举办画展，忍几忍，没有发作。因为对方亲自选定了几首古代箫曲，要求穆清风在画展开幕日发挥技能，认真吹奏……

是日，剪过彩，箫音悄起，古调悠悠，气氛妙曼。人人轻移脚步，自觉低声细语，有那么点儿“不敢高声语，恐惊天上人”的意境，画家甚是满意，在休息室里不停地称赞，说这才像画展。

突然马路上传来刺耳的急刹车声和一片惊呼。谁都听得分明——有人喊：“修鞋的老头被轧了！”

箫声顿止，穆清风的脸色霎时苍白如纸，他张开口，尖叫了一声：“爹！”不顾一切地冲出了画廊。人们一时呆若木鸡，继而也纷纷跑出门外。穆清风已站在马路中央，冲一辆疾驰而去的车继续哭喊：“爹！爹呀！”那嗓音分明是个少女。

这时，墙根儿有一个苍老的声音也喊：“闺女！那不是我呀！我在这儿呢，好好的。小心你自己别被车撞了呀！”众人眼睁睁地看着穆清风又不顾一切地跑回画廊前，一下子扑在了修鞋的老头儿怀里，抱紧了他痛哭，手中，仍握着箫……

几分钟后，父女二人在众人百样目光的注视下，一个背着修鞋的破箱子，一个抹着眼泪，相携而去……

谭先生愤怒极了，觉得自己丢尽了脸面，遗落笑柄，口中恨恨说出两个字——“骗子！”

两日后，谭先生收到了穆清风的一封信。她在信中承认自己不姓穆，也根本不叫“小小”；承认剪短发束了胸伪装性别更是一种欺骗，因为以女孩儿容貌漂泊卖艺的日子里，数次险遭邪狞男人强暴；说吹箫是拜民间艺人所学，而不是父亲；说她母亲去世了；说她处在农村的家里还有一个姐姐，不幸患了肾癌，她和父亲背井离乡四处闯荡，就是希望能够挣到一笔替姐姐换肾的钱；说她已经意识到，以他们的方式要想挣到那么一大笔钱简直是做梦……最后请求原谅。

谭先生不相信那内容的真实性，撕了。

仅隔一夜，却又信了。再隔一夜，自我谴责起来：后悔有时月入数万元的自己，怎么就对一个如此可敬的女孩儿那等小气！他经常拨穆清风的手机，发了几十条短信，却再也联系不上了……画廊日复一日地开着，仍然会有音乐伴随着人们观赏。古筝、古琴、琵琶，甚至萨克斯，却再也听不到箫音了。因为无论谁来吹箫，谭先生都觉得不如穆清风吹得好。尽管有几位画家和画商朋友都曾肯定地做出结论——试用者中，有人的水平比穆清风高多了……

还有他的朋友这么劝他：塞翁失马，安知非福？说不定那父女俩果真是骗子——这年月，什么样的骗子什么样的骗术没有哇？他们所以一直没下手，那是由于对他们而言，机会还未成熟。一旦机会成熟，谭先生的损失那就惨重了……

对于这样的劝说，谭先生时而也有点儿信，时而又根本不信了。

谭先生背后竟也生出闲话来，还有人猜疑他是因为“穆清风”暴露了女儿身，自己患了单相思，陷入了“中年性幻境”，就如同《红楼梦》里的贾瑞对凤姐所患的那一种心理的病。

对于闲话，谭先生也有些知晓，一笑置之而已……

我的朋友讲罢，黠笑着问我：“你有何高见？”

我反问：“指什么？”

朋友说：“关于谭先生的那些闲话。”

我想了想，回答：“不好说。我对心理学缺少研究。”

朋友鼓励道：“那也说说嘛，聊着玩嘛。”

我又想了想，还是回答：“不好说。”

朋友又问:“那，你对那父女俩怎么看？你认为他们是暴露了真实关系的骗子，抑或不是？”我沉默了足有一分钟，只能仍以“不好说”作答。朋友不满意了:“你怎么翻过来调过去就那么三个字啊？有什么不好说的嘛！”我也被问急了，来了这么一句:“不好说就是不好说嘛！”于是他我二人互瞪着发愣。大千世界，假或作真，真或作假，假作真时真是假，真为假时假即真——有许多事，确实令人不好说了呀……

老水车旁的风景

其实，那水车一点儿都不老。

它是一处旅游地最显眼的标志，旅游地原本是一个村子。两年前，这地方被房地产开发商发现并相中，于是在盖别墅和豪宅的同时，捎带着将这里开发成了旅游景点，使之成了小型的周庄。

在双休日或节假日，城里人络绎不绝地驾车来到这里。吃喝玩乐，纵情欢娱。于是这里有了算命的、画像的、兜售古玩的；也有了陪酒女、陪游女、卖唱女、按摩女，皆姿容姣好的农家少女。她们终日里耳濡目染，思想迅速地商业化着。

城里人成群结队地到来的时候，必会看到，在那水车旁有一老妪和一少女。老妪七十有几，少女才十六七岁，皆着清朝裳。老妪形容枯瘦憔悴；少女人面桃花，目如秋水，顾盼之际，道是无情却有情。老妪纺线，少女刺绣，成为水车的陪衬，景观中的风景。她们都是景区花钱雇了在那儿摆样给观光客们看的，收入微薄。幸而，若有观光客与她们照相，或可得些小费。

老妪是村里的一位孤寡老人，在村里有一间半祖宅。村子受益于旅游业，有了些公款，每月亦给她五十元。老妪是以感激旅游业，对自己能有那样一种营生，甚为满足，终日笑眯眯的。少女是从外地流落到这儿的，像寻蜜的蜂儿一样被这旅游地的兴旺发达吸引来的。她的家在哪里，家境如何，身世怎样，没人知道。曾有好奇的村人问过，少女讳莫如深，每每三缄其口，是以渐无问者。当地人对于外地人，免不了有点儿欺生。可像她那么一个十六七岁的女孩，讨生活的方式并不危害任何当地人的利益，虽然明明是外省人，便借故欺她，却是不忍心的。

不忍相欺归不忍相欺，但对于那来历不明的小姑娘，当地人内心还是有些犯嘀咕。会不会是个小女贼，待人们放松了警惕，待她摸清了各家的情况，抓住对她有利的机会，逐门逐户偷盗个遍，然后逃得无影无踪。据他们所知，省内别的景区发生过这样的事，祸害了当地人的也是个姑娘。只不过是个二十几岁的大姑娘，只不过没有亲自偷盗，而是充当一个偷盗团伙的眼线。那么，她背后也有一个偷盗团伙吗？人们相互提醒着。随后，她的行动，便被置于许多双有责任感的眼睛的监视之下。

但她一如既往地对人们有礼貌，还特别感激当地人收留她。难道因为她才十六七岁，还太单纯，看不出别人对她的警惕吗？这么小年龄的女孩儿走南闯北，会单纯才怪！那么，必是伪装的了。于是，在当地人看来，小女孩还很狡猾……

只有老妪觉得她是个好女孩儿。

她们成为“同事”几天以后，老妪曾问少女住在哪儿，少女说住在一家饭店的危房里，每天五元钱，晚上还得帮着干两个多小时的活。饭店里有老鼠，她最怕老鼠。“就是每月一百五十元，也花去了我半个来月的工资，还得看主人两口子的脸色……”

少女说得泪汪汪的。

“闺女，住我家吧。我那儿就我一个人，我也喜欢有你这么个伴儿，不会给你气受。”

老妪说得很诚恳。

少女没想到老妪会那么说，正犹豫着该怎么回答，老妪又说：“我一分钱不收你的。”

……

于是，少女作为老妪所希望的一个伴儿，住到了老妪家里。

于是，少女脸上笑容多了，喜欢和她一块儿照相的观光客多了，小费也多了。最多时，每天能收到五十元。

老妪脸上的皱纹少了。熟悉她那张老面孔的人，发现她脸上几条最深的褶子变浅了，有要舒展开来的迹象了。她脑后的抓髻也好看了，不像以前那么歪歪扭扭的了。她的指甲不再长而不剪，指甲缝也不再黑黢黢的了。她那身“行头”，显然洗得勤了。她的好心情让她的小费也多起来了。

有好心人提醒她：“你让那小人精住你那儿去了？千万防着点儿，万一你那点钱被她偷了，临走连件寿衣都穿不上……”

老妪不爱听那样的话。

她说：“走？往哪儿走？人家孩子比我多的钱放那儿都不避我，我那么点儿钱，防人家干吗？”

她爱听少女的话。

少女常对她说：“奶奶，尽量想高兴的事儿，那样您准能活一百多岁。”

经历了二十几年孑然一身、形影相吊的孤寡生活以后，忽然有了一个朝夕相处的小女伴儿，老妪返老还童了似的。有时，一老一少对面坐着，各点各的钱，还相互换零凑整的……

然而有天老妪忽然失明，接着咯血了。村里不得不派人把她送到县医院，一诊断是癌症，早扩散了。那么老的人了，是农村人，还是个孤寡老人，也只有回家挨着。

村里负责的人就对少女说："她都这样了，你搬走吧，爱住哪儿住哪儿去吧。"少女哭着说："我不搬走。奶奶对我好，我要服侍服侍她……"非亲非故，来历不明，还口口声声"奶奶，奶奶"叫得挺亲，就是不搬走，图什么呢？村里负责的人想到了老妪的一间半祖屋。这个小人精，不图房子，还图什么？于是，在老妪状态稍好的某日，村里负责的人带着一男一女来到了老妪家里，他介绍那男的是县公证处的，女的是位律师。他开门见山地对老妪说，她应该在临死前做出决定，将一间半祖屋留给村里。那屋子是可以改装成门面房的，稍加改装以后，或卖或租，钱数都很可观。

老妪说："行啊！"村里负责的人又说："那你就在这张纸上按个手印吧！"老妪不高兴了："我觉得，我一时死不了。"村里负责的人急了："所以趁你还明白，才让你按手印嘛！"老妪就不理他们三个男女，把身子一转，背朝他们了……村里负责的人没主意了，找来另外几个有主意的人商议，他们都认为老妪完全有可能被那外省的小妖精迷惑了，已经按手印留下了什么遗嘱，把一间半祖屋"赠给"那小妖精了……口口相传，几个人所担心的事情，一夜之间，仿佛成了确凿之事。是可忍，孰不可忍？岂能让不相干的人占了便宜？于是全村男女老少同仇敌忾起来。没人愿意去照顾那糊涂的老妪了……少女就连她那份儿工作也不能干了……

村里人们的心，暗中扭成了一股劲儿——你不是哭着闹着要服侍吗？你一个人好好服侍吧！服侍得再好也是枉费心机，企图占房子？法庭上见吧！十几天后，老妪走了。老妪攒下的钱不够发送自己，少女为她买了一套寿衣……又过了几天，那少女也消失了，没跟村里任何人告别，也没留下封信……

村里负责的人竟不知拿老妪那一间半祖屋怎么办才好了。景区内的门面房是在涨价，但他不敢自作主张改造、装修或租或售，因为他怕有一天少女突然出现，手里拿一份什么证明，使村里损失了改造费或装修费，甚至落个非法出售或出租的罪名……

那景区至今依然游人如织。那水车至今还在日夜转动。那一间半老屋子，至今还闲置着，越发破败了。再不改造和装修，不久就会倒塌……

人心的归途

爱与机缘

三十六岁的女人，是妻子已经十一年了。婚后第二年生了个女儿。但丈夫希望她生的却是儿子。于是这女人仿佛有了罪，在丈夫面前逆来顺受，几乎由妻子的身份降低为婢女了。

女儿还未满周岁，丈夫进城打工去了。她所在的村并非一个穷村。人们只要勤劳，每家的小日子都能丰衣足食地过着。丈夫是因为嫌弃她和他们的女儿才离乡的。这一点女人心里十分清楚。女儿一岁半那一年的春节，丈夫回家过一次；女儿四岁那一年，丈夫第二次探家；女儿七岁那一年，丈夫在家里住的日子最短，才十几天。至今丈夫再没回过家。起初还寄信回家，还寄钱回家；后来信写得短了，钱数少了；再后来只能收到钱，收不到信了……终于，连钱也收不到了。

这样的事，在人世间是不少的呀。农村有，城市也有；中国有，外国也有。所以朋友讲给我听时，我并不特别往心里去。女人和朋友沾点儿亲，他对她的生活现状挺关注。他接着讲到的事，竟使我也成了关心那女人的一个人。她是一个省吃俭用的女人，一分也不乱花丈夫寄给她的钱。不仅小有积蓄，还盖了两架塑料棚，种时令菜蔬，每年收入也可以。她雇了一名外省的帮工，曾做过他三年半的女东家。

丈夫第三次探家以后她雇的那帮工，是一个流浪的打工者。有时也从城市流浪到农村，替别的农民种粮种菜。她是在县里的“劳力市场”上见到他的。询问了他一番，觉得他怪憨厚老实的。她又是个有心的女人，向劳力资格登记处的人方方面面地详细了解他。人家对她说只管放心地雇他。说他已经由这个“劳力市场”中介，被雇过数次了。没有雇主对他不满意的。登记表上，写着那小伙子二十七岁，未婚。

“二十七岁了怎么还没成家呢？”

“这话问的，穷地方的人啊！就是为了挣点儿钱娶媳妇才离开家乡的嘛！”于是她将他带回村里，带回了自己家，腾空院子里的仓房让他住。

小伙子是个尽职的人，责任心很强，将她家的两架大棚当成自己家的一样精心侍弄。她每年靠那两架大棚所获的收入自然更值得欣慰了。她也和气地对待他，不当他是外人。当年春节前，小伙子要回家乡去了。她大方地多给了他二百元工钱，还买了些东西送给他。

他临走问她：“东家，今年还雇我不？”

她说：“当然雇呀。不过你可以和老父母多团圆些日子。只要你 5 月底前能回来，我保证不雇别人。”

他走后，她想——这种关系，雇工哪有讲什么信用的？不可信他一过完春节就回来的话啊。他那么问我，无非因为我多给了他二百元工钱和些东西，他表示满意罢了。

她决定一开春就到“劳力市场”去再雇个人。不料他初八就回到了她家里。她问他为什么回来得这么急呀？他说有点儿信不过她的保证，怕她雇下别人。他说得老实，她听得笑了。那一年菜蔬过剩，很不好卖。卖不是小伙子分内的事。她雇他时双方面讲明确的，他只负责大棚里的菜蔬生长得好坏。但小伙子连他分外的事也主动承担起来了。幸亏有他尽心尽力，那一年她的大棚没亏损……

她更不当他是外人了。遇什么拿不定主意的事便愿与他商议，听听他的看法。他也简直将她的家当成自己的家了，眼里总是有活儿。从早到晚干这干那，使她看着过意不去……

她每每问他为什么不知道累呀？

他憨厚地笑笑说，从小就喜欢干活儿。

连她的女儿，也觉得他是除了妈妈外第二可亲的人了。当年 11 月份，她一想到往年过春节母女二人的寂寞，不免地忧上心头，怨挂眉梢。有一天她终于忍不住，试探地问他留下来陪她们母女过春节行不行？他犹豫片刻，坦率地说，那得允许他先回家乡一次，将老父老母送到至亲家去。他说否则他会觉得愧对父母，怕父母在春节喜庆的日子里倍感冷落。

她从他的话里听出，他是一个有孝心的儿子，也认为他的要求合情合理。提前与他结了工钱，放他走了。春节是一天天地近着了。过去一天，她就不免这么想——一个有孝心的儿子，怎么会已经回到了家乡，却不与老父老母团团圆圆地过春节，反而千里迢迢地赶回别省异地陪东家母女过春节呢？东家就是东家，雇工就是雇工，双方之间是有利益得失互相算计的呀。关系处得再好那不过也是表面的现象呀。然而他二十八那一天竟回到了她家，还带回了些他家乡的土特产。

多了一个男人，那一年春节，她的家里多了往年春节缺少的、除非男人才能带给一户人家的生气。那一年春节女儿过得很开心。她自己脸上也每浮现着少有的愉快微笑了。她不是一个感觉粗糙的女人，渐渐地，从小伙子在她面前常常无缘无故地脸红这一点，她看出他是爱上她这位女东家了。而她自己呢，夜里扪心自问，也不得不承认，她也是多么地喜欢上他了啊！

但一想到她名分上是有丈夫的女人；一想到她大他三四岁；一想到两年来他一直是她的雇工，他们之间的关系一直清清白白；一想到他们之间如果有什么不该发生的事发生，即使无人知晓，自己在他面前还能维护住女东家的庄重形象吗？而倘若被外人觉察，口舌四播，自己还能在村里抬得起头来吗？

于是她又故意在他面前处处不苟言笑，严肃得十分可以了……而那小伙子，他的身份是雇工，他对女东家的感情——不，让我们照直了说就是对女东家的爱吧，是没资格主动流露的呀。对于一名雇工，那将是多么不明智的事啊！她对他好，那是抬举他；而她某天上午说辞退他，他是不可以滞留到下午的啊！正因为他爱上她了，他希望自己别被辞退。正因为他怕被辞退，他比刚到她家时话更少了，更循规蹈矩了。

他像一只蚌，将对女主人的爱，严严密密地夹在心壳里。在她那方面，亦如此。她是妇道观念特别强的女人。他是特别本分的小伙子，在乎自己的品行端否，像传统的少女在乎贞操的存失。爱这件事，在这样的两个人之间，注定了是不自然的，极为尴尬的。它明明发生着了，却又被两个人处心积虑地、竭力地掩盖着。尽管他们的心灵与肉体都是那么地渴望彼此亲近，彼此占有。哪怕是偷偷摸摸地，以类似通奸的方式……爱对于那一个男人和那一个女人，成了自己折磨自己也相互折磨之事。

然而他们的关系一直清清白白的。他们从来也没想过那一种清清白白对他们各自的意义究竟何在。因为，相对于人性，相对于爱，甚至，仅仅相对于本能的情欲和性的渴望，一对暗暗爱着的男女之间那一种清清白白的意义，是根本不可深思的。一旦深思，便极可疑。一旦质疑，便会如窗上的霜花遭到了蒸蒸热气的喷射，化作微不足道的水滴，并显现它的晶莹所包含的尘粒……

又一年过去了。身为东家的女人，首先经受不住那一种爱的非凡的折磨了。那对一个有丈夫而又等于常年守寡的三十余岁的女人，可以想象是一种怎样的煎熬啊！倘若没有一个自己喜欢的男人还则罢了。明明有的呀，明明就同她生活在一个院子里，想要看见一抬头就能近在咫尺地看见的呀！又明明清楚他是爱她的呀！

人有时和自己人性作对的那一种莫名其妙的坚决，大约是连上帝也会大感不解和吃惊不已的吧？

有一天她对他推心置腹地说："我非常感激你对我这东家的忠诚呀。我想我再也雇不到比你更好更值得信赖的雇工了。现在呢，我请求你一件事——我希望你到城市里去把我的丈夫找回来。你会明白这件事对我有多么重要。我除了求你，还能求谁呢？……"她说完，给了他一处她丈夫早年的通信地址和两千元钱。而他却只说了一个字："行。"说得毫不犹豫。

在那女人，将丈夫找回来，确乎是她多年以来的夙愿。但她偏偏请求于他，还有另外的原因——她想打发他走。打发他走了，她觉得自己被爱所折磨的心就会渐渐平静了。倘他竟能替她将丈夫寻找回来不是很好吗？她自信她已经懂得如何拴住她的丈夫，不使他离自己而去了。倘这个目的没达到，她对她的雇工的信赖，不也是打发他走的最温良的方式吗？这个主意是她想了几个夜晚才想出来的。她不愿伤害他。她觉得她替自己替他都考虑得够全面的了……

至于那小伙子当时做何想法，我们就不得而知了。总之他第二天一早就离开了她的家……半年内她没有他的任何音讯。他仿佛泥牛入海，无影无踪于城市里了……

女人的心确乎地渐渐平静了。然而这绝不等于她能够彻底地忘掉他。事实上她不能，事实上她经常想他。尤其在夜里，在女人的心最容易因孤独而苦闷的那种时候，她想他想得厉害，想得不知拿自己怎么办才好……

那种时候她就对自己说她应该嫌恶他，理由是他辜负了她对他的信赖。她进而认为，他是为了占那两千元的便宜才毫无音讯的。我多傻呀，我怎么可以信赖一名外省的雇工呢？难道女东家是可以信赖雇工的吗？那么还有哪种人是绝不能信赖的呢？所幸自己和他的关系是清清白白的。这么一想，她就又觉得，损失两千元而从此确保了清白，是极其值得的了。

然而半年后的某一天，他竟回到了她的家里，并带回了她的丈夫。那年轻人头发很长，脸上长出了胡子，衣衫不整，还蒙尘吸土的。他避开她的丈夫，抱歉地对她说，按照她给他的地址没找到她的丈夫。他不死心，钱花光了，一边打工一边继续找，找了几个省才终于找到她的丈夫。她的丈夫不肯跟他回来，他打了她丈夫两次，把他打怕了，他才不得不跟回来的……

她听了，一时竟不知对他说什么好。他当天晚上就又离开了她的家。没告别，没留言，悄悄走的。然而他替她找回来的是什么样的丈夫啊！丈夫起先在城市里学会了修理摩托，之后又学会了简单的汽车检修，挣了点钱；与人合伙开了个车辆修理铺。生意渐佳，钱包鼓了，就吃喝嫖赌起来。于是又把钱挥霍光了，把生意也断送了。乞讨过，骗过，抢过，被劳教过，却恶习难改。他本是没脸回家乡面对村人面对妻子女儿的，既然回来了，就收了劣心安居乐业吧？可他已经变成另类人了，不可救药，某夜偷了家中所有现钞，又溜了……

几天后，那做妻的女人将女儿安排在一所学校里寄读，也离开村子到城市里去了。她的目的极为明确——寻找男人。不过，不是寻找是她丈夫的那个男人。寻找一个四处漂泊的打工者不是一件容易之事。她却发誓一定要找到。

她找到了。两年后。在他的家乡。他已是丈夫了，而且刚刚做了父亲。她撒谎说不是去找他的，而是出远门路过他的家乡，一时心血来潮，想见他一面。他知道她撒谎。因为他父母告诉过他，在他漂泊在外的日子，曾是他女东家的那个女人来找过他……但他当时已将后来是他妻子的姑娘带回了家乡……他留她住几天。她自然不会住下的，连杯茶水也没喝完就走了……寻找他的两年里她变老了三四岁。回到村里后又变老了三四岁，而且变得性情乖张，难以相处了……“才三十六岁，看上去像四十六岁似的。而且变成个手不离烟的女人了！还经常喝酒，每喝必醉……”朋友这么结束了叙述。

而我，连续几天里，每每思索不止。

最终，我悟到了这么一点——每个人的一生，难免会犯许多种错误。而有些错误，无论对于自己的人生还是他人的人生，往往是无法纠正的。此类错误似乎具有显明的宿命的特征。因而常被素性用“注定”两个字加以解释。其实不然，正是此类似乎无法纠正的错误，最多地包含着理性的误区。

理性强的人并不都是“好人”。俗言的“好人”，却通常都是自设理性樊篱较多的人。“好人”大抵奉行维名立品的人生原则。但是，当“好人”的理性和“好人”的人性相冲突时，“好人”们又是多么可能犯难以纠正的错误啊！

孩子和雁

在北方广袤的大地上，三月像毛头毛脚的小伙子，行色匆匆地奔过去了。几乎没带走任何东西，也几乎没留下明显的足迹。北方的三月总是这样，仿佛是为躲避某种纠缠而来，仿佛是为摆脱被牵挂的情愫而去，仿佛故意不给人留下印象。这使人联想到徐志摩的诗句“我挥一挥衣袖，不带走一片云彩”。北方的三月，天空上一向没有干净的云彩；北方的三月，“衣袖”一挥，西南风逐着西北风。然而大地还是一派融冰残雪处处覆盖的肃杀景象……

现在，四月翩跹而至了。

与三月比起来，四月像一位低调处世的长姐。其实，北方的四月只不过是温情内敛的呀。她把她对大地那份内敛而又庄重的温情，预先储存在她所拥有的每一个日子里。当她的脚步似乎漫不经心地徜徉在北方的大地上，北方的大地就一处处苏醒了。大地嗅着她春意微微的气息，开始了它悄悄的一天比一天生机盎然的变化。天空上仿佛陈旧了整整一年的、三月不爱搭理的、吸灰棉团似的云彩，被四月的风一片一片地抚走了，也不知抚到哪里去了。四月吹送来了崭新的干净的云彩。那可能是四月从南方吹送来的云彩，白而且蓬软。又仿佛刚在南方清澈的泉水里洗过，连拧都不曾拧一下就那么松松散散地晾在北方的天空上了。除了山的背阳面，别处的雪都已经化尽了。凉沁沁亮汩汩的雪水，一汪汪地渗到泥土中去了。河流彻底地解冻了。小草从泥土中钻出来了。柳枝由脆变柔了。树梢变绿了。还有，一队一队的雁，朝飞夕栖，也在四月里不倦地从南方飞回北方来了……

在北方的这一处大地上有一条河，每年的春季都在它折了一个直角弯的地方溢出河床，漫向两岸的草野。于是那河的两岸，在四月里形成了近乎水乡泽国的一景。那儿是北归的雁群喜欢落宿的地方。

离那条河二三里远，有个村子，是普通人家的日子都过得很穷的村子。其中最穷的人家有一个孩子。那孩子特别聪明。那特别聪明的孩子特别爱上学。

他从六七岁起就经常到河边钓鱼。他十四岁那一年，也就是初二的时候，有一天爸爸妈妈又愁又无奈地告诉他——因为家里穷，不能供他继续上学了……

这孩子就也愁起来。他委屈。委屈而又不知该向谁去诉说。于是一个人到他经常去的地方，也就是那条河边去哭。不只大人们愁了委屈了如此，孩子也往往如此。聪明的孩子和刚强的大人一样，只在别人不常去而又似乎仅属于自己的地方独自落泪。

那正是四月里某一天的傍晚。孩子哭着哭着，被一队雁自晚空徐徐滑翔下来的优美情形吸引住了目光。他想他还不如一只雁，小雁不必上学，不是也可以长成一只双翅丰满的大雁吗？他甚至想，他还不如死了的好……

当然，这聪明的孩子没轻生。他回到家里后，对爸爸妈妈郑重地宣布：他还是要上学读书，争取将来做一个有知识有文化的人。爸爸妈妈就责备他不懂事。而他又说："我的学费，我要自己解决。"爸爸妈妈认为他在说赌气话，并不把他的话放在心上。但那一年，他却真的继续上学了。而且，学费也真的是自己解决的。也是从那一年开始，最近的一座县城里的某些餐馆，菜单上出现了"雁"字。不是徒有其名的一道菜，而的的确确是雁肉在后厨的肉案上被切被剁，被炸被烹……雁都是那孩子提供的。

后来《保护野生动物法》宣传到那座县城里了，唯利是图的餐馆的菜单上，不敢公然出现"雁"字了。但狡猾的店主每回悄问顾客："想换换口味儿吗？要是想，我这儿可有雁肉。"倘若顾客反感，板起脸来加以指责，店主就嘻嘻一笑，说开句玩笑嘛，何必当真！倘若顾客闻言眉飞色舞，显出一脸馋相，便有新鲜的或冷冻的雁肉，又在后厨的肉案上被切被剁。四五月间可以吃到新鲜的，以后则只能吃到冷冻的了……

雁仍是那孩子提供的。斯时那孩子已经考上了县里的重点高中。他在与餐馆老板们私下交易的过程中，学会了一些他认为对他来说很必要的狡猾。

他的父母当然知道他是靠什么解决自己的学费的。他们曾私下里担心地告诫他："儿呀，那是违法的啊！"

他却说："违法的事多了。我是一名优秀学生，为解决自己的学费每年春秋两季逮几只雁卖，法律就是追究起来，也会网开一面的。"

"但大雁不是家养的鸡鸭鹅，是天地间的灵禽，儿子你做的事罪过呀！"

"那叫我怎么办呢？我已经读到高中了。我相信我一定能考上大学，难道现在我该退学吗？"见父母被问得哑口无言，又说："我也知道我做的事不对，但以后我会以我的方式赎罪的。"

那些与他进行过交易的餐馆老板们，曾千方百计地企图从他嘴里套出

“绝招”——他是如何能逮住雁的？

“你没有枪。再说你送来的雁都是活的，从没有一只带枪伤的。所以你不是用枪打的，这是明摆着的事儿吧？”

“是明摆着的事儿。”

“对雁这东西，我也知道一点儿。如果它们在什么地方被枪打过了，哪怕一只也没死伤，那么它们第二年也不会落在同一个地方了，对不？”

“对。”

“何况，别说你没枪，全县谁家都没枪啊。但凡算支枪，都被收缴了。哪儿一声枪响，其后公安机关肯定详细调查。看来用枪打这种念头，也只能是想想罢了。”

“不错，只能是想想罢了。”

“那么用网罩行不行？”

“不行。雁多灵警啊。不等人张着网挨近它们，它们早飞了。”

“下绳套呢？”

“绳粗了雁就发现了。雁的眼很尖。绳细了，即使套住了它，它也能用嘴把绳啄断。”

“那就下铁夹子！”

“雁喜欢落在水里，铁夹子怎么设呢？碰巧夹住一只，一只惊一群，你也别打算以后再逮住雁了。”

“照你这么说就没法子了？”

“怎么没法子，我不是每年没断了送雁给你吗？”

“就是呀。讲讲，你用的是什么法子？”

“不讲。讲了怕被你学去。”

“咱们索性再做一种交易。告诉我给你五百元钱。”

“不。”

“那……一千！一千还打不动你的心吗？”

“打不动。”

“你自己说个数！”

“谁给我多少钱我也不告诉。如果我为钱告诉了贪心的人，那我不是更罪过了吗？”

他的父母也纳闷地问过，他照例不说。

后来，他自然顺利地考上了大学。而且第一志愿就被录取了——农业大学野生禽类研究专业。是他如愿以偿的专业。

再后来，他大学毕业了，没有理想的对口单位可去，便“下海从商”了。他是中国最早“下海从商”的一批大学毕业生之一。

如今，他带着他凭聪明和机遇赚得的五十三万元回到了家乡。他投资改造了那条河流，使河水在北归的雁群长久以来习惯了中途栖息的地方形成一片面积不小的人工湖。不，对北归的雁群来说，那儿已经不是它们中途栖息的地方了，而是它们乐于度夏的一处环境美好的家园了。

他在那地方立了一座碑——碑上刻的字告诉世人，从初中到高中的五年里，他为了上学，共逮住过五十三只雁，都卖给县城的餐馆被人吃掉了。

他还在那地方建了一幢木结构的简陋的“雁馆”，介绍雁的种类、习性、“集体观念”等一切关于雁的趣事和知识。在“雁馆”不怎么显眼的地方，摆着几只用铁丝编成的漏斗形状的东西。

如今，那儿已成了一处景点。去赏雁的人渐多。

每当有人参观“雁馆”，最后他总会将人们引到那几只铁丝编成的漏斗形状的东西前，并且怀着几分罪过感坦率地告诉人们——他当年就是用那几种东西逮雁的。他说，他当年观察到，雁和别的野禽有些不同。大多数野禽，降落以后，翅膀还要张开着片刻才缓缓收拢。雁却不是那样。雁双掌降落和翅膀收拢，几乎是同时的。结果，雁的身体就很容易整个儿落入经过伪装的铁丝“漏斗”里。因为没有什么伤痛感，所以中计的雁一般不至于惶扑，雁群也不会受惊。飞了一天精疲力竭的雁，往往将头朝翅下一插，怀着几分奇怪大意地睡去。但它第二天可就伸展不开翅膀了，只能被雁群忽视地遗弃，继而乖乖就擒……

之后，他又总会这么补充一句：“我希望人的聪明，尤其一个孩子的聪明，不再被贫穷逼得朝这方面发展。”那时，人们望着他的目光里，便都有着宽恕了……

在四月或十月，在清晨或傍晚，在北方大地上这处景色苍野透着旖旎的地方，常有同一个身影久久伫立于天地之间，仰望长空，看雁队飞来翔去，听雁鸣阵阵入耳，并情不自禁地吟他所喜欢的两句诗：“风翻白浪花千片，雁点青天字一行。”

便是当年那个孩子了。

人们都传说——他将会一辈子驻守那地方的……

离乡

这一个在月夜里蹒行于村间的叫小芹的小女子，从十二岁到十八岁的六年里，先是见惯了女人们离乡，后是见惯了男人们离乡。终于，在这一个寂静的月亮好圆的夜晚，她自己也决定背井离乡了……

九月的这一个夜晚，月亮好圆啊！

村子里静极了。那些在整个夏季里能吟善唱的鸣虫们，这会儿也仿佛集体地“谢幕”了。没有了它们的声音，九月的这一个夜晚，静得似乎休克着了。

偶尔的，只有一种声音，从村子的这个或那个方向传来——是狗们在打哈欠，并用它们的语言嘟哝着几句梦话。

姗姗的，一个身影从村子的那一端向这一端走来。村子的住家很分散，村路也不规则，那人影儿一倏被宅墙隐住了，一倏转现了，像幽灵，在寻认属于它的家门。

村子的这一端有一株柳树，树干很老很粗的一株柳树。然而枝杈却是那么地稀疏了，并且，树干弓似的弯曲着，看去宛若脱发而佝偻的老妪，在九月的这一个夜晚，在夜晚的这一个寂静悄悄的时分，呆立在那儿等着谁来领她回家……

身影儿走到树旁站住了。月亮从夜空上看出，身影儿是一个小女子，才十七八岁的样子，将将到可以被认为是小女子的年龄。她站住了和老柳树并没什么关系。她恰恰走到那儿站住，只不过是因为她的心思恰恰在那一时刻有了反复。

造物并不只将美好的身材和容貌赐给城市里的女子。它有时也和自己使性子，随心所欲地，甚至是故意地，一甩手就将女人的两种“黄金股”丢向了贫穷的农家。过几十年再看会有怎样富有戏剧性的人生演绎在人世间……

她幸运地有了美好的身材和美好的容貌。

这一个夜晚她决定离家出走。

她站在那儿是在做最后的考虑——走，还是不走?

正如戏剧舞台上的哈姆雷特迷惘地问自己——生，还是死?

这个村子所拥有的年轻女子已经不多了，确切地说，只剩下这个叫小芹的了。

如果谁有兴趣统计一下，定会在中国发现这一规律——叫什么什么“qín”的女子千千万万，但城里人家的父母给出生的女儿起名时，大抵是用另一个“qín”字的，亦即钢琴的琴，当然也是提琴或其他琴的琴，尽管那些城里人家的父母也许从不操弓弄弦。

小芹站在那儿想，她还是得离乡出走。而且呢，到了城里以后，找工作时要将她的“芹”字写成“琴”字才好。一有机会，也得将她身份证上的“芹”字改成“琴”字。她想，她得从名字上首先变成一个城里女子。

从她十来岁起，村里年轻又好看的女子便开始一年一个一年几个地离乡出走了。后来连只年轻并不好看的女子也不心甘情愿地留在村里了。最后一个年轻女子离开村子也有两年多了。从那一年起，这个村子就像一个人没有了魂，起初男人们还欣慰于女人们从城市里寄回来的钱。他们高高兴兴地用女人们寄回来的钱盖砖瓦房。所以这个村子基本上实现了砖瓦化。住进了砖瓦房里的男人们，渐渐开始习惯于用女人们寄回来的钱聚赌。起初仅仅在夜晚赌，后来连白天也赌了。

于是村里的地荒芜着了。

荒芜就荒芜吧，反正辛辛苦苦一年，靠种粮食也不能从土地上耙弄到手几个钱——男人们都这么想。

离乡的女人们起初年年回村，或在春节前；或在这个季节，回来过“重阳节”。如果是这个季节回来，那么往往会被男人们强留到第二年开春。男人们强留她们，是因为他们仍需要女人。男人们毕竟还是得放任她们返回到城市里去，是因为他们尤其需要她们继续寄钱给他们。在城市里被“洗礼”过的女人们，特别是年轻的颇为好看的她们，回村时都变得更年轻更好看了，也分明地更具有女人味儿了。这使她们的男人们内心里也很舍不得放任她们走。她们带回来的钱，能给家里添令别人家羡慕的大件东西，能给男人们买体面的衣服和好酒喝，这使男人们最终仍是明智地放任她们走……

后来女人们不再寄钱给男人们了——砖瓦房盖起来了，偌大屏幕的彩电看上了，女人们离乡出走的当初使命已经基本完成了；后来女人们甚至也不太回村了，渐渐地与她们的男人们断了音讯，走失的家禽似的消踪灭迹在城市里了。既然男人们又酗酒又赌博，她们还回来看她们那样的男人们干什么呢？她们中有的最后一次回村，编一套男人们能信的话，将儿女接走了；有的寄回最后一封信附带最后一笔钱，便宣布和她们的家没任何关系了……

于是村里的青壮年男人们也纷纷打起行李卷，离乡而去，去往东西南北各大城市，寻找曾是他们的女人的女人。找到了的，他们的女人不肯跟他们回来，他们自己也便无脸回来；找不到的，不甘心不明不白地就没了曾属于自己的女人，继续在城市里一边打工一边找……

连青壮男人也几乎流失光了的这一个村，不但像人没了魂，而且像人没了骨。生气不复存在于那些新的和半新的砖瓦房里，连曾经从原先的泥草房里也传出过的男女调笑声和孩子的玩耍嬉闹声都听不到了。人气也不复存在于这个荒芜了它周围土地的村子里，连人锄牛耕的情形也看不到了。失去了天伦之乐的老太婆和老爷子们不再有心情凑在一起聊家常，渐渐习惯于自囚在砖砌的院墙内，与鸡犬为伴，熬冬混夏，寂寞候死……

这一个在月夜里蹒行于村间的叫小芹的小女子，从十二岁到十八岁的六年里，先是见惯了女人们离乡，后是见惯了男人们离乡。终于，在这一个寂静的月亮好圆的夜晚，她自己也决定背井离乡了……

她没有生得好看的姐姐，因而她家住的仍是村里为数不多的泥草房之一。她的母亲已经四十多岁了，是麻脸，因而从未产生过离开她的父亲到城里去的念头。她的父亲也没指望过。她的父亲患过肺结核，人很瘦，禁不起劳累。比她小三岁的妹妹患了白内障。全家的生活担子，几乎全压在她母亲一人身上。她母亲也没别的能耐，起早贪黑养几头猪而已。近几年卖掉一口猪是比养肥一口猪还不容易的事了。母亲因而更加地沉默寡言了，父亲因而更经常地莫名其妙地发脾气摔东西了。父亲是全村唯一不酗酒的男人，也是全村唯一不好赌的男人。从前父亲因而受别的男人们的耻笑。他们认为她的父亲不酗酒也不好赌是由于没钱买酒喝没钱赌，这又基本上是一个事实。她的父亲对这个事实的态度是隐恨，觉得她的母亲对不起他。令她百思不得其解的是——母亲分明地也觉得特别对不起父亲……

芹开始意识到自己的身体价值和容貌价值，起初是从那些回村探家的年轻女人们的目光和话语里。其实她们中最年轻的只比她现在大一两岁。

“瞧这两条迷人的长腿！瞧这小腰儿细的！瞧这张瓜子脸儿俊俏的！”

“就是胸脯还没长好……”

“那用不着你替她惋惜呀，我看十七八后会长得高高的挺挺的……”

“那时要到城市里去，还不将城市里的男人们一片片地迷倒哇！”

“我说芹呀，快长大吧，快长大吧！长大了姐儿们一定带你到城市里去！城市可需求你这样的可爱人儿啦！”

她们嗑着瓜子，以骡马市上内行者相牲口那一种目光上上下下前后左右地打量她，端详她，仿佛她是一匹将来准能长成高头大马的小马驹。她们的目光充满了羡慕，甚至不无嫉妒的成分。她们的话语既使她飘飘然，也使她害羞极了。六年前的她，还不大明白“需求”二字的意思。但是她们却使她明白了这样一点——将来如果她到城市里去，她对城市有一定的征服性……

明白了这一点以后，那些她从来也没去过的大城市，似乎不再是梦里才能去到的地方了。有朝一日穿着时髦的衣裙，臂上搭着美观的小包包，小包包里装着厚厚的一沓钱，高跟鞋咯噔咯噔地走在城市最繁华的街上，似乎也不再是什么异想天开之事了。

于是她每天数次地照镜子自我欣赏了。

于是她偷了母亲十几元钱，买了香皂、洗发液和润肤霜，藏在只有自己知道的地方，为了保养她的头发她的皮肤而独自使用，虽然挨了母亲一顿打骂，却一点儿都不后悔，觉得很值得。

于是她再干活儿时，想到应该戴上一双破手套了。为了更具备将来征服城市的资本，她认为她的双手也应该白白的，细皮嫩肉的了。

于是城市对于她意味着这样一种地方了——那里有属于她的一大笔

钱，有属于她的好房子，甚至有属于她的名牌小汽车，以及不少整天围着她转，处处讨她欢心的有身份有地位的男人。

于是她对自己的人生不再迷惘，也不再沮丧和苦闷，更不再委屈了。好比一个实际上是百万富翁的流浪汉，知道落魄只不过是眼前之事，几年后定当结束，而一旦结束了，人生的每一个日子便都是无比幸福的好日子了……

十五六岁那一年起，父母对她的态度也与以前不同了。

先是母亲看她的目光发生了变化。母亲的目光温柔了，流露着依依不舍的眷恋了，还流露着淡淡的忧郁。母亲似乎总在以那一种特殊的目光默默无言地问她：我的女儿呀，你是不是打算离开妈妈了？像别人家的女儿们一样？你一旦离开了家还稀罕回到这个破家吗？妈妈多怕你忘了这个家，多怕失去你呀……

父亲对她的态度也发生了变化。似乎在父亲看来，他的女儿每长一岁，决定家庭命运的能力也便随之显示，因而必得他时不时地巴结着才对了。的确，父亲跟她说话时，都有那么点儿低三下四的样子了。仿佛他已不是她的父亲，而只不过是她的一名家仆。仿佛他如果不巴结着她一点儿，她的人生一朝富贵了，并且嫌恶他，那么他的人生就将一路滑向无法自拔的泥淖没任何指望了……

十七岁那一年起，父母对她的态度又发生了变化之后的变化。

母亲开始常在她面前叹着气说：“不小了，明年就十八了，心里边究竟怎么想的，也该及早有个决定了……”

她从母亲的话中听出了这样的弦外之音——我是有点儿舍不得你离家远去，可是你也不能不考虑你对家庭的义务呀！

而父亲则越发地怨天咒地了：“这破泥草房，住到哪一天是个头？我今年秋天是不收拾它了。塌了才好。塌了一家人一块儿砸死，穷日子倒也是个了断！”

她能听出父亲的话是冲她说的。仿佛家里至今还住泥草房，完全是由于她的不争和她的不语。

分明的，父母期待着她有一天主动说：“爸，妈，我得到城市里去了！”

在期待的日子里，骨血亲情不显山不露水地变质着，转化为一种没有了耐性的，难以启齿言明的，因而特别屈辱又特别迫切的要求。

十七岁的芹一经感觉到了这一点，开始怀疑父母究竟是不是她最亲的人了。她心里对父母的爱减少到了最低的程度。她心里只剩下了对父母的可怜。与可怜某些不幸而又陌生的人没什么两样了。

有一天连双眼接近于全瞎的妹妹也突然大声问她：“姐你还打算在家里待到哪一天是个头哇？你就忍心看着我没钱治眼一辈子是瞎女呀？”

听妹妹那话，好像她有很多钱却又极其吝啬似的。

她被问得一愣，随即扇了妹妹一耳光。

结果妹妹大哭大闹了一场。她在妹妹的哭闹声中，跑出家门，跑到村外，坐在河边也哭了一场……

月亮真大真圆啊！

在九月的这一个夜晚，十八岁的芹决定离乡了。

父亲母亲和妹妹都在酣睡着。他们不知道明天早上将见不到她这个女儿和姐姐了。她没跟他们说，故意不跟他们说。她甚至也没留下一页纸，在纸上写几句话，连件换洗的衣服都没带。

这会儿，她离乡的决心稍微动摇了一下立刻又坚定了以后——不，事实上那非是动摇；她离乡的意念随着年龄一岁岁增长而明确为决心以后从未动摇过。也非是犹豫，而只不过是倏然间产生的一缕留恋之情。仅仅一偻而已。

她想，除了她兜里的二百多元钱，她没从家里没从村里带走任何东西，那么是不是应该留下什么呢？哪怕是留下别人对自己的某种回忆也好呀！不与父母和妹妹打声招呼，是否也应该与某一个和自己关系较为亲近的村人告别呢？自己可不是村外那条河里的水呀，淌过去就没谁牵挂地淌过去了。自己是一个人啊，自己决心一去不返了呀！那些消失在城市里的女人们，以及去寻找她们的男人们，就除了她们自囚在砖瓦房里不愿出门的老弱病残的家人，再不被任何别人牵挂了。仿佛她们只曾属于过她们的家，从未属于过这个村子似的。

而不知为什么，她却希望除了父母和妹妹外，起码被一个村人所牵挂。

这一希望对她有什么意义，她是不愿进一步多想的，但它一经萌生在她心里，她的脚步竟不能轻快地继续向前了，它也在她头脑中挥之不去了。

于是她的目光不禁地向那株老柳树的左前方望去。那儿，山坡下，有一幢孤零零的泥草房，比她一家住的泥草房还低矮，还破败，与村里那些举架很高的砖瓦房相距半里左右。那泥草房里住着三十来岁的叫“二憨”的本村男人。他是近年以来村里最年轻的男人了。他没到城市里去乃因城市里没有曾属于他的女人。确切地说他由于穷而未结过婚。他穷是由于他有一个从他十几岁起就全身瘫痪拖累着他的人生的哥哥。自从他二十岁那年父母先后去世了，他的人生就和他的哥哥系在一起无法解开了。

有一年他的哥哥患了很重的胃病，一口饭都咽不下去了。许多村人都暗中替他庆幸，都私下里议论说这下可好了，他哥哥饿也活活饿死了。那么好端端的一个小伙子的拖累不就解脱了吗？然而他却用一辆手推车来回五六十里三天一次两天一次推着他的哥哥去县城里看病，并为了治好哥哥的病多次卖血。如今他哥哥的胃病治好了，看样子起码还会在他的照料之下活二三十年。故而村人们都认为他傻。哪家的女儿肯嫁给一个有兄长拖累的傻子呢？没有女人嫁给他，也就没有女人从城市里寄钱给他。因而他和他的哥哥一直住低矮破败的泥草房也就那么地自然而然。他们原先也是住在村里的，且曾与她家是近邻，后来他为了种甘蔗才住到山坡下的。住到山坡下引水灌地方便。

芹与村人们对他的看法不同。她一向认为他一点儿也不傻，恰恰相反，她认为他很善良，是个好男人。父亲每年修房子都找他帮工。在这个村子里，除了找他帮工还能找谁呢？并且，从未付过他报酬。只不过春节期间，母亲让芹请他到家里来吃顿饺子而已。近年芹是大姑娘了，他一见到芹脸就红，就低垂下他的头，抬了头目光也不知朝哪儿望才好。去年她家修房子，她从房顶上滚了下来，幸亏被他从房下张开双臂接抱住了，否则她一定会摔坏的。当时她的父母都不在眼前。他没立即将她放落于地。他双臂托着她，像托一件易碎的器皿。他俯视着她，目光竟是那么的温柔，并且，他在她眉心迅速地亲了一下……

她并没生他的气。

不过她以后再见到他，自己的脸也会红起来……

芹的目光一望向山坡下那幢低矮破败的泥草房，就再也不能转移向别处了。她对自己说，就让我去与那个亲过我一下的男人作别吧！让他代表这个村子记住我吧！在这个村子里，除了我的父亲母亲，还应该有另外的人记住我。她这么对自己说时，越发地在乎起这一点来，却不能明白自己为什么特别地在乎这一点。她如此思想着，抬头望月亮，仿佛月亮是她最知心的一个密友，仿佛要征求月亮的意见。斯时月亮升高了，似乎也在俯瞰着她，并以它温柔的沉默，向她传达着一种支持……

于是她信步向那幢低矮破败的泥草房走去。那一时刻，她看去像一个夜游者。在月辉下，泥草房的轮廓特别清晰。它完全地黑暗着，如一块长方形的巨石，没有一丝光线从门窗泻出来……

从老柳树到泥草房，芹不快不慢地走了六七分钟。当她走到泥草房门前，一个新的决定已在她心里一意孤行地形成了。它不复再是起先那种希望。它比起先那种希望强烈得多，而且充满了大胆放纵惊世骇俗的成分。她要留下她最宝贵的东西给那个被村人们认为傻，绰号叫“二憨”的男人。不因为什么特殊的缘故，仅仅因为他是本村目前唯一年轻强壮的男人，还因为她觉得他是一个好人。确信他喜欢自己，确信他做梦都不敢妄想自己肯给予他什么。她被自己的新的决定深深感动。她的决定里包含着对他的可怜，也包含着对城市的，某种性质不确定的……抵牾……

“是小芹吧？”——歪斜的木板门吱扭开了。叫“二憨”的，全村唯一没到城市里去的，也是唯一年轻强壮的男人，还没迈出门来，就已经在屋里很有把握地问着了。

她说：“是我……”

声音悄悄的。

“有事？”

“嗯……”

“等会儿，我披件衣服……”

自然的，她并不想在外边等。她一步跨过门槛，进到屋里去了。借着从外边照进屋里的月光，看见他刚将一件上衣披在肩上。显然地，他不愿赤裸着上身面对她。见她已然进到屋里已然站在跟前了，他一时有点儿不知所措，后退一步，主动与她本能地离开着。她明白，在他，是为了避免瓜田李下之嫌。

他那样，使她不禁在心里嘲笑地对他说：你这个娶不起媳妇的男人啊，你可是装的什么样儿给我看呢？难道你就不想女人吗？难道你没亲过我一次吗？难道那还不能证明你喜欢我吗？

不待他开口再说什么，她问：“你怎么知道是我？”

他低了头回答：“深更半夜的，除了你家有事会来找我，村里还会有谁来敲我的门呢？你家出什么事儿？”

“没出什么事儿。”

她低声答着，在他那张破床的床边儿坐下了。

分明的，她的话使他奇怪。他抬起头，见她竟坐着了，张张嘴想说什么，又不知说什么话好，一时地愣住了。在二人无言对视的片刻间，里屋传出来鼾声。“你愣在那儿干吗？把门关上呀！……”他没动。她抬起手臂指了指门。他还没动。“你聋啦？”她的语调急躁了。他这才走过去关门。“插上。”她没听到落闩声。“我叫你把门插上！”她的话近乎命令。之后她听到落闩声了。她扭头看他，借着从窗子照进屋里的月光，见他的影子呆呆地站立在门旁。她的一只小手，轻轻在床沿上拍了两下，示意他坐过去，坐在她身旁。他的影子仍呆呆地站立在门旁。

她不禁叹了口气，暗想也许村人们是对的，他果然傻。如果不傻，一个从未被女人亲近过的男人，难道此时此刻还不明白自己该怎么做吗？还要她怎样他才能明白呢？她又叹了口气，以惆怅的语调说：“我要走了。”很久，才听到他低声问：“到哪里去？”在那段沉默中，她反复要求自己，不达目的，誓不罢休。“我要到城市里去了。”“哪天？”“今天。”“今天？”“对。一会儿，跨出你家门槛，就走了。”“可你……什么都不带？”“带了二百多元钱，三四年里我到镇上做小工积攒的……”“深更半夜的，你爸妈知道？”

“不想让他们知道。你明天替我去告诉他们吧。就说我在城市里混得好，会给他们按月地寄钱。混不好，就永不回来了……”

“你不对……”

“我怎么不对？！”

她双眉一挑，嚷了一句。之后便后悔，怕惊醒里屋熟睡着的人。听鼾声依旧，才又定下心来。

“小芹，你听我说……”

“你别说，先听我说……”

“那，我就先听你说……”

于是她急急切切地说了起来，语无伦次，越说越快。她的话语所表达的心理相当芜杂，而且前后矛盾。她说她感激城市，因为城市使村里许多人家都住上了砖瓦房；她说她憎恨城市，因为城市将村里年轻的女子一个不剩地全都吸引了去，还迫使男人们也纷纷背井离乡；她说她多么多么地向往城市，确信属于她的好运气正在城市里期待着她；她说她多么多么地嫌恶城市，所以并不愿用干净完整的自己去与城市进行交易……她说呀说呀，直说得口干舌燥。

“明白了？”

“不明白……”

“你装傻！”

她几乎叫喊起来了。

接着，她开始不管不顾地脱衣服。顷刻将自己脱得赤身裸体一丝不挂。随即，她往他的破床上仰躺下去……

“我才上到小学五年级，没文化，没知识，没技能。城市需要我有什么用？城市里的男人纵使对我好，还不是由于我的年龄，我的身子，我的脸！我懂这个。所以我的身子首先要给咱们本村男人！也就是首先给你这个男人！我才不让城市里的男人第一次占有我呢！所以你得成全我的想法。你要不，我会恨你。你成全了我，日后我在城市里混出了好光景，我会想着你，也寄些钱给你……”

她终于不再说话了，闭上了双眼。

斯时从窗子洒在破床上的月光，将她本就白皙的女儿身，照得像玉雕雪塑的一般。

她闭着双眼朝他伸出了一只手……

她又说：“你不要我，我就不起来！”

一会儿，他的手握住了她的手。她感觉到了自己的手被男人的唇温柔地亲着，感觉到了男人的脸偎在了她胸脯上，感觉到了男人的嘴急切地吻住了她的嘴……

随后，她感觉到了男人的身子扑压在自己的身子上……

痛疼……

男人急促的喘息……

一连串被近乎粗暴地摆布的过程……

终于，男人精疲力竭地软在她身上，发出了压抑的哭声。

听着他的哭声，她的心里感到非常满足。

她的双手怜悯地抚摸着他汗淋淋的肩、颈、脊背，回味着刚刚发生过的事，困惑男人和女人们一谈起那种事便津津乐道或讳莫如深，似乎那是足以使一切男人和女人在那一时刻都变成神仙的快活无比的事……

而她除了痛疼和被近乎粗暴地摆布的过程，再就什么美妙的体验都没享受到啊！没有爱意在内心里弥漫……甚至也没有纯粹的情欲一阵阵波涛般汹涌……连官能的快感都没产生……但是，她认为她毕竟达到了目的——她“破坏”了她自己。这目的之实现，使她觉得自己暗中报复了她又向往又嫌恶的城市——替砖瓦房舍里那些没了年轻女人也没了壮实汉子的农家；替她的没了人气也没了生气的村子……将以自己被“破坏”了的身子去满足某些城市里男人们的需求，让他们当她是玉洁冰清的，那么显得愚不可及的不就是他们了吗？

这一目的之实现，也使她心理上对城市的潜伏的嫌恶烟消云散了，仿佛互相扯平了种种恩怨，仿佛以后可以在完全友好的关系中彼此建立好感……

一个小时以后，她又走在路上了。低矮的破败的泥草房在她身后了；村子在她身后了；家在她身后了……她大步朝前走，头也不再回一次。走得义无反顾，破釜沉舟。

她衣兜里少了二十元钱。离开他的家时，悄悄压在他那散发着汗味和烟味的枕下了……她肩上多了一根甘蔗，又长又粗的一根甘蔗，扛在肩上，竟觉沉甸甸的。他从他的甘蔗田里替她砍下了那一棵甘蔗。他对她说：“带着。渴了解渴，饿了充饥，遇到狗拦路打狗，走累了当手杖拄着，就是碰上坏人了，也可用来防一会儿身啊……”那是他唯一能送给她的东西，也是她唯一从村里带走的东西。

她给一个本村男人留下了他必将终生难忘的回忆……她带走了一棵想必很甜很甜，也许同样使她终生难忘的甘蔗……她很熟悉的家乡离她越来越远……她向往又很陌生的某一座城市，在九月的这一个夜晚，在更其遥远的地方，冷漠地感觉着她的脚步正接近着它……月亮走，芹也走……月亮照耀着她走……她觉得自己走着走着，不再是“芹”，而已然是“琴”了……

纸篓该由谁来倒

一只纸篓——在教室门口，也在讲台边上，满的。我在讲台上稍一侧身，就会看见它。它一直在那儿，也应该就在那儿。通常总是满的。插着吸管的饮料盒，抑或瓶子，还有诸种零食袋、面包纸、团状的废纸，往往使它像一座异峰突起的山头。

教室门口没有一只纸篓如同家门口连一双拖鞋都没有，是不周到的；教室门口有一只满得不能再满的纸篓如同家门口有一双脏得不能再脏的拖鞋，是使人感觉很不舒服的。我每次走入教室心里总是寻思，似乎有必要对它满到那般程度做出反应。或言，或行。

“哪位同学去把纸篓倒一下啊？”此言也。

我确信只要我这么说了，立刻会有人去做。

自己默默去倒空纸篓。此行也。

有点儿以身作则的意思。

我想行比言更可取。于是我“作则”了两次，第三次还打算那么去做的，有一名同学替我去做了。他回到教室后对我说：“老师，有校工应该做这件事，下次告诉她就行。”

将纸篓倒空，来回一分钟几十步路的事。教学楼外就有垃圾桶。女校工我认识，每见她很勤劳地打扫卫生，挺有责任感的。而且，我们相互尊敬，关系友好。我的课时排在上午三、四节。而她一早晨肯定已将所有教室里的纸篓全都倒空过，是上一、二节课的学生使纸篓又满了。无论是我去告诉她，还是某一名同学去告诉她，她都必会前来做她分内的事。但我又一想，她可能会认为那是对她工作的一种变相的批评。使一个本已敬业的人觉得别人对自己的工作尚有意见，这我不忍。

我反问："有那种必要吗？"

立刻有同学回答："有。"——见我洗耳恭听，又说，"如果我们总是替她做，她自己的工作责任心不是会慢慢松懈了吗？"

我不得不暗自承认，这话是有一定的思想方法性质的道理的，尽管不那么符合我的思想方法。

我又反问："是不是有一条纪律规定，不允许带着吃的东西进入教室啊？"

答曰："有。但那一只纸篓摆在那儿不是就成了多余之物，失去实际的意义了吗？"

于是第三种看法产生了："其实那一条纪律也应该改变一下，改成允许带着吃的东西进入教室，但不允许在老师开始讲课的时候还继续吃。"

"对，这样的纪律更人性化，对学生具有体恤心。"于是，话题引申开来了。显然已经转到对学校纪律的质疑方面了。内容一变，性质亦变。

我说："那不可能。大约任何一所大学的纪律，都不会明文规定那一种允许。"

辩曰："理解。那么就只明文规定不允许在老师讲课的时候吃东西。将允许带着吃的东西在课前吃的意思，暗含其中。"

我不禁笑了："这不就等于是一条故意留下空子可钻的纪律了吗？"

辩曰："老师，如果不是因为课业太多太杂，课时排得太满，谁愿意匆匆带点儿吃的东西就来上课呢？"于是，话题又进一步引申开来了。内容又变了，性质亦又变了。而且，似乎变得具有超乎寻常的严肃性，甚至是企图颠覆什么的意味儿了。当然，我和学生们关于一只纸篓的谈话，只不过是课前的闲聊而已。但那一只纸篓以后却不再是满的了，我至今不知是谁每次课前都去把它倒空了。

由而我想，世上之事，原本是"横看成岭侧成峰，远近高低各不同"的。这乃是世事的本体，或曰总象。缺少了这一种或那一种看法，就是不全面的看法。有时表面上看法特别一致，然而不同的看法仍必然存在。有时某些人所要表达的仅仅是看法而已，并不实际上真要反对什么、坚持什么。更多的时候，不少人会放弃自己的看法，默认大多数人的任何一种看法，丝毫也没有放弃的不快。只要那件事并不关乎什么重大原则和立场——比如一只纸篓究竟该由谁去把它倒空。这样的事在我们的生活中比比皆是，每一个人都可以随自己的意愿选择一种做法。只要心平气和地倾听，我们还会听到不少对我们自己的思想方法大有裨益的观点。那些观点与我们自己一贯对世事的看法也许对立，却正可教育我们——一个和谐的社会，首先应是一个包容对世事的多元看法合理存在的社会。不包容，则遑论多元？不多元，则遑论和谐？

在我所亲历的从前的那些时代，即使是纸篓该由谁来倒空这样一件事，即使不是在大学里，而是在中小学里，也是几乎只允许一种看法存在的。可想而知，那是一种被确定为唯一正确的看法。另外的诸种看法，要么不正确，要么错误，要么极其错误，要么简直是异端邪说，必须遭到严厉批判。比如竟从纸篓该由谁倒的问题，居然引申到希望改变一条大学纪律，并因而抱怨学业压力的言论，即是。久而久之，人们的思想方法被普遍同化了，也普遍趋于简单化了。仿佛都渐渐地习惯于束缚在这样的一种思维定式中，即人对世事的看法只能有一种是正确的，或接近正确的。与之相反，便是不正确的，甚或极其错误的。如此一来，不但不符合世事的总象，也将另外诸种同样正确的看法，划到“唯一正确”的对立面去了。

其实，人对世事的看法，不但确乎有五花八门的错误，连正确也是多种多样的。正因为有人对世事的五花八门的错误的看法存在，才有人对世事的多种多样的正确的看法形成。世人对世事所公认的那一种正确的看法，历来都是诸种正确的看法的综合。这个世界上从来没有谁能够独自对某件事——哪怕是一件世人无不亲历之事，比如爱情吧——做出过完全正确的看法。

梁晓声买不到卧铺票

早熟是令人同情的，可怜的。过分的成熟是讨厌的，可怕的，不堪信任的。虔诚的根苗是天真。天真很可爱，故我们用“烂漫”加以形容。但天真绝对肤浅，故虔诚绝对地几乎必然地导向偏执。人啊，我们在虔诚与成熟之间选择，是多么的两难啊！你见过一个太成熟的人竟是虔诚的吗？你见过一个拥抱虔诚的人竟能长久地拥抱下去吗？但我可以肯定，你一定是见过被虔诚所误所欺所害之人的下场的……到了1989年年初，又有某几位热心的当年的“北大荒战友”，发起要出版一册《北大荒人名录》。我又被通知去参加一个聚会。

朋友们的目的似乎在于——因为是人名录，而非名人录，那么不论谁，只要愿意，都可以在其中占一条目；并注明工作单位、部门、家庭住址、电话号码、邮政编码。朋友们想得很谨慎，一律不填职务，以体现出一种平等意思，或曰当年的知青群体的意识。

朋友们的愿望似乎在于——拿了这一册《北大荒人名录》的任何一个人，在凡有北大荒人存在的地方，举目无亲亦可以找到亲人。好比上一个世纪，一唱起《国际歌》，工人阶级便寻找到了自己的阶级队伍似的。没有住处的可以有了住处？饿肚子的可以吃饱饭？兜里没钱的不愁无处借？

病倒他乡的有人照料？一方有难八方支援？……

这愿望美好是美好。但我很怀疑它实际上有什么意义。我断定它绝对地不会像旧社会青红帮的“帖子”或现今关系网中人物们的“条子”更管用。也许，那些对它怀有良好愿望的人还没瞭望到这一愿望的影子，另外的一些人就已经把它铸造为利欲的构件了。

西欧人倡导“俱乐部”精神；日本人鼓吹“社团”精神。但那首先不过是精神的依托，甚至纯粹是兴趣和心理方面的依托而已。西欧人大抵不靠加入什么“俱乐部”实现自我；日本人也大抵不靠加入什么“社团”满足自我。现今热衷于发起“同窗会”“校友会”“家乡会”“知青会”的我们中国人，似乎更是希冀有个这“会”或那“会”向自己伸出一只“提携”的手？需要或想要获得到什么的人太多太多了，肯于或甘于付出什么的人太少太少了。

故现今中国人之任何社会形式，皆涂着极端功利的色彩。故现今中国人之任何会社，都不能持久，也都必将抱着一份儿虔诚加入的人最终落个大的失望。我甚至怀疑连教会在今天中国的土地上都难以免俗。故我在那一次商讨出版发行《北大荒人名录》的聚会上，做了如下的发言：

一、朋友们的愿望无疑是好的。二、倘坚信这一愿望的高尚，必无私地从自己实践做起。也就是说，一旦某一天，某一个自称北大荒知青的人（姑且排除冒充行骗的可能性，而这种情况几乎不可避免地肯定会发生）出现在我们面前，手拿一册《北大荒人名录》，要求我们帮助买机票、车票，解决住宿问题，给予经济资助——这还是些微不足道的小小的帮助，我们皆应义不容辞。即使受骗了也毫无怨言，道理是那么简单亦那么明白。若我们自己都做不到这一点，我们又根据什么相信我们的初衷我们的愿望？

朋友们却纷纷回答——当然，当然，做到这一点是起码的。

起——码——？

我必老老实实坦坦率率地在此言明——除了经济资助这一条，或借予或给予，全在于我一人的经济状况和慷慨程度。其他事于我都很难，甚至相当之难。因屡屡地帮助别人买机票、车票、解决住宿问题之类，几乎回回差点儿没把我为难死！几乎回回最终我是内疚得要命，抱歉得要命，沮丧得要命。而对方则失望至极！怀疑至极！怏怏至极！

梁晓声——在北京近十年来，在北影近十年，说自己买不到一张卧铺票——谁信啊！面对一个或几个夜无归处的满怀希望来求助的人，面露难色地说自己一筹莫展——哄鬼吧！蹬着自行车出去了一趟，大概只不过是煞有介事地出去瞎兜了一圈吧——这不是太虚伪太可恶了吗？

而若一个陌生人，即便是地地道道的当年的北大荒知青，绝非冒充行骗之徒，向我索求五百元以上的给予性的资助，我是会犹豫半天的。上有老，下有小，稿费低，物价涨，我所积蓄的那一笔小小存款，是以备补贴生活之用的。我并非腰缠万贯啊！给予，我是给予过的。周济，也是周济过的。但迄今为止，并未突破三百元“大关”。倘据此认定我是多么不仁多么不义多么吝啬，我也只好认了。

倘叩开家门之人，向我说明，他从某省某市到北京来，专为买一样或几样平价的家用电器，诸如彩电、冰箱、录像机之类，或专为兑换外币，则连我自己也想象不出我当时会怎样一种表情。

我自己家里还没有一样电器是平价的呢！

至今我也没有一分钱的外币。也不知在些什么地方可用人民币兑换，怎样兑换。

就在我写这篇东西的前几天，我给十几个在京的当年的北大荒知青打电话——求买一张卧铺票，预定期七天之后，线路是从北京至哈尔滨，而非至广州至上海——所获之回答差不多尽是——“哎呀，这我可没办法！毫无办法！”“老兄，你在北京，是应该知道买卧铺票该多么难的！”“你给 ×× 打个电话问问吧！”“我建议你天天到火车站去，等不着退票，也准能买到黑票，无非多花几十元钱呗！”……

这还是我在求。所求之人，还是经过考虑，确信只要浪费他们一点儿时间，一点儿口舌，动用他们一次公的或私的关系，可以成全我之人。

而我，不过是一次试探而已。

这也许近乎无聊，但获得的“经验”，于他人是有益的。

归根结底，我自己是不必太为买一张卧铺票愁眉不展的——只要是公务。

而究竟有多少人，会像我一样，半夜蹬着自行车去到预售票处，为素昧平生者蹲上一夜，买一张卧铺票？仅仅因为他或她说出那么一句话是——“我当年也是北大荒知青”？

故我以十二分的虔诚和坦率和衷心告诫我的当年的北大荒知青们：

记住自己当年曾是一个北大荒知青，记住几乎整整一代人当年都曾是各地的知青——仅仅记住这一点就够了。因为这表明你永远记住你自己是谁。那一经历毕竟是我们每个人经历的一次洗礼。但是，不要寻找它——“北大荒知青”在今天在城市的群体形式。即使它存在着，也不要相信它。不要将你希望自己成为一个怎样的人和可能成为一个怎样的人之实践与它联系起来。更不要将它视为你的生活内容和生活意义的一部分。如果你有余暇，如果你有热忱，你可以和当年的知青伙伴聚会，游园，旅行。但你万勿和他们共图什么你认为的事业。

你一定要时时刻刻提醒你自己——现在的他们，早已不再是过去的他们。现在的你，早已不再是过去的你。过去的那一些，那一批，那一代，那一切包括你自己，在本质上与今天已大不相同。我们都是经过了城市再消化再处理再设计再生产的我们。

知青群体意识绝对不可能成为一种信仰，更不可能成为一种宗教。在它对你或对别人居然似乎信仰似乎宗教之时，乃是它最不真实最少虔诚可言最蒙蔽人之时。不！坚决地不要将你的真实你的虔诚奉献于它。坚决地不要幻想从它那儿获得到真实获得虔诚。你的真实你的虔诚仅属于你自己。如果那确是真实确是虔诚，自有真实之人虔诚之人与你互奉。你要付诸努力的事仅是你自己的事。好比你带着你最宝贵的东西和一些似曾相识的人共同驾舟出海，你越相信他们就是你童时的伙伴，你越对他们涌起童时的信任感，则你的失落感便越大。甚至可能不仅仅是失落，而是惨遭图财害命。

蛇用身体行走。花用开谢行走。石头用坚损行走。东西用新旧行走。生用死行走。热用冷行走。冷用冰行走。有用无行走。动用静行走。阴用阳行走。火用燃烧行走。星球用引力行走。历史用过去行走。

而人，唯有人，用双脚行走。

除了你自己，没有第二个人能将你拉得很高——因为你会抓不牢绳索。

人们，包括不在乎时间的人们，不要为“同窗会”“校友会”“家乡会”等浪费时间。甚至也不要再为各种名目的“沙龙”浪费时间。中国印记的“沙龙”和中国印记的一切一样，一旦打上中国的印记，便绝不再是原本意义上的任何“沙龙”。而在今天，在中国，中国印记意味着些什么，现实回答得比我们每个人都回答得更清楚。

当年的知青朋友们，不要再陷入“知青情结”的怪状纠缠不清。

我说——够了！

让我们每个人都靠自己的双脚走出它们自己的路吧！如果我们每个

人，不论自己前面是一条怎样的路，都能走得很踏实，很从容，很自信，那么历史一定会评价说——这是极特殊的一代。在你身前有人跌倒，你扶起他。在你身后有人跌倒，你拉起他。

但是，不要挽起手臂，不要排成行列，不要齐唱着一首什么四分之二拍的歌曲！只要这行列之中有几个没出息的、变态的、心地不良的，都会对他人造成危害乃至危险！

除了军事操练，除了运动会仪式，除了参加庆典或者参加游行，排成行列最不该是男人证明自己的方式。男人在产生这一念头之时便已经是一个弱者了。男人纠缠于这一种心理之时起码可见是被弱者的心理所纠缠。

少女敲响我家门

商品时代的旋转式运行，在中国，必将以葬送下一代农民对土地的寄托意识为代价。并且，对于这一代价，在下半个世纪，中国是要付出高利贷的。下一代农民将不会再依恋土地，而愈来愈憎恶它。所谓种粮大户，可能在心理上也并不依恋土地。他们的选择也许正是为了他们的子孙最终离弃土地。好比精心饲养一口猪，最终是为了卖掉它或宰了它。

下半个世纪，中国的根本问题，将更是农民问题，不是怎样种地的问题，而是谁还种地的问题。由农业国发展为工业国——这是理想。中国有八亿多农民——这是现实。理想在现实面前，显得多么苍白啊！上半个世纪中国的农民甘于务农，下半个世纪中国的农民很可能将不甘于务农。

如果城市里没有你们的生存根据，那你们就当农民吧！——假设上帝曾这么说过，那么下半个世纪的中国农民将如此回答——如果城里的人需要吃饭，就让城里的人自己去种地吧！

下半个世纪，中国还能再造出一位哪怕仅仅使农民迷信的“上帝”吗？

经常发生这样的事——深更半夜有人敲门，敲门声怯怯的，毫无信心，如同非语言形式的断断续续的诉说。开了门，门外畏畏缩缩的，凄凄惨惨戚戚的，依墙靠着一个头发蓬乱，面容不洁，服装不整的来自农村的青年或姑娘。有的还处在少男少女花龄。他们的行囊之简令人怜悯。他们寻找到我的家门已证明他们到了身无分文、走投无路的境地。一天清早——推门，推不开。又狭又小又黑两户共用的二层小过廊里，抵门乏蹲，困着一人。

“你没有任何技术，你文化这么低，你年龄这么小……”

“俺十七了……”

讷讷的。然而是极自尊的。

不认为自己年龄小。我仿佛看到被作践过被摧残过的未成熟的志气的尸骸，狼藉在早已破碎的自尊的下面。我真不知该怎样看待十七岁这个年龄和面前这一位落魄的农村少女。

“咳，你这孩子呀，出门远行前，究竟怎么想的啊！”

“俺知道你是作家，报上说你心眼儿挺好……北京只有一个北京电影制片厂，俺寻思，没路可走了，俺得找你……俺就是这么想的……”急急切切地，她从她的小布包中翻出一份旧报。“俺读过你的一篇小说……”

“进屋来，坐下，慢慢说——我能给你什么帮助呢？”

“叔叔，求你千万帮俺找个工作吧！”

“可是，我没有能力帮你找工作啊！再说，你这么弱的身体，能干什么呢？”

“俺什么活都能干！俺什么活都能干！在家里，俺顶一个壮劳力啊！”大概在她想来，写小说的人找工作，比大汉帮人推一辆小车上坡容易得多……

“我的确没有门路哇……”我必须重申这一点。我不得使她对此抱有任何幻想。我心有余而力不足。

茫然的、绝望的眼睛，她的眼睛，定定地盯了我半分钟。既哀且怨的眼神，渐渐地渐渐地就在那双眼睛里弥漫——落魄的农村少女身子一软，似会瘫倒。我赶紧扶她，却不承想，分明的，她是要给我跪下……

仿佛一个溺水者向你伸出一只手，而你说："请原谅……"——那一瞬间，我真希望我是个有权的人，哪怕仅仅有安排一个农村少女在某处不起眼的地方工作的权力。哪怕让她擦桌子，扫地，干杂活……

"不过我可以给你买火车票，给你路上花的钱……"

"俺绝不回去……"

"你从哪儿来，只能回哪去！……"

"回去，没个奔头——还不如死了好……"

茫然的、绝望的眼睛，她的眼睛，已不再盯着我。既哀且怨的眼神，已彻底笼罩了她那双眼睛。她盯着的是作为装饰品悬挂墙上的一柄蒙古刀。分明的，她的话，也更是对她自己说的。我无法判断，在她的内心里，她的自尊是不是已经被城市扫荡尽净——而我是最后的持帚者……她的话，使我联想到了哈姆莱特流传了一百多年的那句台词——是生，还是死？

十七岁的，看去因落魄而变得懵里懵懂的农村少女，逃亡的不是迫害。不是逼婚事件。不是新中国成立前那一种咄咄的贫穷。她逃亡温饱。她逃亡温饱以后的寂寞。她逃亡为了温饱而不得不从事的终年流汗于田间的劳作。她逃亡农村对她的命运的羁绊。她逃亡土地对她的奴役般的占有。她逃亡她的上辈人规定于她的现实。从本质上讲，她并未面临着生与死的抉择。她抉择的是怎样一种活法……

在命运比她良好十倍百倍的人们因为同样的抉择纷扰绞尽脑汁不惜代价漂洋过海的今天，谁有资格对这十七岁的懵里懵懂的少女说她太荒唐？

她们和他们在城市中如迷途羔羊——没有一片茵绿的草地是上帝专赐给迷途羔羊的。城市正大面积地蒸发掉人类精神中宝贵的养分，形成空前涌动和沸腾的物质欲望的气浪。像无色无味的粉，飘荡在城市的上空，被一切男人和女人天天吸入肺里。那乃是生活的一部分因子，从生活的本体挥发了出来，改变着城市的空气的结构成分，改变着一切男人和女人的肺活量。使他们和她们在被改变的状态下，脸上都有着那么一种扑朔迷离的神情。在他们和她们那种神情中，包含着种种活泼的贪婪，种种生动至极的贪婪……

我在《雪城》的下部，对城市做过这样的比喻：

它是一个庞然大物。它是巨鳄，它是复苏的远古恐龙。人们都闻到了它的潮腥气味儿，人们都感到了它强而猛健的呼吸。它可以任富有的人们骑到它的背上。它甚至愿为他们表演杂耍。在它爬行过的路上，它将贫穷的人践踏在脚爪之下。他们将在它巨大的身躯下变为泥土。令人震撼的是，他们亦获得不到同情。同情如高利贷。将仅仅成为持有“信誉卡”的人的通货。而普遍的人们不仅事实上并没有变得怎样富有，大概连怎样才能富起来也根本不知道。所以他们只能装出富有的样子。以迎合它嫌贫爱富的习性，并幻想着也能够爬到它的背上去。它笨拙地然而一往无前地就爬过来了，它用它那巨大的爪子拨拉着人——对它诚惶诚恐的遍地皆是的生灵。当它爬过之后，将他们分为穷的，较穷的，富的，较富的和最富的。就像农妇挑豆子似的。大概齐地拨拉着。它用它的爪子对社会重新进行排列组合，它冷漠地吞吃一切阻碍它爬行的事物，包括人。它唯独不吞吃贫穷，它将贫穷留待各个人自己去对付……

我对我不难理解的现象妥协了。我不是牧师。我不能胜任教化的“神职”。尽管我对这一现象感到忧患——但那充其量不过是小说家的忧患和一个城里人的忧患。设想，如若一个城里人对农民提出这样的问题——你们都到城里来了，那么谁为我们种地？也太傲慢了吧？我做我认为仁义的事。于是我向朋友极力推荐一位能当小“阿姨”的农村少女。几位很好的朋友对我大摇其头。他们不同意我的思想逻辑，也不接受我的推荐，并且毫不客气地批评指出——这一种“小善良”没有什么特殊的意义。

我亦不同意他们的看法。我认为人不能只做“有特殊意义的事”。何况在绝大多数的情况下绝大多数的时候，绝大多数的人想做“有特殊意义”的事也是做不了的。倘每人都能不失时机地给予别人某些小的帮助，小的支持，小的安慰，小的方便，小的满足，小的成全，用朋友们调侃我的话，一言以蔽之曰“小善良”，则我们中国人目前所处的现实是太不宽松太紧张太无安全感了！互相的利用太多互相的出卖太多互相的倾轧太多互相的心理压迫太多互相的暗算太多了。这一种现象我称之为“遛狗现象”。在《雪城》下部对这一现象我是这样写的：

> ……他一向以为，自己的命运是开始攥在自己手里了。其实不然。仍攥在别人手里。归根结底是别人手里。那些人平时好像并不存在。当他的命运影响到他们的命运时，不，哪怕仅仅影响到他们的心理时，他们的嘴脸才显出来。好比蒙上了一层灰尘的镜子，灰尘一擦，什么都照见了。他们平时不过是攥着他的命运，笑呵呵地攥着。一张张面孔都是亲近的。友好的。诚挚的。和善的。无论他怎样努力，怎样变得成熟起来，也只能操纵着自己的一小半命运。他的命运不过像他们养的一只狗。狗脖子上套着许多圈。每个脖圈都连着一结实的绳子。而自己手中只扯着一根。其余的平时看不见。不知都扯在哪些人

手中。他的路越平坦，那许多根看不见的绳子便渐渐绷紧。当他行走得较顺利时，那些扯着另外许多根绳子的手，就必然要使暗劲儿朝四面八方拽了。那些人只能容忍他的命运像盲人的引路犬一样，导他往坑坑洼洼肮脏污水遍地乱石成堆处跟头把式踉踉跄跄三步一跤五步一倒地走……

许多人其实并非败于或死于自己的命运，而是被活活勒毙的。难道所谓社会应该是你手中拽着我的“狗”，我手中拽着他的“狗”，他手中拽着你的“狗”，人人手中都拽着别人的“狗”，人人的“狗”都被别人拽的“遛狗图”吗？……

我实践我的信条既不动摇也不后悔。

朋友们又向我讲“小阿姨”席卷雇主家的财物溜之大吉的事例。我听起来总觉得多少有些演绎的成分。我曾给《人民文学》的编辑王勇军推荐过一个“小阿姨”——我的儿子幼时所雇的安徽“小阿姨”的堂姐——据她讲——在勇军夫妇独子小命垂危的时候。据勇军讲，有的“小阿姨”见了那小家伙直摇头，不敢受雇。而我推荐去的“小阿姨”则表现出一种“见义勇为”的气概，当天便留在了他家。如今勇军的宝贝疙瘩相当之健康。他见了我每每夸奖：“那姑娘真好！和我们处得像一家人一样，救了我们儿子一命。我得感激你啊！……”

勇军夫妇和她至今仍有书信往来。她专程来北京探望过他们。他们还借给她钱回农村去开书店。我想，倘她并未在一位《人民文学》的编辑家中当过“小阿姨”，可能未必会产生出回农村去开书店这样的念头吧？这不是很好的一件事吗？……

终于有朋友被我说服，答应试用一个月。

然而不足半月，朋友便来告诉我：“她走了！”

我问：“怎么走了？”

“因为我说了她一句——你笨得出奇！”

“噢……”

“就因为这么一句话！”

“拐走什么东西了吗？”

“没有。那倒没有。”

“不辞而别？”

“嗯。不过也不算不辞而别。台历上留下一句话——城里人刚到乡下，在我们眼里也常常笨得出奇！”“走了，就走了吧。也不值得你专程来告诉我。”“我是觉得，怪对不住你一番好意的嘛！我没想到……”“没想到什么？”“她的字倒写得蛮不错的……”“毕竟读到了中学啊，还写过诗呢！”“写过诗？我不信！”为了使朋友信，我拉开抽屉，翻找出那农村少女请我指点的诗。

它以工整的循规蹈矩的笔迹抄在一页田字方格纸上：

轻风抚轻草，
黄蜂觅黄花，
春水一塘静，
田蛙几声呱。

那一页田字方格纸，也许是从她弟弟的作业本上扯下的吧？而五言绝句的格律练习，却是由于怎样的一种启迪又是怎样开始的呢？那一份闲适的恬淡是真实可信的吗？如果可信，又为什么逃亡呢？

朋友说："这没什么。顺口溜而已。拆开了，倒是两条小对子。南方的乡下，尤其两湖，多有目不识丁，却能口出对联的老农。识几个字的，自然就更有了那么点儿意思。"

朋友说完，匆匆地就走了。面对那一张折了一两折的田字方格纸，我又陷入了对于人生非常之宿命的沉思……安定是以安定本身为基础的，社会的安定以民众的安定为基础。

民众的安定以民众的心理安定和情绪安定为基础。

这类乎废话。

不算废话的话倒可能是下面的一句——废话是因为说多了而无效才成废话。

我与浪漫青年

耿明同志：

明明数次从南昌打来电话，嘱我为《七彩帆》写篇什么，拖延至今，时日渐久，心内常常不安。奈何近一年中，旧病新疾，轮番侵体，间或执笔，皆因“一诺千金”而已。更况颈椎骨质增生，伏案片刻，头晕目眩。

值此春节假日期间，自我感觉稍转良好，复您一信，权当“交卷”，以了心债之累。

思来想去，一时竟不知做篇什么“文章”为好。倒是忆起我与明明十余年的友情，个中体会种种，于我自己，于明明，以及许许多多当代青年，似不无益处，可供浅显的参考……

大约十年前，明明出现在我家里。那时的他，许是刚刚二十出头。不谙世故，严格地说，乃一单纯少年。

他是到北京来报考中央民族音乐学院的。他是前一年的高考落榜生。正如流行歌曲里唱的，那挫折仿佛是他“心口永远的疼”。尽管他不曾多谈这一点，然而我看得出来，也十分理解。

当年流行歌曲还没像如今这么流行。但是据我想来，他是立志要在北京成为一名通俗歌手的。他是个热爱音乐，更具体说，是个热爱声乐的少年。他有自信心，然而也很明智。

在我的办公室里，他对我说——今后的时代，通俗歌曲在中国必有大的发展趋势。我有一副适于演唱通俗歌曲的嗓子……

还说——我知道，仅靠先天素质是不行的。所以我希望获得专业学习和训练的机会……

他最喜欢，也可以说最崇拜的当年的歌手关贵敏。虽然关贵敏不是通俗歌手，而是当年很优秀的民歌手。

但是他又说——他认为，通俗歌曲和民族歌曲之间，有着类乎血肺的“亲缘关系”。其演唱技法，也互有可借鉴之处。

最终——他道出了他的愿望——如能拜关贵敏为师，于他不啻是三生有幸的事。

这也是他对我的请求——据他想来，梁晓声哈尔滨人也。关贵敏哈尔滨人也。一文一艺，想必我们是认识的……

而我却不认识关贵敏。尽管当年我也十分喜欢关贵敏唱的歌。按今天的说法，当年我何尝不是“二关”的“发烧友”呢——无论是关贵敏还是关牧村，无论走在路上抑或已在伏案创作，一听到“二关”的歌唱，正走在路上我会不由自主地驻足，正在创作我会立刻放下手中的笔……

面对明明这样一位少年，除了答应他的请求，当年我又能说些别的什么呢？答应别人的请求或拒绝别人的请求，有时对我都是一件难事。有时对我，后一种难比前一种难更难……

于是明明在我家里住下，和我的老父亲一起，住在我的办公室里……

于是有一天，在我的记忆里，是初春或秋末的一个雨天，我去了中央民族音乐学院。问清了关贵敏的住处，又从中央民族音乐学院去了他家里……

当年关贵敏还未结婚。

关贵敏是一个好人，是一个性格内向的好人。这是那一天他给我留下的印象。这一印象极为深刻，至今我们仍能忆起他当时那种不苟言笑，不善言谈的样子。

听我讲明来意，他说——那么好吧，就让那个徐明明来找我吧。只要他在声乐方面真有培养前途，我一定以最负责任的态度指导他，若能帮助一个青年实现他的理想，对我来说，是和你一样乐于做的事。

这件事我们几分钟内就谈完了。

接下来，我们还详细谈了明明的食宿问题。因为明明来京前并未了解清楚——那一年中央民族音乐学院因院舍修建。学生宿舍人满成患，决定当年不招新生……

我说明明仍可以和我的老父亲住在我的办公室……

他说他可以对校方讲明明是他的亲戚——这样明明便可以在民族音乐学院的食堂用餐……

几天后明明带了我的信去见关贵敏……

然而一个星期后明明还是离开了北京。原因有两方面，其一是，他自觉长久住在我处，会给我添太多麻烦，他于心不忍。其二是，我非常婉转地，将关贵敏对他“考试”后的坦诚的评价告知他——经过专业训练，他的演唱水平当然会大大提高，但要成为一名出色的歌手，显然有“先天不足”之憾……

于今，明明一直感念我对他在北京的日子里的关照。我却每每忆起当年之事，心中内疚不已。因为——在他走时，我曾以很烦躁的态度对待过他……

他向我借二百元钱——说是要为父母买些东西带回去。而我，刚刚因他受过厂保卫处的批评。按照北影厂规，是不得将外单位尤其是外地人留宿在办公室的。而且，也刚刚觉得受了一次欺骗——一名来自湖南的少年，在我家里住了数日后，我给了他一百元钱，嘱他买火车票回家乡。可半月后他又出现在我面前，并没回家乡，始终流浪在北京，而我给他的一百元钱却花光了。

明明会不会也如此呢？

当时还有几位客人在场。他们都用制止的目光看我。他们目光所含的意思，我理解得很是分明——梁晓声你如果将钱借给这个外地的小青年，那你就是天字第一号的大傻瓜了。你受过一次骗还不够吗？……

我还是将钱借给明明了。

他会还我吗？我不知道……

二百元在今天而言有些微不足道。但是于当年而言，于当年的我而言，也是一笔数目可观的钱啊。相当于我三个月的工资。相当于我发表一篇一万余字的小说的稿费……

最主要的——我怕我再受一次骗。一个人受骗的次数多了，也许心肠就会变冷了。我很怕我变成一个冷心肠的人，很怕我变成一个面对求助者无动于衷的人……

两个月后，我收到了明明寄还的钱。当时我内心里的喜悦真是无法形容。明明也许至今不知，在这一点上，我是多么感激于他！正如他感激于我。我曾将汇款单给不少嘲笑我迂腐的人看。对他们说——这个从南昌来的少年，并非像他们所以为的那样……

后来我对明明人生路上的方方面面一直很关心，实在是包含着我对自己也曾疑心过他的那一份儿自责啊！……

我以为，当年明明在北京的日子里，我对他的一些关照，实在是微不足道的。但我以后告诉他的一些道理，即或将来，对明明却可能仍是有益的。对许许多多像明明当年一样的现在的青少年，也是可以参考的……

我曾对明明说——一个青年，当他在愿望选择方面，经受了人生的最初的几次挫折甚至打击之后，尤其是，在他的家庭没有最充足的经济实力资助他专执一念继续百折不挠下去时，他便应转而考虑最现实的选择，也是对每个人来说当务之急的选择——职业。有了职业便有了工资收入；有了工资收入，便是一个自食其力的人了。便起码是一个经济方面“自给自足”的人了。而一个自食其力的人，才最有资格最有条件去追求愿望的实现，才经受得起人生更多次的更大些的挫折和坎坷。一举成名的机会只属于为数不多的天才。而即或确是天才，谁知又有多少终因首先不能是一个自食其力的人竟被客观生存原因所毁灭？

我们大多数人不是天才。一举成名不是属于我们大多数人的机会。我们大多数人几乎每时每刻都离不开钱，而钱对我们大多数灵敏人来说，只能靠自己去挣。连一份足以养活自己的钱都挣不到的人，好比连一片可供自己生存的草地都寻找不到的牛羊，除了饿毙没有别的下场……

明明开始将他的愿望由成为一名歌唱家转向成为一名作家。他发誓在三年内写出获奖作品，在五年内成为文坛新秀。为了实现这第二个愿望他在郊区租了房子，将一篇又一篇作品寄给我……

而我每次回信总是对他谈一件事——工作、工作、工作——

两年内他一篇作品也没发表出来……

两年后他有了第一份工作，临时的……

当他在长途电话里告诉我这一点，我内心里真是为他高兴啊！

记得我在信里曾对他说——明明，现在，你尽可以利用一切业余时间去开发自己的种种潜质，去证明自己的种种才华了。你将会明白——一份足以确保自己生活不成问题的工作，和一个人实现自己的愿望选择的条件之间，不是矛盾的，而是相辅相成的。现在，只有现在，我才想告诉你——好好写！继续写下去吧！你已大有进步！你已付出了不少，离收获也便不远了……

初一晚上，明明从南昌打来了向我拜年的长途电话。他说——他又将调转工作了。而这一次调转，可以说十分贴近他的愿望了。如今的明明，不但是一个自食其力的人了，而且，大约还是一个拥有“个体营业执照”的法人了吧？生活上没有后顾之忧，他的小说、散文、诗，都越写越好了。已接连获了几次奖呢！……

我祈祝他再为自己寻找到一位好妻子。果如我祝，明明必会有更令人可喜的成功。

忆起这些，屈指算来——十余年矣。对于我们大多数并非天才的人，尤其是青年，从依赖父母供养而至自食其力而至在人生旅途中达到顺境，大抵确乎需要十年的时间。这是一条普遍的规律。我们大多数人的命运，脱离不了这一规律。至于少数并非什么天才而又一帆风顺的人的经历，其实没有任何普遍性。从中也总结不出任何有普遍意义的人生经验。那除了是“幸运”，不是别的。把人生押在“幸运”二字上，对大多数人和大多数青年，是再糟糕不过的……

由明明我忆起另一位青年诗人。他流浪在北京，希望靠写诗养活自己并且成名。除了写诗，任何职业都是他所不屑的。他偏执得令我吃惊。“流浪诗人”这听起来多么浪漫！但当他又有一天一文不名地“流浪”到我家时，我已经认识到我的帮助对他毫无意义了。我没能力供养一位只写诗其他任何事都懒得做的诗人……

他已三十多岁了，我又可怜他又无能为力。他父亲七十多岁了，生着病，领着民政局的抚恤金。而他，仍靠他父亲用抚恤金养着。

说实在的，我甚至已不同情他不可怜他了，开始觉得他不是个东西了。断定他也成不了什么大诗人……

青年朋友们，请记住我的话——当你从父母的卵翼之下走向社会，首要的，第一位的，便是使自己成为一个自食其力的人。其次再遑论人生的别的什么……

我的小朋友徐明明对此最有体会了。

人间自有温情在

两年前有一陌生青年叩开我家门。

我一坐定就跟我谈人心之不古，以及世道的险恶。

随后就谈“他人皆地狱”。一副视他人全是仇敌的样子。那是一种很激愤的样子。似乎他已活了好几百年，打从人心很古的时代活过来的，所以对人心之不古特别地痛心疾首。又似乎终于认清了一条真理，认清了宇宙间唯一的一条真理。这一条真理便是“他人皆地狱”。

大抵真理总有根据支撑着。

他说人都是极端自私的东西。

他说“人不为己天诛地灭”这句话再正确不过了。

他说他从他的生活经历中总结出了几条生活经验。其中一条便是——即使对那些热忱帮助你的人，你心里也须防着他。并且时刻问自己——他帮助你图的什么？倘你是女性，那么对方一定有男人的非分之想无疑，倘你正在落魄之际，那么对方一定早已想好了，在你发达之后，向你勒索怎样的报答。所谓“无利不起早”。

我问他来找我干什么？是不是就为耳提面命的，对我进行这样一番“再教育”？

他这才从他的包里取出一个沉甸甸的大信封。说内中装着他的手稿。三十余万字。说要求我给看看。要求在三天内看完。说要求我推荐给某大型文学刊物。

我说："'他人皆地狱'——这是你信奉的真理。那么我对你来说，地狱也。找你的地狱帮忙，岂不是太冒险的事吗？'人不为己天诛地灭'——也是你信奉的。我呢，尽管原先不太信，现在却已被你开导得有些信了。你找上我家门，要求我这，要求我那，可我也是人啊。我也是极端自私的东西啊。我帮助你我能图着什么呢？若我什么都图不着，我不是无利而起早吗？我何苦来着？我已生着病，躺在床上看看书不好吗？"

他说："算咱俩合作。算咱俩合作还不行吗？"——不惜血本大牺牲的口吻。

我说："我还是不能帮助你。也根本不想帮助你。因为你对我来说，也是地狱啊。我帮助地狱，也是太冒险的事啊，恩将仇报的人很多。我怎么敢设想你绝不是那种人？"

他信誓旦旦地说："请你一定相信我，我要是恩将仇报，天打五雷轰！"

我说："你发誓也没有。你发再重的誓也不能使我相信地狱不是地狱。"

他瞪大了眼睛瞅我，愣愣地呆在那儿。

看他那样儿，忍不住的，我就笑了。

我的话尽是调侃之词罢了。我并不跟他那么认真。倘我认真起来，兴许会把他赶出家门。一张口闭口"他人皆地狱"，而又以一种似乎应该的口吻求于他人的人，是讨厌的。除非他所面对的是神父、教士、修女。而我与神无缘，和生活中的大多数人一样，涵养有点也有限，只能做到以凡人的情绪来对凡人的心态。

我没打从人心很古世风淳厚的年代活过。果有那样的年代，自然是很令人缅怀过去。我的童年和少年是在很穷很苦的生活中度过的，也同时品尝过那些年代人心和世风对穷人的不古。当然那时在我看来，生活远比现在单纯得多。单纯并不意味着就是美妙。未成年的人对生活的感受无疑是幼稚的。因为他能和生活摩擦到哪儿去呢？又能和他人摩擦到哪儿去呢？如今我们从许多回忆文章中都能看出，当年大人们之心并不古。非但不古，且彼此互为地狱的情况不少。后来“文化大革命”的发生证明了这一点。

所以我想说，世道从来不曾古过。人心呢？我看也从来不曾。

但是不古的世道，一向自有人间的温情存在。正如不古的人心，彻底变成地狱是例外的绝望。尼采说过的偏激的话，并不比任何一位哲学家说过的偏激的话少。而哲学家大抵一开始都是以偏激企图匡正什么谬误的。

有这样一则儿童寓言，始终指导我认识生活真谛。

它讲的是——一个孩子，救了一个小精灵。小精灵答应他，可以满足他的三个愿望。

于是孩子大声说：“让所有欺骗过他人的人都变成石头吧！”

结果一切人瞬间变成了石头。世界凝固了。孩子感到触目惊心的孤独，赶紧又大声说：“让一切为了善的愿望而欺骗过的人再变过来吧！”便有一半的石头人活过来了。他们活过来后，纷纷哭泣——因为那另一半仍是石头的人，和他们有着种种血缘的关系。孩子被那么多人哭得不知所措，慌乱中说出第三个愿望——“让世界恢复原来的样子吧！”于是一切人都活过来了。包括无耻的骗子们。于是世界就是现在这个样子，几乎不曾改变过，并且将永远夹在天堂和地狱之间。普遍的人心也是夹在天堂和地狱之间的东西。

有位二十二岁的姑娘，伫立五层楼的阳台上，要往下跳。楼下的巷子里，拥塞了许多人，仰望她，有人期待她跳。期待亲眼一睹年轻的躯体怎样被摔得七窍流血一命呜呼……

有人大喊大叫：跳哇！跳哇！朝仓不是跳下去了吗？唐塔也跳下去了！现在该轮到你啦（电影《追捕》之台词）！……这是八四或八五年发生在湖北省孝感市的事情。姑娘死了……对于姑娘，巷子里那些渴望看见她死的人，乃地狱。我们很难猜测她当时内心里会想到些什么。但，在那人群中，却有一位老汉，顿足疾呼："姑娘，你千万不能啊！你还年轻啊！……"

那老汉却遭到了他周围一伙流氓痞子的拳打脚踢。世上，是真有一些人的人心，只能用地狱比喻的。否认这一点是虚伪。害怕这一点是懦弱。祈祷地狱般的心从善，是迂腐。好比一个人愚蠢到祈祷这世上不要有苍蝇、蚊子、跳蚤、蛆、毛毛虫、毒蛇和蝎子之类。世界之所以叫世界，正因为它绝不可能干净到如人所愿的地步。世界是处在干净与肮脏之间的永恒的现实。人心也可以这样大致去加以分析。

在北京，有一对四十余岁的夫妻。丈夫患病，丧失了工作能力，每月只能开百分之六十的工资。妻子的工资也很低微。还有一对双胞胎女儿。还有老母亲。在目前北京的物价情况下，其生活之艰难可想而知。单位按章程办事，还照顾不到他头上……他当年是一个北大荒知青。他当年的知青伙伴们没有忘记他。每月每人出贰元、伍元、拾元不等，有专人收齐，送到他的家里去……他们这样做已经整整三年了。还在这样做。他们会一直这样做下去的。这是毫无疑问的。还有不少温暖之手向他伸出。如果我们揣度他们这样做，有什么不可告人的动机的话，除了证明我们自己心里的阴暗和为人的浑蛋，还能证明什么呢？

北京电影学院，有一位教创作的教师，当年是一位内蒙古兵团的知识青年。一次他在新街口"西安餐馆"吃羊肉泡馍，见一喝醉了酒的蒙古族汉子伏桌失声恸哭，引起许多人反感。他将那蒙古族汉子扶出了餐馆，扶至一偏静处，询问到北京来办什么事？遇到了什么困难？何以悲哀？告曰独生子女不幸得了癌症，在北京住院。而当父亲的，因家中有急事，又不得不撇下女儿，赶回内蒙古去。女儿无人托付，去则不忍，留则不成，哭以宣泄……

他说："你放心离开北京吧！我是当年内蒙古兵团的知青，我会代你经常到医院去探望你的女儿的……"他说到了，也做到了。他告诉那蒙古族少女："我是你父亲的朋友。最好的朋友之一。"除了她的父亲，还从没有另外一个人到医院探望过她。每次同病房的人被探望，她是那么羡慕人家。而从此她可以获得一种情感满足了。北京对她来说，不再是举目无亲的城市了。北京有她父亲的"最好的朋友"，他答应她，会经常来看她。还给她读书，讲故事。能感受到这种关怀，对那患了绝症将不久于人世的蒙古族少女，是极其重要的，也是极其需要的。

一次他又去探望她，问她最想吃什么？她说最想吃羊肉汤，而且立刻就想吃到。他便走出医院去买羊肉。但他衣兜里却只有柒角几分钱，卖羊肉的个体摊位的摊嫌不值得一卖，不卖。他只好请求于人家。人家听他说完，默默操起刀，啪的一刀，砍下二三斤上好的羊肉，叫他拿走。且不收他一分钱。

他困惑了，反而愣在那儿。

人家说："我当年也是内蒙古兵团的知青。善良的事，别叫你一个人做了。有机会，我也愿意做。"

他有什么不良企图吗？卖羊肉的也有什么不良企图吗？做如此揣度的人，只能是一种人——浑蛋透顶之人。

若让小偷选总统的话，他们非常可能选扒手。并且，他们非常希望，每位受尊敬的人，其实都曾有过溜门撬锁的劣迹。更非常希望，能从人类知识中，寻找到偷窃行为属人类正当行为的根据。因而无数名人的言论，被败类奉为座右铭，是丝毫也不奇怪的事。连真理有时也不能幸免遭到亵渎。

地狱并不在别处，正在每一个人内心里。所谓“圣界”也不在别处，也正在每一个人内心里。

坏人是死不绝的。正如好人是死不绝的。我们常常被告诫，要防备坏人。而这个世界，即使糟糕到极点，令人沮丧到极点，也起码是一个好人和坏人一样多的世界。故“他人皆地狱”，起码在一半意义上不是真理，而是心理变态者的呓语。纵然这句话最先是尼采说的，也完全可以这样认为。

在美国的一座城市里，每到圣诞节，总有一位老人徘徊街头，将一双双崭新的温暖的手套，赠送给不相识的、出门匆忙忘了戴手套的人们。他这样做已经整整十年。当别人问他为什么这样做？他说：“能给予人们一点儿微小的关怀，我感到一种心灵的莫大愉快。”

他不是基督徒，也不是精神病患者。

在美国的一座城市里，有另一位老人于医院里将死去了。他唯一的愿望，就是死前能再见他在另一座城市的儿子一面。院方虽然代他通知了，但他的儿子分明不能及时赶来。在他弥留之际，主治医生和护士走到了他的床边。他以为是他的儿子来了，紧紧抓住主治医生的一只手，说：“亲爱的孩子，你不知我有多么想念你……”护士要将他的手和主治医生的手分开，而被主治医生用表情制止了。主治医生说：“亲爱的爸爸，我爱你！原谅我来迟了！……”他示意护士搬一把椅子给他。他在老人床边坐下了，就那么被老人紧紧抓住一只手，从午夜到黎明，从黎明到天黑，坐了近二十个小时，直到老人那只手，自然地垂下……

这几件事，不是小说，是真人真事。

人间自有温情在。人间永远自有温情在。人内心里如果没有的东西，走遍世界也无法找到。善善恶恶，善恶迭现，世界从来就是这个样子。

信奉“他人皆地狱”的人，是很可怜的人。因为他的心，像木炭。吸收一切世间美好的温馨的情感，却体会不到那一种温馨那一种美好，仍像木炭。

这样的人，我认为，是不值得给予他们什么关怀和帮助的。即使他们在请求于你甚至乞求于你的时候，内心里也是阴暗的，也是对他人怀有敌意的。

尤其是，对那些张口闭口“他人皆地狱”的人，万勿引以为友。避开他们，要像避开毒虫一样。因为，真的可能对他人构成地狱之险恶的人，正是出在他们那些人之中。

这是我的人生经验，也是我对一切善良人的忠告。

谓予不信，你睁大眼睛，仔细观察你周围的人，听听究竟谁在那里张口闭口说“他人皆地狱”。你不难得出结论，那些人，恰恰是些怎样的人……

冰冷的理念

恐怖的掌声

香港凤凰台有一个电视节目叫《非常男女》。湖南电视台也差不多原汁原味儿地“仿制”了。其实是大龄男女在电视台演播室的现场交友节目。又叫《非常速配》。听起来和从文字上看起来，都带有郑重的可笑性。节目本身既有可笑性，又有相当郑重的一面。大龄男女的父母们每坐台下，手举小牌，一写“强烈推出”。当然，要“推出”的是自己的大龄未婚儿女。并且，不失时机地夸奖自己的儿女。爱儿爱女之心，由此可见一斑。

而那些大龄儿女们，尊父敬母之心，也是由衷且真挚的。他们都是些平凡职业的从业者。看得出他们此前从未上过电视。他们不是“作秀”。谈到他们社会地位极平凡的父母，那些“老姑娘”和三十好几的大男人，一个个是那么一往情深，那么充满感激。他们轻声温语地叫着“爸爸”“妈妈”——仿佛又回到了他们和她们是小男孩小女孩的年龄。

当主持人问谁是他们和她们最敬爱的人时，无一人的回答不是“爸爸”“妈妈”。

一位先生说：“小时候家里生活困难，住的也不宽敞。但父母将最大的房间给爷爷奶奶住。将来我有了自己的住房，如果爸爸妈妈愿意和我一起生活，我也要将最大的房间给爸爸妈妈住。”

他说时，满面都流露出虔诚。以我小说家研究的目光看，那虔诚是不掺假的。

一位女士说：“小时候家里孩子多，爸爸又在外地工作，不常回家。有一天夜里发大水，等我醒来，见妈妈一个人，已经将那么大的冰箱弄到高处去了。妈妈胸前抱一个，背后背一个，左手牵一个，右手扯一个，就像一辆车似的也将我们载到了高处。过后我问妈妈怎么把那么大的冰箱弄到高处的，她也答不上来。那冰箱是我家当年最主要的财富……”

说到动情处，她声音哽咽了……

我也常在我们的电视中看到父母与中学生、高中生儿女们现场交流的情形。我们那么半大不大，半小不小的儿女们，面对父母，一个个神情是那么傲慢，出言有时是那么放肆，对父母想嘲便嘲，想讽就讽，想挖苦便挖苦。他们和她们的话语所带的锐刺，每每直扎向父母之心最敏感也最脆弱的部位！仿佛父母根本不值得他们敬爱，也根本没什么值得他们感激的。倒像是父母在他们没出生前，已然欠下他们和她们很多很多了。已然非常非常地对不起他们和她们似的了。

那些嘲讽的，挖苦的，不恭不敬的，很锐带刺的话语，又每每引起他们和她们在现场的同龄人一阵阵的掌声……

从电视里看到这一种情形，听到这一种掌声，常使我觉得身上发冷。甚至感到恐怖。

中国当代的父母究竟有什么对不起他们的儿女的？不就是学业繁重吗？而这真是父母们的过错吗？

我敢说，在这个世界上，也许没有哪一国家的小儿女们以对父母们那么一种态度而竟能获得掌声！美国并不是这样。英国也不是。日本、韩国、我们台湾和香港的同胞更不是这样。肯定的，除了在我们这里，世界上任何地区的华人都不会因此而笑而鼓掌的。

这真可耻!

一个民族的下一代怎么可以被鼓励这样?!

达丽之死

达丽是友人的女儿。是友人唯一的女儿。达丽是初中二年级的学生。是个秀气的少女，也是个文静的少女。友人原是一家大报的编辑，年长我七八岁，那么今年该是五十二三的人了。十年前我们认识的。后来渐渐断了来往。一日我乘坐出租汽车，路遇一个招手截车的男人。那是冬季的一日，风很大，天气很冷。

司机跟我商量："问问他去哪儿。如果顺路，就把他捎上，行不？"

我说："这么大的风，行啊！"于是司机停了车，摇下车窗问他去哪儿？他回答说去亚运村那边儿。而我回家，正好同路。不待他央求，我就开了车门……他上了车，坐我旁边了。看了我一眼，在我膝上猛拍一掌，友好惊诧地叫出我的名字。于是我不禁扭头注视他，却想不起在哪儿见过他。

"唉，唉，当年，你可是以'老师'称我的啊！现在却对面不相识了……"他以批评的口吻说，显出挺感伤的样子。可我还是回忆不起来。

他说出了他的姓名。我虚伪地说："是你呀？真巧！……"其实还是没想起他是谁。他将一张名片塞我手里，爽爽快快地对司机说："快开车吧，我付两份儿车钱就是了！"

司机说："你们各付各的。你上车，是他同意的。你们原先认识，也不能算同路。不图多挣一张，我车上已经载客了，还停下问你去哪儿干什么……"

我下车时，他不许我付车钱。说由他付了。回到家里，我细看那张名片，见他的身份是，某某文化广告公司副经理。

不知为什么，我要求自己必须回忆起这位巧逢的"老师"。我一册册地翻阅名片夹，终于又发现了一张印有他姓名的名片。那上面他的身份是报社文艺部副主任，业务级别是副编审……

晚上我给他打了一次电话——因在出租车上没能立刻认出他，尤其是在他已认出了我并说出了他自己的姓名后，居然一时还回忆不起他来，几分不好意思掺杂着几分虚伪地说了些请多原谅之类的话……

他在电话那一端哈哈笑了。仿佛在通过那一种朗朗的笑声，向我证明着他目前对自己的自信和对自己新职业新身份的良好感觉，以及目前对自己的活法和生活现状的满足……

我问他哪一年离开报社的？

他说九〇年。

我问是辞职还是兼职。

他说当然是辞职。说像他这样的人，一旦想通了，决心下定了，那就破釜沉舟，开弓没有回头箭了。他明白了我的意思。他说这不安上电话了么！说房子住得也宽敞多了。公司为他在亚运村买了三室一厅……我受之无愧！——他说——因为我为公司创收三百余万，这点儿奖励是公司完全应该给的！他特别向我强调——他已经是一个有小车坐的人了。只不过那一天他吩咐司机送客人去了，所以才"打的"……

"我已经两年多没有挤公共汽车和骑自行车的体验了，也两年多没'打的’了……今天真狼狈，沾了你的光……”听他的口气，似乎还挺留恋当年那种挤公共汽车和骑自行车横穿大半个北京的体验似的。

我忙说哪里哪里，说其实是我沾了他的光。我将我家里的电话号码告诉了他……以后他就常来电话，和我进行一般性的感情联络。如果说也有什么目的性，那也无非是怂恿我去听国内或港台歌星们的什么什么演唱会……

渐渐地他使我重新认识了他——看来他已经是国内专门组织歌星演唱会的“大腕”了。据他自己说，好几场火爆的演唱会，票价高得令人咂舌的演唱会，都是他策划的。

“现在策划人太多了。阿猫阿狗，往往也摇身一变成了策划人。可有名望的策划人是不多的。真的，中国应该产生超级策划人！……”

有一次他在电话里这么对我说。听得出，他以五十多岁的年龄而踌躇满志，仿佛为自己确定了后半生努力奋斗的目标——成为超级歌星演唱会策划人。仿佛他已经接近着那样的目标了。起码给我的印象是如此……

终于有一天他光临我家，还领来了宝贝女儿达丽。我也就是在那一天，第一次见到了那秀气的、沉静而又举止斯文的初二女学生。“叫叔叔！”一少女就略显拘谨地叫了我一声叔叔，并且腼腆地羞红了脸。而后依偎地坐在她父亲身旁，低着头翻阅一册画报。

“你看我女儿怎么样？”

我一时没领会他的话是什么意思，怔愣地瞧着他，不知如何回答才好。

“你看我女儿形象如何？”生平第一次，有一位父亲，当着自己初中二年级的女儿的面，那么问我。

我很是愕异，觉得他问得实在唐突。我看了那少女一眼，对她的父亲说：“小达丽形象很清纯嘛！将来也许能当演员呢！”

“是吗？你真的这样认为吗？……”——我的话使他顿时高兴起来。他将女儿往自己身旁搂了搂，使她更亲昵地依向自己，望着我坦率地说：“其实我来，是有求于你。”

我说：“你讲，只要我能办到，绝不推诿。”他说：“我是为女儿来求你的。要不我也不带她来了。”我又看那少女一眼，沉默着，期待着。而达丽则停止了翻阅那一册画报，分明是在低着头猜测地想象我的表情反应。

“我这个宝贝女儿，是我唯一的安慰。她妈七年前去世了，我当年一门心思在工作方面，生怕评不上副编审。副编审倒是评上了，可孩子自小的学业给耽误了。当年没入上一所好小学，我对她的学习关心得又不够，现在也就只能在一所很差的中学里混着读。我不打算培养她考大学了。她自己也没这份心劲儿了。好在我这女儿形象不错，嗓子也挺好……达丽，站起来给叔叔唱支歌儿……”

于是那少女迟疑了一阵，站起来，低着头问父亲：“唱什么呀爸？”

他说：“随便。觉得自己哪首唱得好，就唱哪一首。”

那些日子电视里正播放台湾电视连续剧《新白娘子传奇》，那少女便轻声唱起了《千年等一回》……她唱完，瞧着她父亲，似乎在问——爸，我唱得还好吗？还要再唱一首吗？而他的父亲则望着我——似乎在同样地问我……我说：“达丽，你坐下吧！”她这才款款重新落座。我望着她父亲说：“唱得真是怪不错的！”其实我并不觉得唱得多么好，也听许多女孩子能唱到那种水平，虚与委蛇地应酬着罢了……她父亲说：“达丽，听到了吧？你在学习方面没了信心，也就算了。一个女孩子家，读到初中，不搞学问，不教书文化够了……”他说着，吸着了一支烟。近些年来，我虽然听到过许多抱怨文化和知识贬值的悲观言论，但还是头一次听到一位曾当过大报社编辑部副主任的父亲，当着自己女儿的面，并当着外人的面说这样的话。我暗想，副编审，在中国，也可以算是一位高级知识分子了，享受副高级知识分子待遇嘛！尽管那待遇可能不过是空头支票。尽管他已经改行当副经理了……

他又轻轻推着女儿，怂恿道："既然叔叔给了你公正的评价，那你就再给叔叔唱一首！"那少女刚欲站起，我忙制止："不必了不必了，你就直说你到底求我什么事吧！"

他说："我想朝影视歌这三方面培养我的宝贝女儿。歌这方面嘛，我自己的能力绰绰有余了。影视圈里，我还不太熟。想劳你今后替达丽，当然也是替我多关注关注，操操心，如果有什么合适的角色，给推荐推荐……"

我吞吐地说："这个……看机会吧！如果正好有合适的角色，又赶上孩子放假……"

"放假不放假的不必太考虑！"他打断了我的话，"只要机会难得，还上的什么学啊！"

达丽这时就站了起来。她说："爸，我先到叔叔家对面那个花园里去玩会儿行吗？"毕竟是初二的女学生，即使在父亲眼里仍是个孩子，她那自尊心肯定早已变得极其敏感了。我很是体恤她处在我和她父亲之间的窘迫。不待她父亲开口，我抢先对她实行了"放逐"。

我说："去吧去吧，那花园很美……"她迅速地瞥了我一眼，转身离去了。在那少女的一瞥之中，我破译了许多感激。那是回报给理解的感激……

房门一关上，我瞪着她的父亲，非常郑重地，以批评的口吻说："你不该当孩子的面说那些话啊！她才初二嘛！我看她不是一个笨孩子。你完全可以替孩子请位家庭教师补补课嘛！离考大学还有四年哪，来得及嘛！……"

他掐灭烟蒂，又吸上了一支。吸两口，慢条斯理地说："非要读大学的话，当然还来得及。我这女儿又不弱智。”

我说：“那为什么……”

他说：“为什么不给她请位家庭教师？目前现状明摆着嘛！”

“请不起？”

“那才几个钱，看看我吸的什么烟？‘中华’！除了‘中华’，别的烟我不吸。一个月少吸两条‘中华’，请位赋闲的教授也有人愿意！”

“那究竟还有些什么别的原因呢？”

“什么别的原因也没有。她偏文科。所以将来考也只能考文科。大学文科毕业生，又是个女孩子，会有什么出息？硕士又怎么？博士又怎样？博士后又怎样？当了教授又怎样？每个月最多还不是八九百一千来元吗？那得学多少年，还得学八年。八年后才大学毕业啊！读得满腹经纶，学富五车，一直读到博士，那就至少得再读十二年！十二年啊！十二年后中国什么样都不知道啦！可换一种思维，替孩子选择另一种人生，兴许三年后，十五六岁，我就把她培养成一名小歌星了。哪怕三流歌星，一场演出费，就顶大学教授一年的工资了。我这个副编审，没当经理前，不才一百五十多元基本工资嘛！八年时间，一名三流歌星，玩似的也挣下七八十万了！如果唱红了呢！做一次广告够高级知识分子一辈子享受不完的啦！我为什么那么傻？非鼓励孩子走刻苦读书这一条老路？孩子累，我也累，图的什么？你倒说说究竟图的什么？我还能干几年？再干三五年，别人仍抬举，让干也干不动了。那时如果女儿正读大学，我这几年辛辛苦苦积攒下的钱，全得为她交了学费。等到她毕业，一名一无所有的大学生，或者硕士生博士生，供养一位同样一无所有了的老爸，那将会是一种多么绝望的生活？达丽她若能早出息成一名歌星，我晚年不是也跟着享享福嘛。我又当爸又当妈，还不就指望晚年享享女儿的福嘛……”

我也吸着了一支烟。我不知再说什么好。觉得他的话，自有一番道理……

“我要从现在起，努力将我宝贝女儿培养成一个影视歌三栖明星！将来这三个行当，竞争肯定激烈，淘汰也快。所以必须朝三方面的全才去培养。又唱歌，又演电影，又演电视剧。这行受挫了，兴许在另外两行还红着……”

他说完凝视着我。

我问：“你怎么给孩子起名叫达丽？”

我是无话找话，总得说句什么。而且暗想“达丽”这个名，太像有些人给喜爱的小狗起的名字了。

“我和她妈，不都是看《钢铁是怎样炼成的》成长起来的一代人嘛！她妈怀她时，我们讨论过，如果是男孩，就叫保尔。如果是女孩，就叫保尔妻子的名。后来时代变了，我们对自己的理想主义情结，也就越来越轻蔑了。先是被别人轻蔑，后是觉得被时代轻蔑，最后是自己轻蔑自己，自己嘲弄自己。所以，女儿上小学时，我和她妈讨论，就将女儿的名字由‘丽达’改成‘达丽’了，表示一点儿对理想主义情结的背叛情绪吧！知识分子，也就这点儿能耐，就小小不言地表达点儿背叛情绪……”

我说：“原来是这样……”

他说：“终于理解我这位父亲的良苦用心了？”

我说：“理解了……”

他说：“那，肯帮忙了？……”

我说：“放心，我一定像为自己的女儿操心一样，一定尽力而为……”直至我送他出家门，达丽还没回来……几个月后，我收到他提前寄来的一张票，夹在信纸内。信很短，只有几行字——说他女儿在那一次演出中，和一个什么什么少女合唱团一起，将荣幸地登台为某“天王巨星”级的香港歌星伴唱，请我无论如何要抽时间去听听。

那天晚上我已有安排，没去。我心里挺不安，觉得太辜负人家的一片诚意。对他求我的事，更加铭记不忘了。又几个月后，我替达丽抓住了一个机会。是一部三集电视剧。是一个有几十句台词的串场大群众角色。可是达丽没接那角色。据说嫌戏太短，戏也太少。我很怀疑是达丽本人不愿接，还是她父亲……他就再没来过电话……渐渐地，联络又中断了。我也就渐渐地又把他们父女俩从记忆中排挤出去了……

今年春节期间，似乎是初五的晚上，我接到了一次电话。“喂，晓声吗？听得出来我是谁吗？”声音很低，无精打采的。我没听出来。

“我是……达丽她父亲啊……”

我赶紧说：“听出来了听出来了！故意说没听出来，跟您开玩笑哪……”

他告诉我达丽住院了。是破伤风。很希望有人看望看望她。他想来想去，只有请求我成全他女儿的这一种小心愿。我一向是个最好说话的人。何况对那少女，我内心里其实挺喜爱的。于是满口答应。于是第二天带了礼物到医院去看她……那是我第二次见到她。她脸色极苍白，虚弱得说不出话。一双大眼睛，也丝毫没了光彩，没了生动。她得的根本不是什么破伤风而是败血症。这么说也不对，应该说，是由破伤风引起了严重的败血症。

我看过她以后，在病房外问她的父亲——怎么会这样？

他起初不肯说。我一再逼问，才说了——达丽的班上，以达丽为核心，由十几个初二女学生，组成了一个什么“少女追星大家庭”。她是她们那个“大家庭”的“家长”。她的一个女同学，也是她们那个“大家庭”的成员之一，在一块手帕上，绣了大大小小十几颗心，寄给了香港某男歌星。

结果她得到了一张他的照片。四寸的，背面有他的亲笔签名。其实究竟是不是亲笔签名，她是无从知道的。她以为是，当然便是了。于是这一张照片，成了她们“大家庭”中的无价之宝似的，引起了另外一些少女们极大的嫉妒。其中最嫉妒的是达丽。她想，她一定要从他那儿得到一件比一张照片更宝贵的东西。其实她究竟要得到什么，连她自己也不十分清楚。这痴情的少女，竟割破自己的手，滴了半小碗血，就沾着自己的血浆，给自己崇拜的偶像写了一封血书——三四千字的一封血写情书，每一句，每一个标点，都是用他唱过的歌的歌词串联写成的。然而信寄出后，仿佛泥牛入海，空谷无音……

她的手却渐渐感染了……

“这孩子，她为什么就不对我讲呢！不就是一张歌星的照片嘛！十张我也能替她要来呀！为什么要这么傻呢！……”

他哭了。眼泪顺着脸腮往下淌，哭得一塌糊涂……

“破伤风引起败血症的，百分之一还不到，怎么偏偏让我的女儿摊上了呢！……”

我意识到情况严重，去找医生问，医生果然说——她到医院来得太晚了，因为不但血液，而且心肌也受到了严重的病毒感染……

她的父亲策划了一场又一场大型港台歌星演唱会，使他们一个个席卷巨款乐滋滋喜洋洋地离开大陆，为公司累计创收五六百万，也同时制造了一阵又一阵的“追星热”，直接培养了一批又一批大陆少男少女的“追星族”。

她无疑是她父亲培养得最成功的一个……

却也成了最失败的一个……

破伤风危及生命的百分之一还不到的比例，在这一种成功和这一种失败之间那么荒唐地画了一个等号……

我心中涌起极大的悲哀。为达丽这少女，也为她的父亲。我没话可安慰他……

我第三次见到达丽，已是在火葬场了。那是一个人少得不能再少的哀悼仪式。五六个成年男人，哀悼一个十四岁的少女……

她一只手放在胸前，持着某香港歌星的一张照片。是我从一册画报上剪下来。是我以模仿的笔体在背面签上了那香港歌星的姓名。我原以为，能在她活着的时候，给她一点儿心理安慰——谁知却成了她死后的陪葬品……

五六个成年男人中，除了她父亲，除了我，再就是他公司里的人了……

哀悼仪式还没完，他们就悄悄谈论起策划下一场演唱会的事儿来……

我听一个人很有把握地说——获利一百多万似乎不成问题……

我的小学

我永远忘不了这样一件事：某年冬天，市里要来一个卫生检查团到我们学校检查卫生，班主任老师吩咐两名同学把守在教室门外，个人卫生不合格的学生，不准进入教室。我是不许进入教室的几个学生之一。我和两名把守在教室门外的学生吵了起来，结果他们从教员室请来了班主任老师。

班主任老师上下打量着我，冷起脸问："你为什么今天还要穿这么脏的衣服来上学？"

我说："我的衣服昨天刚刚洗过。"

"洗过了还这么脏？"老师指点着我衣襟上的污迹。

我说："那是油点子，洗不掉的。"

老师生气了："回家去换一件衣服。"

我说："我就这一件上学的衣服。"

我说的是实话。

老师认为我顶撞了她，更加生气了，又看我的双手，说："回家叫你妈把你两手的皴用砖头蹭干净了再来上学！"接着像扒乱草堆一样乱扒我的头发，"瞧你这满头虮子，像撒了一脑袋大米！叫人恶心！回家去吧！这几天别来上学了，检查过后再来上学！"

我的双手，上学前用肥皂反复洗过，用砖头蹭也未必能蹭干净。而手的生皴，不是我所愿意的。我每天要洗菜，淘米，刷锅，刷碗。家里的破屋子四处透风，连水缸在屋内都结冰，我的手上怎么能不生皴？不卫生是很羞耻的，这我也懂，但卫生需要起码的“为了活着”的条件，这一点我的班主任老师便不懂了。阴暗的，夏天潮湿冬天寒冷的，像地窖一样的一间小屋，破炕上每晚拥挤着大小五口人，四壁和天棚每天起码要掉下三斤土，炉子每天起码要向狭窄的空间飞扬四两灰尘……母亲每天早起晚归去干临时工，根本没有精力照料我们几个孩子，如果我的衣服居然还干干净净，手上没皴头上没有虮子，那倒真是咄咄怪事了！我当时没看过《西行漫记》，否则一定会顶撞一句：“毛主席当年在延安住窑洞时还当着斯诺的面捉虱子呢！”

我认为，对于身为教师者，最不应该的，便是以贫富来区别对待学生。我的班主任老师嫌贫爱富。我的同学中的区长、公社书记、工厂厂长、医院院长们的儿女，他们都并非品学兼优的好学生，有的甚至经常上课吃零食、打架，班主任老师却从未严肃地批评过他们一次。

对班主任老师尖酸刻薄的训斥，我只有含侮忍辱而已。

我两眼涌出泪水，转身就走。

这一幕却被语文老师看到了。

她说：“梁绍生，你别走，跟我来。”扯住我的一只手，将我带到教员室。她让我放下书包，坐在一把椅子上，又说：“你的头发也够长了，该理一理了，我给你理吧！”说着就离开了办公室。学校后勤科有一套理发工具，是专为男教师们互相理发用的。我知道她准是取那套理发工具去了。

可是我心里却不想再继续上学了。因为穷，太穷，我在学校里感到一点尊严也没有。而一个孩子需要尊严，正像需要母爱一样。我是全班唯一的一个免费生。免费对一个小学生来说是精神上的压力和心理上的负担。“你是免费生，你对得起党吗？”哪怕无意识地犯了算不得什么错误的错误，我也会遭到班主任老师这一类冷言冷语的训斥。我早听够了！

语文老师走出教员室，我便拿起书包逃离了学校。我一直跑出校园，跑着回家。

“梁绍生，你别跑，别跑呀！小心被汽车撞了呀！”我听到了语文老师的呼喊。她追出了校园，在人行道上跑着追我。我还是跑，她紧追。

“梁绍生，你别跑了，你要把老师累坏呀！”我终于不忍心地站住了。

她跑到我跟前，已气喘吁吁。她说：“你不想上学啦？”

我说：“是的。”她说：“你才小学四年级，学这点文化将来够干什么用？”

我说：“我宁肯和我爸爸一样将来靠力气吃饭，也不在学校里忍受委屈了！”

她说：“你这种想法是错误的。小学四年级的文化，将来也当不了一个好工人！”

我说：“那我就当一个不好的工人！”

她说：“那你将来就会恨你的母校，恨母校所有的老师，尤其会恨我。因为我没能规劝你继续上学！”

我说：“我不会恨您的。”

她说：“那我自己也不会原谅我自己！”

我满心间自卑、委屈、羞耻和不平，哇的一声哭了。她抚摸着我的头，低声说：“别哭，跟老师回学校吧，啊？我知道你们家里生活很穷困，这不是你的过错，没有什么值得自卑和羞耻的。你要使同学们看得起你，每一位老师都喜爱你，今后就得努力学习才是啊！”

我只好顺从地跟她回到了学校。

如今想起这件事，我仍觉后怕。没有我这位小学语文老师，依着我从父亲的秉性中继承下来的那种九头牛拉不动的倔强劲儿，很可能连我母亲也奈何不得我，当真从小学四年级就弃学了。那么今天我既不可能成为作家，也必然像我的那位小学语文老师说的那样——当不了一个好工人。

一位会讲故事的母亲和从小的穷困生活，是造成我这样一个作家的先决因素。狄更斯说过——穷困对于一般人是种不幸，但对于作家也许是种幸运。的确，对我来说，穷困并不仅仅意味着童年生活的不遂人愿，它促使我早熟，促使我从童年起就开始怀疑生活，思考生活，认识生活，介入生活。虽然我曾千百次地诅咒过穷困，因穷困感到过极大的自卑和羞耻。

我发现自己也具有讲故事的“才能”，是在小学二年级。认识字了，语文课本成了我最早阅读的书籍，新课本发下来未过多久，我就先自通读一遍了。当时课文中的生字，标有拼音，读起来并不难。

一天，我坐在教室外的楼梯台阶上正聚精会神地看语文课本，教语文课的女老师走上楼，好奇地问：“你在看什么书？”我立刻站起，规规矩矩地回答：“语文课本。”

老师又问：“哪一课？”我说：“下堂您要讲的新课——小山羊看家。”

“这篇课文你觉得有意思吗？”“有意思。”

“看过几遍了？”“两遍。”

“能讲下来吗？”我犹豫了一下，回答：“能。”

上课后，老师把我叫起来，对同学们说：“这一堂讲第六课——小山羊看家。下面请梁绍生同学先把这一篇课文讲述给我们听。”

我的名字本叫梁绍生，梁晓声是我在“文革”中自己改的名字。“文革”中兴起过一阵改名的时髦风，我在一张辞去班级“勤务员”职务的声明中首次署了现在的名字——梁晓声。

我被老师叫起来后，开始有些发慌，半天不敢开口。老师鼓励我："别紧张，能讲述到哪里，就讲述到哪里。"我在老师的鼓励下，终于开口讲了："山羊妈妈有四个孩子，一天，山羊的妈妈要离开家……"

当我讲完后，老师说："你讲得很好，坐下吧！"看得出，老师心里很高兴。

全班同学都很惊异，对我十分羡慕。

一个穷困人家的孩子，他没有任何值得自我炫耀的地方，当他的某一方面"才能"当众得以显示，并且被羡慕，并且受到夸奖时，他心里自然充满骄傲。

以后，语文老师每讲新课，总是提前几天告诉我，嘱我认真阅读，到讲那一堂新课时，照例先把我叫起来，让我首先讲述给同学们听。

我们的语文老师，是一位主张教学方法灵活的老师。她需要我这样一名学生，喜爱我这样一名学生。因为我的存在，使她在我们这个班讲的语文课生动活泼了许多。而我也同样需要这样一位老师，因为是她给予了我在全班同学面前显示自己讲故事"才能"的机会。而这样的机会当时对我是重要的，使我幼小的意识中也有一种骄傲存在着，满足着我匮乏的虚荣心。后来，老师的这一语文教学方法，在全校推广了开来，引起区和市教育局领导同志的兴趣，先后到我们班听过课。从小学二年级至小学六年级，我和我的语文老师一直配合得很默契。她喜爱我，我尊敬她。小学毕业后，我还回母校看望过她几次。"文革"开始，她因是市的教育标兵，受到了批斗。记得有一次我回母校去看她，她刚刚被批斗完，握着扫帚扫校园，剃了"鬼头"，脸上的墨迹也不许她洗去。

我见她那样子，很难过，流泪了。

她问："梁绍生，你还认为我是一个好老师吗？"

我回答："是的，您在我心中永远是一位好老师。"

她惨然地苦笑了，说："有你这样一个学生，有你这样一句话，我挨批挨斗也心甘情愿了！走吧，以后别再来看老师了，记住老师曾多么喜爱你就行！"

那是最后一次见到她。

不久，她跳楼自杀了。

她不但是我的小学语文老师，还是我小学母校的少先队辅导员老师。她在同学们中组织起了全市小学校的第一个"故事小组"和第一个"小记者委员会"。我小学时不是个好学生，经常逃学，不参加校外学习小组，除了语文成绩较好，算术、音乐、体育都仅是个"中等生"，直到五年级才入队。还是在我这位语文老师的多次力争下有幸戴上了红领巾，也是在我这位语文老师的力争下才成为"故事小组"和"小记者委员会"的成员。对此我的班主任老师很有意见，认为她所偏爱的是一个坏学生。

我逃学并非因为我不爱学习。那时母亲天不亮就上班去了，哥哥已上中学，是校团委副书记兼学生会主席，也跟母亲一样，早晨离家，晚上才归，全日制，就苦了我。家里还有两个弟弟一个妹妹，我得给他们做饭吃，收拾屋子和担水，他们还常常哭着哀求我在家陪他们。将六岁、四岁、两岁的小弟小妹撇在家里，我常常于心不忍，便逃学，不参加校外学习小组。班主任老师从来也没有到我家进行过家访，因而不体谅我也就情有可原，认为我是一个坏学生更理所当然。

班主任老师不喜欢我，还因为穿在我身上的衣服一向很不体面，不是过于肥大就是过于短小，不仅破，而且脏，衣襟几乎天天带着锅底灰和做饭时弄上的油污。在小学没有一个和我要好过的同学。

语文老师是我小学时期在学校里的唯一的一个朋友。我至今不忘她，永远都难忘。不仅因为她是我小学时期唯一关心过我喜爱过我的一位老师，不仅因为她给予了我唯一的树立起自豪感的机会和方式，还因她将我向文学的道路上推进了一步——由听故事到讲故事。

……语文老师牵着我的手，重新把我带回了学校，重新带到教员室，让我重新坐在那把椅子上，开始给我理发。语文教员室里的几位老师百思不得其解地望着她。

一位男老师对她说：“你何苦呢？你又不是他的班主任。曲老师因为这个学生都对你有意见了，你一点不知道？”

她笑笑，什么也未回答。她一会儿用剪刀剪，一会儿用推子推，将我的头发剪剪推推摆弄了半天，总算“大功告成”。她歉意地说：“老师没理过发，手太笨，使不好推子也使不好剪刀，大冬天的给你理了个小平头，你可别生老师的气呀！”

教员室没面镜子。我用手一摸，平倒是很平，头发却短得不能再短了。哪里是“小平头”，分明是被剃了一个不彻底的秃头。虮子肯定不存在了，我的自尊心也被剪掉剃平。

我并未生她的气。随后她又拿起她的脸盆，领我到锅炉房，接了半盆冷水再接半盆热水，兑成一盆温水，给我洗头，洗了三遍。只有母亲才如此认真地给我洗过头。我的眼泪一滴滴落在脸盆里。

她给我洗好头，再次把我领回教员室，脱下自己的毛坎肩，套在我身上，遮住了我衣服前襟那片无法洗掉的污迹。她身材娇小，毛坎肩是绿色的，套在我身上尽管不伦不类，却并不显得肥大。教员室里的另外几位老师，瞅着我和她，一个个摇头不止，忍俊不禁。

她说：“走吧，现在我可以送你回到你们班级去了！”她带我走进我们班级的教室后，同学们顿时哄笑起来。大冬天的，我竟剃了个秃头，棉衣外还罩了件绿坎肩，模样肯定是太古怪太滑稽了！

她生气了，严厉地喝问我的同学们：“你们笑什么？有什么可笑的？哄笑一个同学迫不得已的做法是可耻的行为！如果我是你们的班主任，谁再敢哄笑我就把谁赶出教室！”

这话她一定是随口而出的，绝不会有任何针对我的班主任老师的意思。我看到班主任老师的脸一下子拉长。班主任老师也对同学们呵斥：“不许笑！这又不是耍猴！”

班主任老师的话，更加使我感到被当众侮辱，而且我听出来了，班主任老师的话中，分明包含着针对语文老师的不满成分。语文老师听没听出来，我无法知道。我未看出她脸上的表情有什么变化。

她对班主任老师说：“曲老师，就让梁绍生上课吧！”

班主任老师拖长语调回答：“你对他这么尽心尽意，我还有什么话可说？”

市教育局卫生检查团到我们班检查卫生时，没因为我们班有我这样一个剃了秃头，棉袄外套件绿色毛坎肩的学生而贴在我们教室门上一面黄旗或黑旗。他们只是觉得我滑稽古怪，惹他们发笑而已……

从那时起直至我小学毕业，我们班主任老师和语文老师的关系一直不融洽。我知道这一点，我们班级的所有同学也都知道这一点，而这一点似乎完全是由于我这个学生导致的。几年来，我在一位关心我的老师和一位讨厌我的老师之间，处处谨小慎微，循规蹈矩，力不胜任地扮演一架天平上的小砝码的角色。扮演这种角色，对于一个小学生的心理，无异于扭曲，对我以后的性格形成不良影响，使我如今不可救药地成了——一个忧郁型的人。

我心中暗暗铭记语文老师对我的教诲，学习努力起来，成绩渐好。

班主任老师却不知为什么对我越发冷漠无情了。

四年级上学期期末考试，我的语文和算术破天荒地拿了“双百”，而且《中国少年报》选登了我的一篇作文，市广播电台“红领巾”节目也广播了我的一篇作文，还有一篇作文用油墨抄写在儿童电影院的宣传栏上。同学们对我刮目相待了，许多老师也对我和蔼可亲了。

校长在全校师生大会上表扬了我的语文老师，充分肯定了在我这个一度被视为坏学生的转变和进步过程中，她所付出的种种心血，号召全校老师向她那样对每一个学生树立起高度的责任感。

受到表扬有时对一个人不是好事。

在她没有受到校长的表扬之前，许多师生都公认，我的“转变和进步”，与她对我的教育是分不开的。而在她受到校长的表扬之后，某些老师竟认为她是一个“机会主义者”了。“文革”期间，有一张攻击她的大字报，赫赫醒目的标题即是——“看机会主义者 ×× 是怎样在教育战线进行投机和沽名钓誉的！”

而我们班的几乎所有同学，都不知掌握了什么证据，断定我那三篇给自己带来荣誉的作文，是语文老师替我写的。于是流言传播，闹得全校沸沸扬扬。

四年级二班的梁绍生，

是个逃学精，

老师替他写作文，

《少年报》上登，

真该用屁崩！……

一些男同学，还编了这样的顺口溜，在我上学和放学的路上，包围着我讥骂。班主任老师亲眼见过我被凌辱的情形，没制止。

班主任老师对我冷漠无情到视而不见的地步。她教算术。在她讲课时，连扫也不扫我一眼了。她提问或者叫同学在黑板上解答算术题时，无论我将手举得多高，都无法引起她的注意。

一天，在她的课堂上，同学们做题，她坐在讲课桌前批改作业本。教室里静悄悄的。

“梁绍生！”她突然大声叫我的名字。

我吓了一跳，立刻怯怯地站了起来。

全体同学都停了笔。

“到前边来！”班主任老师的语调中隐含着一股火气。

我惴惴不安地走到讲桌前。

“作业为什么没写完？”

“写完了。”

“当面撒谎！你明明没写完！”

“我写完了，中间空了一页。”我的作业本中夹着印废了的一页，破了许多小洞，我写作业时随手翻过去了，写完作业后却忘了扯下来。

我低声下气地向她承认是我的过错。她不说什么，翻过那一页，下一页竟仍是空页。我万没想到我写作业时翻得匆忙，会连空两页。

她拍了一下桌子：“撒谎！撒谎！当面撒谎！你明明是没有完成作业！”

我默默地翻过了第二页空页，作业本上展现出了我接着做完了的作业。

她的脸倏地红了：“你为什么连空两页？！想要捉弄我一下是不是？！”

我垂下头，讷讷地回答：“不是。”

她又拍了一下桌子："不是？！我看你就是这个用意！你别以为你现在是个出了名的学生了，还有一位在学校里红得发紫的老师护着你，托着你，拼命往高处抬举你，我就不敢批评你了！我是你的班主任，你的小学鉴定还得我写呢！"

我被彻底激怒了！我不能容忍任何人在我面前侮辱我的语文老师！我爱她！她是全校唯一使我感到亲近的人！我觉得她像我的母亲一样，我内心里是视她为我的第二个母亲的！

我突然抓起了讲台桌上的红墨水瓶。班主任以为我要打在她脸上，吃惊地远远躲开我，喝道："梁绍生，你要干什么？！"

我并不想将墨水瓶打在她脸上，我只是想让她知道，我是一个人，在忍无可忍的情况下我是会愤怒的！我将墨水瓶使劲摔到墙上。墨水瓶粉碎了，雪白的教室墙壁上出现了一片"血"迹！

我接着又将粉笔盒摔到了地上。一盒粉笔尽断，四处滚去。

教室里长久的一阵鸦雀无声，直至下课铃响。那天放学后，我在学校大门外守候着语文老师回家。她走出学校时，我叫了她一声。

她奇怪地问："你怎么不回家？在这里干什么？"

我垂下头去，低声说："我要跟您走一段路。"

她沉思地瞧了我片刻，一笑，说："好吧，我们一块儿走。"

我们便默默地向前走。她忽然问："你有什么事要告诉我吧？"

我说："老师，我想转学。"她站住，看着我，又问："为什么？"

我说："我不喜欢我们班级！在我们班级我没有朋友，曲老师讨厌我！要不请求您把我调到您当班主任的四班吧！"我说着想哭。

"那怎么行？不行！"她语气非常坚决，"以后你再也不许提这样的请求！"

我也非常坚决地说:“那我就只有转学了！”眼泪涌出了眼眶。

她说:“我不许你转学。”我觉得她不理解我，心中很委屈，想跑掉。

她一把扯住我，说:“别跑。你感到孤独是不是？老师也常常感到孤独啊！你的孤独是穷困带来的，老师的孤独……是另外的原因带来的。你转到其他学校也许照样会感到孤独的。我们一个孤独的老师和一个孤独的学生不是更应该在一所学校里吗？转学后你肯定会想念老师，老师也肯定会想念你的。孤独对一个人不见得是坏事……这一点你以后会明白的。再说你如果想有朋友，你就应该主动去接近同学们，而不应该对所有的同学都充满敌意，怀疑所有的同学心里都想欺负你……”

我的小学语文老师她已成泉下之人近二十年了。我只有在这篇纪实性的文字中，表达我对她虔诚的怀念。

教育的社会使命之一，就是应首先在学校中扫除嫌贫谄富媚权的心态！

而嫌贫谄富，在我们这个国家，在我们这个国家的小学、中学乃至大学，在二十一世纪的今天，依然不乏其例。

因为我小学毕业后，接着进入了中学，而后又进入过大学，所以我有理由这么认为。

我诅咒这种现象！鄙视这种现象！

我心·人心

心对人而言，是最名不副实的一个脏器。从我们人类的始祖们刚刚有了所谓“思想意识”那一天起，它便开始变成个“欺世盗名”的东西，并且以讹传讹至今。当然，它的“欺世盗名”，完全是由于我们人的强加。同时我们也应该肯定，这对我们人无疑是至关重要的。其重要性相当于汽车的马达，双手都被截掉的人，可以照样活着，甚至还可能是一个长寿者。但心这个脏器一旦出了毛病，哪怕出了点儿小毛病，人就不能不对自己的健康产生大的忧患了。倘心的问题严重，人的寿命就朝不保夕了。人就会惶惶然不可终日了。

我一向百思不得其解的是——所谓“思想意识”，本属脑的功能，怎么就张冠李戴，被我们人强加给了心呢？而这一个分明的大错误，一犯就是千万年，人类似乎至今并不打算纠正。中国的西方的文化中，随处可见这一错误的泛滥。比如我们中国文人视为宝典的那一部古书《文心雕龙》，就堂而皇之地将艺术思维的功能划归给了心。比如信仰显然是存在于脑中的，而西方的信徒们做祈祷时，却偏偏要在胸前画十字。因为心在胸腔里。

伟人毛泽东曾说过这样的话——“人的正确思想是从哪里来的？是从天上掉下来的吗？不是。是头脑里固有的吗？也不是。人的正确思想，只能从实践中来……”

当年我背这一段毛泽东的语录，心里每每地产生一份儿高兴。仿佛“英雄所见略同”似的。那是我第一次从一个伟人那儿，获得到一个大错误被明明白白地予以纠正的欣慰。但是语录本儿上，白纸黑字印着的“思想”两个字，下边分别地都少不了一个“心”字。看来，有一类错误，一经被文化千万年地重复，那就只能将错就错，是永远的错误了。全世界至今都在通用这样一些不必去细想，越细想越对文化的错误难以纠正这一事实深感沮丧的字、词比如心理、心情、心灵、心肠、心事、心地、心胸等，并且自打有文字史以来，千百年不厌其烦地，重复不止地造出一串串病句。文化的统治力在某些方面真正是强大无比的。

心脑功能张冠李戴的错误，只有在医生那儿被纠正得最不含糊。比如你还没老，却记忆超前减退，或者思维产生了明显的障碍症状，那么分号台一定将你分到脑科。你如果终日胡思乱想，噩梦多多，那么分号台一定将你分到精神科。判断你精神方面是否出了毛病。其实精神病也是脑疾病的深层范围。把你打发到心脏专科那儿去的话，便是医院大大的失职了。

翻开历史一分析，心脑功能张冠李戴这一永远的错误，首先是与人类的灵魂遐想有关。也跟我们的祖先曾互相残食的记载有关。一个部落的人俘虏了另一个部落的人，于是如同猎到了猎物一样，兴高采烈围着火堆舞蹈狂欢。累了，就开始吃了。为着吃时的便当，自然地先须将同类杀死。心是人体唯一滞后于生命才“死”的东西。当一个原始人从自己同类的胸腔里扒出一颗血淋淋的心，它居然还在呼呼跳动时，我们的那一个野蛮的祖先不但觉得惊愕，同时也是有几分恐惧的。于是心被想象成了所谓“灵魂”在体内的“居室”，被认为是在心彻底停止跳动之际才逸去的。“心灵”这一个词，便是从那时朦胧产生，后经文字的确定，文化的丰富沿用至今的。

人类的文化，中国的也罢，外国的也罢，东方的也罢，西方的也罢，一向对人的心灵问题，是非常之花力气去琢磨的。一个人对另一个人的心灵琢磨不透了，往往会冲口而出这样一句话——“我真想扒出你的心（或他或她的心），看看究竟是红的还是黑的！”许多中国人和外国人都说过这句话，说时都不免恨恨地狠狠地。

但是我观察到，在中国，在今天，在现实生活中，许许多多的人，其实是最不在乎心灵的质量问题的。越来越不在乎自己的，也越来越不在乎他人的了。这一种不在乎，和我们人类文化中一向的很在乎，太在乎，越来越形成着鲜明的，有时甚至是相悖的对立程度的反差。人们真正在乎的，只剩下了心脏的问题，也许这因为，人们仿佛越来越明白了，心灵是莫须有的，主观臆想出来的东西。而心才是自己体内的要脏，才是自己体内的实在之物吧？

的确，心灵原本是不存在的。的确，一切与所谓心灵相关与德行有关的问题，原本是属于脑的。的确，这一种张冠李戴，是一个大错误，是人类从祖先们那时候起就糊里糊涂地搞混了的。

但是，另一个不容争辩的事实乃是——人毕竟是有德行的动物啊！

人的德行毕竟是有优劣之分的啊！关于德行的观念，纵使说法万千，也毕竟是有个“质”的问题吧？

人类成熟到如今，对与人的生存有关的一切方面的要求都高级了起来。唯独对自身德行的“质”的问题，一任地降低着要求的水准。这一点尤其在当代中国呈现着不可救药的大趋势。人类对于自身文化的反叛，在中国这块土地上，似乎进行得最为彻底。我们仿佛又被拎着双腿一下子扔回到千万年以前去了。扔回到和我们的原始祖先们同一文化水准的古年代去了。

正如我们都知道的，在那一种古年代，所谓人类文化，其实只有两个内容——“人为财死，鸟为食亡”和对死的恐惧。

我们的头脑中只剩下了关于一件事情的思想——金钱。已经拥有了大量金钱的人们的头脑，终日所想的还是金钱。尤其是金钱。他们对金钱的贪婪，比生存在贫困线上的我们的同胞们对金钱的渴望，还要强烈得多。他们对于死的恐惧，比我们普通人要深刻得多。

我们中国民间有一种说法——人心十窍。意思是心之十窍，各主七情六欲。当然有一窍是主贪欲的。当然这贪欲也包括对金钱的贪。所以，老百姓常说——某某心眼儿多，某某缺心眼儿，某某白长了心眼儿死不开窍。如今一些中国人之人心，差不多只剩下一窍了。那就是主贪欲那一窍。所贪的东西，差不多也只剩下了钱，外加上色点缀着，主着其他那些七情六欲的窍，似乎全都封塞着了。所以我前面说过，这样的人心，它又怎么能比人手的感觉更细微更细腻呢？它变成在“质”的方面很粗糙，很简陋，功能很单一的一个东西，岂不是必然的吗？

我曾认识一位我一向敬着的老者。一生积攒下了一笔钱，有那么三四十万吧。仅有一子，已婚，当什么公司的经理，生活相当富足。可我们这位老者，却一向吝啬得出奇。正应了那句话——“瓷公鸡，铁仙鹤，玻璃耗子琉璃猫”，绝对的一毛不拔。什么“希望工程”、什么“赈灾义捐”、什么“社会道义救助”，几乎一概充聋作哑，仿佛麻木不仁。倘需捐物，则还似乎动点儿恻隐之心。旧衣服破裤子的，也就是只能当破烂儿卖的些个弃之而不惜之类，倒也肯于“无私奉献”。但一言钱，便大摇其头，准会一迭声地道：“捐不起捐不起！我自己还常觉着手头儿钱紧不够花哪！”——这说的是他离休以后。离休前，堂堂一位正局级享受副部级待遇的国家干部，出差途中买筒饮料喝，竟要求开发票，好回单位报销。报销理由是非常之充足的——不是因公出差，我才不买饮料喝哪！以为我愿意喝呀？对于我这个人，什么饮料也不如一杯清茶！……尽管是“一把手”，在单位的名声，也是可想而知的了。却有一点是难能可贵的，那就是根本不在乎同僚们下属们对自己如何看法。

就是这么样的一位老同志，去年患了癌症之后，自思生命不久将走到了尽头，一日用电话将我召了去，郑重地说是要请我代他拟一份遗嘱。大出我意料的是，遗嘱将遗体捐献给医科院，以做解剖之用。仰躺病榻之上的他，一句句交代得那么从容，口吻那么平静，表情那么庄严。这一种境界，与他一向被别人背地里诮议的言行，真真是判若两人啊！我不禁地心生敬仰，亦不禁地满腹困惑。他看出了我有困惑，便问：“听到过别人对我的许多议论是吧？”

我点头坦率回答是的。

又问：“对我不那么容易理解了是吧？”

我又点头。

他便叹口气，说出一番道理，也是一番苦衷——“不错，我是有一笔为数不少的存款。但那既是我的，实际上又不是我的。是儿孙的。现在提倡爱心，我首先爱自己的儿孙，应该是符合人之常情的吧？一位父亲，一位祖父，怎么样才算是爱自己的儿孙呢？当然就看死后能留给他们多少钱多少财产啦。其他都是白扯。根本就体现不出爱心了。所以，我现在还活着，钱已经应该看成是儿孙们的了。我究竟有多少钱，他们是一清二楚的。我死那一天，钱比他们知道的数目还多些，那就证明就等于我对他们的爱心比他们的感觉还多些。如果少了，那就证明就等于爱心也少了。我当然希望他们觉得我对他们的爱心多些好。我到处乱捐，不是在拿自己对儿孙们的爱心随意抛撒吗？我活到这岁数，早不那么傻了。再说，也等于是在侵犯儿孙们的继承权呀！至于我死后的遗体，那是没用的东西。人死万事休嘛。好比我捐过的些旧衣服破裤子，反正也不值钱了，谁爱接受了去干什么就干什么吧！还能写下个生命的崇高的句号，落下个好名声，矫正人们以前对我的种种偏见。干吗不捐？捐了对我自己，对儿孙们，都没有什么实际的损失嘛！我这都是大实话。大实话要分对象，当着我不信赖的人，我是绝不说这些大实话的……”

听罢他的“大实话”，我当时的心理感受是很难准确形容的。只有种种心理感受之一种是自己说得清楚的——那便是心理的尴尬。好比误将一名三流喜剧演员，可笑地当成了一位悲剧大师，自作多情地暗自崇拜似的。

对于我们这一位老同志，钱和身，钱才是更重要的。而身，不过是“钱外之物”，倒不那么在乎了。尤其当自己的身成了遗体后，似乎就是旧衣服破裤子了。除了换取好名声，实际上一钱不值了，更重要的留给儿孙，一钱不值的才捐给社会——这又该是多么现实，多么冷静的一副生意人的头脑里才可能产生的“大思维”啊！

那一天回到家里，我总在想这样一个问题——皆云“钱财乃身外之物”，怎么的一来，从哪一天开始，中国人仿佛都活到了另一种境界？一种“钱财之外本无物”的境界？无物到包括爱情，包括爱心，包括生前的名，死后的身，似乎还有那么一股子禅味儿。

正是从那天开始，我更加敏锐地观察生活，倍感生活中的许多方面，确实发生了，并且正在发生着翻天覆地的观念的“大革命”。

如果一个男人宣布自己是爱一个女人的——那么给她钱吧！“我爱你有多深，金钱代表我的心”……

如果做父母的证明自己是爱儿女的——那么给他们钱吧！“世上只有金钱好，没钱的孩子像根草”……

如果哪一行哪一业要奖励哪一个人——那么给他或她奖金吧！没有奖金衬托着，奖励证书算个啥？

人心大张着它那唯一没被封塞的一窍，呼嗒呼嗒地喘着粗气，如同美国科幻电影中宇宙异形的活卵，只吞食钱这一种东西。吞食足了，啪啦一下，卵壳破了，跃出一头狰狞邪恶的怪物……

于是我日甚一日地觉得，与人手相比，我们的张冠李戴的错误，使人心这个我们体内的“泵”，不但越来越蒙受垢辱，而且越来越声名狼藉了。越来越变得丑陋了。当然，若将丑陋客观公正地归给脑，心是又会变得非常之可爱的，如同卡通画中画的那一颗鲜红的红桃般可爱，那么脑这个家伙，却将变得丑陋了。脑的形象本就不怎么美观，用盆扣出的一块冻豆腐似的。再经指出丑陋的本质，它就更令人厌弃了不是？

有些错误是只能将错就错的，也没有太大纠正的必要。认真纠正起来前景反而不美妙。反正我们已只能面对一个现实——心也罢，脑也罢，我们人身体中的一部分，在经过了五千多年的文化影响之后，居然并没有文明起来多少。从此我们将与它的丑陋共生共灭，并会渐渐没有了羞耻感。

心耶？脑耶？——也就都是一样的了……

冰冷的理念

事实上，我是一个非常崇尚理念思维的人。依我想来，理念乃相对于激情的一种定力。当激情如烈马狂奔，如江河决堤，而理念起到及时又奏效的掣阻作用的时候，它显得那么地难能可贵，甚至显得那么地峻美。

我崇尚理念，恰因我属性情中人。性情中人，一般是较难本能地内敛自己对人对事的态度、立场、观点、好恶而又不露声色的。理念的定力是我身上所缺少的。这缺少每使我的言行不禁地冲动起来。一旦冲动，几乎无所顾虑，无所讳畏。四十岁以前的我，尤其如此。

我的档案说明了这一点——当年我是知青，从连队调到团部，档案中有一条是“思想不够成熟”。而“思想”在当年，不消说是指“政治思想”。是“机关”知青了，“思想”还是一直没能成熟起来。结果从团部被“发配”到木材加工厂，档案里又多了同样的一条。上大学前，连队对我做的鉴定仍有这一条。大学毕业的鉴定中有，但措辞是善意的“希望思想早日成熟”。从北影调至童影的鉴定中一如既往地有，措辞已经颇具勉励性——“希望思想更成熟些”。

故四十岁前的我，对“成熟”二字，几乎可以说是抱着一种对天敌般的厌憎。好比素食主义者从生理上反感荤腻大餐。至今我也不太清楚，在中国，究竟怎样的思想才算地道的“成熟”。而且，又依我想来，倘一个人，从20世纪60年代至90年代并无时代空白地活过来，思想却一直善于与各个阶段的“主流”政治思想一拍即合，被肯定为“成熟”，分析他那思想“成熟”的过程，我们是不是不难发现那“成熟”的丑陋呢？

但是这些都暂且不去说它了吧。

其实我是想向读者坦白——我这个崇尚理念思维，赞赏理念定力的人，后来竟对理念之光的瑰丽，更确切地说，是对“中国印记”的理念所产生的逻辑方式，心生出了不可救药的动摇和怀疑。

动摇和怀疑是由一件具体之事引起的。那事引起的观点争论，纷纷扬扬于十年前，也可能是十五六年前。一名大学里的在校硕士生，为救一位落水的老人，自己反倒淹死了。当然，老人是获救了，或者我的记忆有误，老人竟也没有获救。总之，在我看来，这是一件高尚的、感人的事。那名大学生的行为，似乎怎么也不至于遭到舆论否定的吧？当年却不然。较热烈的讨论首先在几所大学里展开了。后来竟由讨论而辩论。

一种我不太能料想得到的观点是——一名硕士生，为救一位老人而冒生命危险，难道是值得的吗？那老人即使获救，究竟还能再活几年呢？他对社会还能有些什么贡献呢？他不已经是一个行将寿归正寝的自然消费人了吗？这样的一位老人的生命，与植物人的生命又有什么区别呢？其生命价值，又究竟在哪一点上高过一草一石呢？而一名硕士生，他的生命价值又是多么宝贵！何况当年中国的硕士生并不像今天这么多！他也许由硕士而博士，而博士后，而教授，而专家学者，那么他对中国甚至对世界的贡献，不是简直没法预估吗？更何况他的生命还会演绎出多姿多彩的爱情哦！而那位老人的生命再延长一百年也显然是黯然无光的啊！

这分明是一种相当理念的观点。这一种相当理念的观点，当年在大学里代表了似乎绝对多数的学子们的观点。你简直不能说这一种观点不对。但正是从那时起，我感觉到了“中国印记”的理念所产生的逻辑方式的冰冷……和傲慢。

于是当年又有另一种观点介入讨论。这另一种观点是——如果那名硕士生所救非是一位老人，而是一个儿童，也许就比较值得了吧？显然，这是一种很缺乏自信的，希望回避正面辩论，达到折中目的之观点。但这一种折中的观点，当年同样遭到了义正词严的驳斥：如果那儿童弱智呢？那儿童将来一定能考上大学吗？如果考不上，他不过是一个芸芸众生中的平庸之人。以一名硕士生的生命换一个平庸之人的生命，不是对其更宝贵的生命的白白浪费吗？即使那儿童将来考上大学了，考上的肯定会是一所名牌大学吗？肯定会接着考取到硕士学位吗？再假设，如果那儿童长大后堕落成罪犯呢？谁敢断言绝对没有这一种可能性？

当年这一讨论和辩论，曾在报刊上报道过，似乎还在电视中进行过，最后不了了之。但给我留下的印象却是——“不值得”派引起的共鸣似乎更普遍……

当年我便隐隐地感到，那讨论和辩论，显然与当年的中国人，尤其青年人，尤其当年的大学生对人性的理念认识有关。翻一翻我们的祖先留下的五千余年的思想遗产，这一种讨论和辩论，即使在我们祖先中的哲人之间，似乎也是从来没涉及过的。甚至全世界的思想史中，也没有留下关于这一话题的讨论的残迹。

当然，我们谁都知道——老父与稚子同时沉浮于波涛，或老母与爱妻同处生死倏忽之际，做儿子、做父亲、做丈夫的男人究竟先救哪一个的古老人性拷问。

还没有一个男人回答得最“正确”。

因为这种拷问在本质上是根本没有所谓“正确”答案的。它呈现的是人性每每陷入的两难之境，以及因此而感到的迷惘。这迷惘中包含着沮丧。

但由于这一人性拷问限定在与人最亲密的血缘关系和爱恋关系之间，故无论先救哪一个，似乎又都并不引发值得不值得的思索，仅与人刹那之际的本能反应有关。在现实中，一般情况下，人总是先救离自己最近的亲人，不太会舍近救远。

而那名硕士生舍命所救的，却是与自己毫无血缘亲情，毫无爱恋关系的陌生人。依我想来，值得与不值得的讨论、辩论，盖基于此。倘他所救是他的老父，世人还会在他死后喋喋评说值得与不值得吗？倘他所救是他的幼弟，世人还会在他死后假设那被救的孩子长大了是否成为罪犯吗？那么，何以只因他所救的是陌生人，在他死后，值得与不值得的讨论，这样那样的假设就产生了呢？一针见血地说，这显现了人类理念意识中虚伪而又丑陋的一面。即我不愿那么做的，便是不值得那么做的；别人做了，便是别人的愚不可及。死了，也是毫无意义的死。并且，只有将这一种观点推广为理直气壮的不容置疑的观点，我的不愿，不能，才进而成为不屑于。无论什么事，一旦被人不屑于地对待，那事似乎就是蠢事了，似乎就带有美名可图的色彩了。于是，倒似乎反映出了不屑于者的理念定力和清醒。

我敢说，在全世界，自从“人性”二字被从人类的生活中归纳出来至今，从顽童到智叟，除了在当代中国人之间，在其他任何国家都没有仿佛那么严肃认真地，煞有介事地讨论过，更没有辩论过。

讨论和辩论发生在当代中国，是非常耐中国人寻味的。而这正是我们中国人抱怨人世变冷了的原因。

十五六年前那一场讨论和辩论，与今天关于“英雄流血亦流泪”的讨论是不一样的。后一种讨论并不贬低英雄的行为，批判性是针对于使英雄流泪者们的。而前一种讨论和辩论，用理念的棉团包缠了的批判性的锋芒，却是变相地针对于流血甚至舍生了的英雄们的。据我想来，今天“英雄流血亦流泪”的现象，只怕是与十五六年前那一场讨论和辩论不无关系的。

十五六年前，连我也不能对那名硕士生的死做出非常自信的评价。普遍的舆论倾向和人性观点，使对它心生怀疑的人有时也不禁三缄其口，保持暧昧的沉默。

直至一个多月前，我才对印在记忆中的，靠头脑封存了十五六年之久的话题豁然想明白了些。某日与友人北影厂文学副厂长史东明相遇，他扯住我说：“晓声，有一部美国片如果上映了，你一定应该看看。”

我问片名，他摇头说还不知道。说他也没看到过，是听别人将内容讲给他听的。于是扯我至路边开始讲给我听……

内容如下：“二战”时期，一位美国母亲，三个儿子都上了前线。而在同一天里，收到了两个儿子的阵亡通知书。斯时第三个儿子正在诺曼底登陆战役行动中，生死显然难料。如果第三个儿子也阵亡了，谁还能硬起心肠向那位母亲送交第三份阵亡通知书？于是此事逐级上报，迅达总统办公室。于是总统下令，组成一支特别能战斗的营救队。唯一的任务是，不惜任何代价，将那位母亲的第三个儿子活着带回美国。当然，此战斗行动那位母亲并不知道。于是营救队一路浴血奋战，个个舍生忘死地扑到了诺曼底前线，当寻找到了那名战士，一支营救队已仅剩一人。当那名战士明白了一切，他宁肯战死也绝不离开战场的恒心，又是多么地能够被人理解啊！

据说这就是美国影片《拯救大兵瑞恩》。据说剧本依据生活原型而创作。据说奥斯卡奖的评选已格外关注这部影片。据说它深深感动了每一个观看过它的人……我想，中国是很难产生这样的影片的。起码目前很难。牺牲那么多士兵的生命只为救另一名士兵，这值得吗？问题一被如此理念地提出，事情本身和一切艺术创作的冲动，似乎顿时变得荒唐。

多么冷冰冰的理念质疑啊！我们可拿一些中国人目前这一种冷冰冰的理念原则究竟怎么办呢？它不但仍被奉行为多种艺术门类的创作前提，而且似乎渐渐成了我们中国人面对一切现实事物的原则。

日本人曾被视为“理念的动物”。依我想来，我们相当多的中国人，在这一点上正变得极像日本人。现实得每每令同胞们相互之间倍感周身发寒。十五六年间，产生了不少冷冰冰的“中国印记”的理念思维之标本。比如将“优胜劣汰”这一商业术语和竞赛原则推行到社会学科的思想领域中去。一件产品既劣，销毁便是。但视一个人为“劣”的标准由谁来定，由何而定呢？一个生存竞争能力相对较弱的人，则就该被视为一个“劣”的人吗？这种标准老板们定出来，他人自然无话可说，但是要变为国家意识是否可怕呢？接着的问题是，在一个十三亿人口的国家里，究竟能采取多么高明的方式“汰”掉为数不少的“劣”的同胞呢？“汰”到国界以外去？“汰”到地球以外去？幸而我们的国家并没有听取某些人士的谏言，我们的大多数同胞也没有接受此类教诲。所以我们才有国家行为的“再就业工程”“扶贫工程”，才有民间行为的“希望工程”……

我敢说，在全世界，可能没有任何一个国家的人，主张对自己的同胞“优胜劣汰”过。恰恰相反，许多国家的头脑和目光，几乎都在思考同样的问题——怎么样才能使生存竞争能力相对较弱的一部分人，得到更多些的国家性的爱护和体恤。而不是以冷冰冰的理念思维去想——要是能把他们统统“汰”掉多好！或谁叫他们“劣”来着，因而遭“汰”一百个一千个活该！

让我们还回到人性的话题上来。当年的知青金训华为捞公社的一根电线杆而死，大不值得；当年的知青张勇，为救公社的一只羔羊而死，大不值得；甚至，“少年英雄”赖宁的“英勇”，依我想来，也是根本不应被一切少年们效仿的。

但，人救人，关于这样的事，根本不存在值得与不值得的——讨论和辩论的任何一点儿积极的意义。无论少年救老年，或反过来；无论男人救女人，或反过来；无论知识者救文盲，或反过来；无论军人救百姓，或反过来；无论士兵救长官，或反过来；甚至，无论警察救罪犯（只要后者非属罪大恶极理当枪毙），或反过来；无论受降的士兵救俘虏，或反过来……只要人救人，皆在应该获得到人性正面评价的范围以内。若不幸自己丧生，更是令人肃然的。

人救人之人性体现，是根本排斥什么“值得与不值得”的讨论和辩论的。进行这种讨论和辩论的人，其思想意识肯定发生了疾病。这种疾病若不被指出是疾病，传染开来，肯定将导致全民族的冷血退化。一头象落入陷阱，许多象必围绕四周，不是看，而是个个竭尽全力，企图用鼻将同类拉出，直至牙断鼻伤而恋恋不忍散去。此兽性之本能。人性高于它，恰在于人将本能的行为靠文明的营养上升为意识的主动。倘某一理念是与此意识相反的，那么实际上也是与人性相悖的，不但冰冷，而且是丑陋的理念。人性永远拒绝这一种理念的“合理”性。愿中国人再也不讨论和辩论人救人“值得不值得”这一可耻的话题。人性之光，正是在此前提之下，才是全人类心灵中最美最神圣的光耀。其美和神圣在于，你根本不必思考，只要永远肃然地、虔诚地“迷信”它的美和神圣就是了。愿当代中国人尊重全人类这一种高贵的“迷信”……

料想不到的，一篇谈人性及人道思考的文章，竟又引发了一场几乎和十五六年前一样的讨论。为什么是料想不到的呢？因我以为，在其后的十五六年间，许多中国人，必定和我一样，对于人性及人道原则，早已做了相应的反省——看来我估计错了。果而如此，我的“补白”，也就不算多余的话了。

首先我要声明——我的文章，并非是为又一部美国大片所做的广告，具体关于《拯救大兵瑞恩》的评价是另一回事。人性及人道主题在该片中体现得究竟深浅，或极端或偏执，甚至，究竟有无必要从这一主题去谈论该片，则属艺术评论和接受美学的范畴。仁者见仁，智者见智，众说纷纭，殊不为怪。

其次我想强调——这一部影片，并不仅仅使我联想到十五六年前的那一场讨论，还使我联想到了很多，很多，很多。即使没有这一部影片的公映，我也还是打算写出些文字发表的。只不过这部影片的公映，使我打算以后写的文章提前了。

我联想到了如下“中国印记”的往事种种：

我的同代人以及我的上代人上上一代人，大约都不得不承认——很长一个时期以来，在我们这个人口众多的国家，人性及人道主义教育是那么薄弱，根本不曾形成为什么“环节”。一切文艺及文化载体中，稍涉对人性及人道主义的反映，便会被扣上种种政治性质的罪名，遭到口诛笔伐。而作者也往往从此厄运降临。纵观新中国成立后十七年间文艺和文学的全貌，几乎没能向中国读者和我们的青少年，提供什么人性及人道主义的优良营养。与此相反，阶级斗争的哲学，上升为唯一正确的社会原则。这也是一种冰冷的理论。这一理念，一旦在青少年的头脑中被当成“真理”，当成至高的原则接受，在“文革”中冷酷地予以实践，便是符合规律的了……

我是哈尔滨人。哈尔滨这座城市，当年也有养鸡的人家养猪的人家。故我小时候，常听到孩子们间这样的呼应声：

“杀鸡啦，快去看呀！”

“杀猪啦，快去看呀！”

围观如看戏，饶有兴味。

终于有一天我听到的是：

“杀人啦，快去看呀！”

“文革”前，少年们虐杀小猫小狗之事，我至少见过三四次。无“戏”可看，他们便自“导”自娱。他们后来成为“红卫兵”，其“革命”行径也就可想而知。

党的十一届三中全会前，有关部门曾组织各界知识分子讨论《政府工作报告草案》。我有幸应邀参加。记得在会上，我提出建议——在进行社会主义政治思想教育的后边，是否可考虑加上亦进行人性及人道主义教育？

后来的《政府工作报告》中，确实加上了。只不过概念限定为“无产阶级的”和“革命的”。我极感动，亦大欣慰。

大约是 1990 年或 1991 年，我受某大学之邀“讲座”——谈到发生在深圳的一件事——几十名打工妹，被活活烧死在一玩具厂。上了锁的铁门，阻断了她们逃生的唯一出口。讲述之际，不免动容。

而我当时收到的一张条子上写的是——“中国人口太多了，烧死几十个和计划生育的意义是一致的，你何必显出大发慈悲的样子？！”

这是冰冷的理念的又一实例。

我针对这个条子，不禁言语呕呕。

结束——学生会一男一女两名学生干部拦了一辆“面的”送我回家。

途中，那名女学生干部说：“改革开放总要付出点儿代价。农村妹嘛，她们要挣钱，就得变成打工妹。既变成了打工妹，那就得无怨无悔地承受一切命运。没必要太同情那些因企图摆脱贫穷而付出惨重代价的人们。她们不付出代价，难道还要由别人替她们付出吗？”

文质彬彬的模样，温言款语的口吻——使人没法儿发脾气。甚至也不想与之讨论。但我当时的感受确实是——“如酷暑之际中寒”。

我说：“司机同志请停车，我不要他们再陪送我了。”

待我下车后，我听三十多岁的司机对他们吼：“你们也给我滚下去，小王八蛋！还有点儿人味吗？”

如此这般的实例，我“遭遇”得太多太多，只不过由于篇幅的考虑，不能一一道来。我想，是否便是人救人“值不值得”之讨论的思想前延与后续呢？

现在，让我们来谈谈救人的问题。

有朋友似乎担心，否定了他们不救的行为选择，等于在呼唤多一些人性的同时，剥夺了他们的人性的自由，异化了他们对人性更高层次的理解。于是，似乎呼唤多一些人性，动机倒变得可疑和有害了。那害处据说是——有强迫人们变成为“道德工具”之嫌。

我看这种担心大可不必，实在是太夸张了。我活到今天，竟还不曾经历过一次要么舍了自己的命去救别人的命，要么眼看别人顷刻丧生的考验关头。因而也就真的没有在那一关头考虑值得救与不值得救的体会。我所认识的一切人，也皆和我一样不曾经历过。以此概率推算——据我想来，恐怕十万分之九万九千九百九十九的人，终生都不太会经历舍身救人的事件。故担心的朋友可以完完全全地把心放在肚子里——包含他自己在内的九万九千九百九十九比一的人，几乎终生并无什么机会成为“道德的工具”。我们所要心怀的，恐怕只不过是这么一回事儿，对于为救别人而死了自己的人和事，得出令死者灵魂安慰、令世人不显得太缺少人味儿的结论——而这一点儿都不损害我们活着的人的利益，更不危害我们的同样宝贵的生命。放心，放心！

如果大学生救淘粪的老人是“不值得”的，那么反过来呢？——如果淘粪的老人眼见一名大学生掉进了粪池里，他是否有充分的理由抱臂而观幸灾乐祸呢？他是否可以一边瞧着那大学生挣扎一边说：“啊哈，你也落此下场了吧？世人虽然认为你救我大不值得，却还没有颁布一条不合理的法律规定我必须救你。即使我的命是卑贱的，但也只一条，那么等死吧您哪……”

倘我们将人的生命分为宝贵的，不怎么宝贵的和卑贱的，倘社会和时代认为只有后者对前者的挽救和牺牲才似乎是应该的，合情合理的，值得的；否则，大不值得。倘这逻辑不遭到驳斥，渐变为一种理念被灌输到人们的头脑中，那么——一切中国人其实有最正当的理由拒绝挽救一切处于生命危难的中国人。每一个中国人的理由都将振振有词。男人拒绝挽救女人生命的理由将是——上帝不曾宣布女人的生命比男人的生命更宝贵，法律不曾明文规定男人有此义务；大人拒绝挽救儿童和少年生命的理由将是——谁知道小崽子们长大了会是些什么东西？！至于老人们——住口，你们这么老了，还配开口呼救还痴心妄想别人来搭救吗？！

这么一来，事情将变得多么简单啊！

每个人的理念中似乎只明确一点就足够了——我个人的生命是无比宝贵的！至于某些人以他们同样宝贵的生命挽救了另外一些人的生命，那就只能说明他们自我生命意识的愚昧和迂腐了！

这么一来，倘男人与女人在危难之际同时扑向救生出口，而男人将女人推开不顾其死活先自逃出，不是也很天经地义了吗?

这么一来，大人在海难中夺过一个儿童的救生圈将其一脚蹬开，不是也很正常了吗?

这么一来，我们人类行为中一切舍身救人的事迹，不但全没了人性和人道上的意义，而且似乎是比我们的理念还低级的行为了。

那么，周恩来在飞机发生空中故障凶吉难料之际，将自己的降落伞给予一个小女孩儿，并指导她如何在必要时使用——我们对此又该怎样评说呢?

那么，戴安娜王妃以她高贵的手去握艾滋病人的手，对他们和她们绝望的心灵给予人性的温馨慰藉——是不是成了世上很傻之人和很傻之事?

那么，世上不少文明之士，为了将文明传播到非洲的土著部落去，而历尽千辛万苦，甚至反遭愚昧地杀害，是不是就更惹我们的某些中国同胞嗤之以鼻了?

而另一个事实是——在中国，在近年，人围观人死于危难之事，几乎年年都有发生。少则十几人几十人的围观，多则上百人几百人的围观。仅仅一个月前的上海《劳动报》还在报道，某市有父亲抱女儿投湖，围观者达四五百人，眼见那父亲从离湖岸几米处溺向十几米处三十米处——一名个体户救起了那女孩，央求岸上的围观者搭一把手，竟无一人协助之。警车来了，竟无法直接开近湖岸——我们斗胆恳求我们的人生理念很“高级”起来了的同胞，再稍微将他们的理念降低那么一点点，给前来营救一个也许“不值得”救的人的警员们让让道——这该不是很非分的恳求吧?

一个高大健壮的男人骑着自行车下班，驶过桥上，见河中有一少年在挣扎——那河并不太深，没不了那男人的顶——但他有不救的自由啊！于是他视而不见地骑过去了。喊一阵，引来别人救行不行呢？但他认为没有这义务啊！他回到家里若无其事地吸烟，吃饭，再吸烟，饮茶，看电视——人们将那淹死的少年送到他家里了——那是他的宝贝儿子啊！

一家人的儿媳妇很晚了还没下班归来——儿子和他的父亲终于不放心了，结伴出去迎接，在距家不远的一幢楼的拐角处，在黑暗中，他们分明听到女人被捂住了口所发出的呼救声……

儿子说："咱们过去一下吧！"

父亲说："千万别管这类闲事！"

而第二天，是妻子和儿媳妇的女人被证实惨遭杀害了——就在那一楼角，就在那一片黑暗中，就在口被捂住仍呼救不止之际……

我们——我们如何去安慰那失去了儿子的父亲，那失去了妻子的丈夫，那失去了女儿的老母以及那失去了儿媳妇的公公呢？

我们自以为，某种并不光彩的理念只要经由我们一而再再而三地强调性地诉说，就足以自欺欺人地被公认为最新理念，就足以帮我们摆脱掉人作为人的最后一点儿人性原则，但正如一位外国诗人说的，那不过是——"带给我们黑暗的光明"。

更多的时候，情况其实是这样的——你并不需要去死，你的一声呼喊，一个电话，拦一辆车，伸出一只手臂，抛出一条绳子，探过去一根竹竿，一个主意，一种动员，就可以救一个人甚至几个人的命，问自己的良知，你觉得值得吗？

值得！

那么为什么——少女欲跳楼围观者众，无人劝阻却有人狂喊怪叫促她快跳？为什么妇女被强暴于街头围观者亦众竟无人去报警？为什么心脏病人猝倒人行道上数小时，几百双脚先后从其身旁走过竟无驻足者？为什么儿童落水会水的伸手要几万元钱才肯跳水去救？为什么同乘一辆长途汽车的姑娘在车上遭歹徒轮奸在小镇停车时又于众目睽睽之下被劫持走而无一人开其尊口——警察的身影就在不远处！

我们面对如此这般林林总总人性麻木的现实，一而再地喋喋不休地讨论人救人值得不值得，并且一而再地强调不值得的自由权利的重要——难道这就是我们的本来面目吗？

法乎其上，仅得其中；法乎其中，仅得其下——这“法”，也包含理念原则的意思。

我们所强调的那种自由选择的权利，究竟是其上呢？其中呢？还是其下呢？

若不幸是其下——我们中国人以后在人性和人道方面又将变得怎样呢？古人没说“法乎其下”仅得什么，我们自己去想象吧！

某些人终于有了实话实说的机会和权利固然是一件相当重要的事；说的是什么也很重要；其所强调的理念对时代和社会的人性以及人道准则的影响是什么，尤其重要。

据我想来，人类社会，目前恐怕还不会将以往一向令人保持肃然之心的人性及人道准则抛弃掉。至于百年后怎样，我就说不大准了……

张华的事带给我们的思考其实更应是另外的一些内容——时代和社会怎样在更多的方面为一切人的生命安全施行更周到的保障？在什么情况之下人应具有哪些救人的常识和有效的方法？我们应该怎样培养我们的儿童和少年的自我保护意识？我们应该教给女性哪些自卫的方式？对于我们中国的男人，我认为，则主要是教育——使之懂得，在面对儿童少年、妇女和老人陷于险境之时，多少体现出一点儿男人的勇敢，是应该的。

但实际上恐怕是——长期憋闷在心里一直在寻找时机一吐为快地说

出——我的生命也很宝贵！我有不救的自由选择的权利！——是的，恰恰是我们中国的当代的某些男人们！持此种理念的男人，肯定多于持同样理念的儿童少年、妇女和老人。他们年轻、强壮、有文化，可能还风度翩翩。

他们头脑中的不少理念都是冰冷的。

他们绝不希望自己的心也变得温热一点儿。

他们所强烈要求的是——这社会这时代不但应该非常尊重他们自身理念的冰冷，而且简直应该将他们那一套冰冷的理念奉为新的超前“文明”了的准则。

而我的回答乃是——我将捍卫他们坦言自己理念观点的自由，但我永远不苟同于他们。

《冰冷的理念》发表在《文汇报》，实不过是一次寻常之写作行为——一因关鸿同志曾约稿，拖怠久矣，寄予了却承诺；二因纵观中国之人性及人道现状，每叹思多多，竟遇触机，有感而发，一吐为快罢了。拙文坦语，一己陋见，字数所限，议意难全。初衷简单——试图唤起点儿同胞对同胞的人性温情而已。不料在中国的首都北京，又一次“引爆”关于什么人救人什么值得不值得的讨论，而且据说还讨论得很热烈，令我怔愕且又懵懂，三思而后，仍不能太明白其讨论的意义和价值。我仅知目前已讨论出了这么个结果——“救人当然光荣，不救也不可耻”。所谓“救”与“不救”，前提当然是在人命危险、生死瞬间之际，否则不是就不存在“救”与“不救”的问题了吗？故那一种关于人性和人道的新观点，又可以更直截了当地说成是——见死而救“当然光荣”；见死不救“也不可耻”。

我想，我们一切人，见了人命危险、生死瞬间的情形，无外乎四类选择——或智勇救之；或视而不见，悠然自去；或亦不去，驻足安全线内，抱臂旁观，“白相白相”；或虽有一救的实力，但声明议价在前，救命在后。价钱满足，救之；不满足，人命危险者，也便只有“死你妈的去了”！

某些人士所言的“选择的自由”，也不知除了以上四类，是否还有别类？据我想来，怕是没有了吧？

那么，见死不救“也不可耻”，抱臂旁观，“白相白相”就一定可耻吗？倘同样的并不可耻，又据我想来，接钱在手才肯一救的人，便自有他们的不可耻的理论逻辑了。起码的一条也许是——现在是商业时代，一切按经济规律办！

这样的推论实在不是妄论啊！近十几年间，此类事在中国各地发生的还少吗？

最令我们国人目瞪口呆的，要算发生在南方沿海某市的那一件事了——台风骤起，数艘渔舟难以归港，求救泊于港口的机轮船。那机轮船如果前去营救，既完全来得及，自身也毫无危险。

但并不即刻起锚营救，而是命岸上渔民们的亲人先回家取一大笔钱去。仓促之间，哪里能凑足一大笔钱呢？于是任凭风浪起，“我自岿然不动”。那理由也是言语铿锵，掷地有声的——“领导”指示，不交足钱，不发动船！领导者，可是国家的官员啊！那船，可是国家的机轮船啊！结果是十几名渔民丧生大海，十几个家庭成了残破的家庭。这不是我胡编之事——中央电视台报道过此事。当记者问那“领导”——何以始终不改变那么冰冷的命令？答曰：怕去救了，被救的渔民过后不交钱（这也是完全可能的），白救。一笔营救费在三十几名渔民的性命（几条渔船皆翻，半数渔民劫后幸存）之上！如此冰冷的理念之下，能不有那么冰冷的命令吗？十五六年前，我们中国人多么热烈地讨论人救人值得不值得啊！

十五六年后，我们仍多么热烈地讨论同一问题——这真的是个需要动员了有思想的中国人进行空前大讨论的问题吗？两次讨论之间的现实，无须我赘言，每一个中国人都是十分清楚的。倘认为第二次讨论比第一次讨论“更深入了”，“层次更高了”，关于人性和人道的“思想内涵更丰富了”——则真的令我越来越糊涂，越来越自惭浅薄了。

不就是讨论出了见死不救“也不可耻”，每人都有“选择的自由”——之新理念吗？

我并不提倡人人都不顾自己的能力，遇险皆一逞“英雄本色”。非但不提倡，而且坚决反对。因为这是莽勇，而莽勇往往适得其反。

大约三年前，北京发生这样一件事——一名歹徒企图骗劫一名女中学生，她的两名男同学恰巧赶来。歹徒心怯，欲转身逃跑，被那两名男同学紧紧揪住不放。他们欲将歹徒押往派出所去。歹徒央求再三，二少年不放。扯扯拽拽，行至黑处，歹徒向其中一名少年猛刺一刀，结果是少年因失血过多，亡命于医院抢救室……

这是很悲痛的教训。

那少年的母亲我见过——她要为她的儿子出一本纪念册。请我写序。我写了，是作为悲痛的教训来写的。后来，在团中央的一次座谈会上，我提出过关于加强青少年自我保护意识，切勿炒作式宣扬“青少年英雄主义”的观点。这是那次座谈会上最一致的观念。包括团中央的一位副书记也完全赞同。

我甚至认为——老人、妇女、儿童和青少年一样，也都是需要我们的社会特别加以保护的。也根本不应在他们之间过分号召什么不适当的“英雄主义”。

谁来保护他们和她们？

法律和治安部门。

仅仅如此还不够！

还要有全社会的男人们自觉自愿地肩负起这一社会义务。

一个无可争辩的事实是——在两次关于救人值得不值得的讨论之间，生命受各种各样危害最多的，乃是中国的许多老人、妇女、儿童和青少年！而见死不救的，又大抵是男人！而抱臂旁观的，也大抵是男人！而明明有能力救，却要等钱递到了手里才肯一救的，还是男人！

请有良知的人们回忆回忆，你听到的，从报刊上从电视里了解到的，甚至当时在场目睹到的此类事件，是不是这样？！

而另一个事实是——在今天，第二次热衷于讨论救人值得不值得，并且要求社会承认“不救也不可耻”，有权进行“多种选择”的——据我所知，多数仍是中国的当代男人们！

我真的不知该对此怎样评说了。

似乎也只能这样感想了——明明白白某些中国男人的心。

不久前，在中国的某一城市（姑隐确切市名，否则人家的领导会不高兴）发生了这样一件事——两名歹徒追杀一名手提拷克箱的男子（大约猜测其箱内有很多现金），那男子逃入一个楼院，不料那楼院并无另一出入口，于是等于自闯入“笼”，无处可逃。两名歹徒追杀得他满院四处逃窜，挨了一刀又挨一刀浑身鲜血淋淋。其呼救惨叫，耳不忍听。时值盛夏，许多人家都将家门紧插了，而一些男人们，则站在各家的窗口、阳台上，吸烟观看，如看警匪片。那男人企图从来路逃去，但那唯一的楼口，早已被街上里三层外三层的观看者堵住了（天地良心，观看者中，确实很少老人、妇女、儿童和青少年，真的多数是所谓大男人！）——他们观看得投入，竟没人说一句“我们该给他让出条逃路”！——我说“耳不忍听”，是我的想象。观看者中，只怕没什么“不忍听”的。否则，不就不观看了，捂双耳离去了吗？

结果当然只有一个——那男子被乱刀砍杀死于血泊之中。

观看的男人们，却那么自觉地，一致地给两名杀人的男人闪开了去路——因为他们凶恶、危险，自觉地为他们闪开去路是明智的。也许还因为——被杀的，已死了；没第二个将要被杀的了；“戏”已结束，“演员”退场……

而我要举的另一个例子，是我的中学同学也是我的知青战友告诉我的。他叫杨志松，是北京《大众健康》的主编。

两个月前，晚 7 点多钟，家家吃晚饭的时候——忽听楼道里有女人尖声呼救。情况不明，实在没胆量一个人冒险出去。怎么办啊，急得在屋里团团转。充耳不闻，他是做不到的。他对人性和人道的理解，还没达到有充耳不闻的“自由”和“权利”的高度，望着妻儿惊悚的表情，他忽然明白了自己起码应该做些什么——于是将自家防盗门摇晃得一阵猛响，并且站在防盗门内大吼：“想杀人啊？没王法了？还不快滚！”

于是楼上楼下都发出摇晃防盗门的响声……

于是楼上楼下都发出了男人们的吼声……

借助这一种人性和人道的起码良知的威势，他手持木棒第一个跨出了家门……

尚是少年的儿子欲紧随其后，被他喝止在家里。

其实，在他摇晃防盗门后，在他发出第一声大吼之后，歹徒已丧胆而逃。

那女人仅被抢去了皮包，受了一刀轻伤。她报警时说：“幸亏有人摇晃防盗门，有人喊，否则我完了！”有时，救人一命，只要想救，只要不理念地选择“也不可耻”的不救，既不但是完全可以救成的，也是完全可以不必搭上自己性命的。

如果坚持“也不可耻”的不救，并且从“自由”和“权利”的“高度”去强调“也不可耻”，如果这不但仅仅是某些人士，而且逐渐成了大多数中国人，主要指中国男人的理念——那么，我也只有从此对这一讨论永远地沉默了……

至于那女人是什么样的女人，值不值得想救她一命的人们摇晃几下防盗门，发几声大吼，很有讨论的必要吗？

十五六年前张华的死，依我浅薄的头脑想来，提供给我们讨论的话题意义恐怕更应该是，主要应该是——在具体的情况下，怎样救人是经验？怎样救人是莽勇？而怎样救人是教训？蹈了那样的教训为什么不可取？

怎样救？——值不值得救？在我看来，是两种根本不同的讨论。如果我们由张华而进行前一种讨论，我想，包括张华及其亲人，都是会多少感到些欣慰的。而我们中国人，主要指中国的大男人们，究竟是从一种什么心理出发，一而再地一味地热衷于后一种讨论呢？值不值得救——这根本不是关于人性和人道的什么新的理念。在“文革”中，在几乎中国的每一座城市，都进行过完完全全一样性质的讨论。“我为什么要救那个我不认识的人呢？他也许是‘黑五类’！”“他也许是‘黑五类’的狗崽子！”只不过当年还没发生过伸手要钱的事。我们当代人，在这一点上，真的像我们自以为的那样，比“文革”时代的人长进了很多吗？请更有思想的人士解答解答吧！

问官，问法——兼替农民马随意说话

先介绍一下马随意——农民，当过兵，在部队是名优秀的战士。复员二十余年来，在一条河上驾舟打鱼为生，先后救起过二三十名落水之人，且从不张扬，一向认为自己做的是理所应当的事。

再介绍一些官。些个绿豆粒大的官。包括镇长、书记在内的那些个官。马随意将他们告了——两级法院皆判马随意败诉，第二次宣判的是某市中级人民法院，很具有执法的权威性。于是马随意自认输到底了。马随意为什么要告那些个官呢？是由这样的事引起的：河上翻了船，落水者众。参与营救者亦众，逾百人。

不再仅仅围观了，这是多好的现象。证明着见义勇为，已成当地民众普遍的人道精神。马随意斯时正驾舟于河，自然也一如既往地参与了营救。他立身于船，靠渔网机智而成功地救起最后两名落水者……

镇里的那些个干部，要开表彰大会，在会上给表现突出的营救者们发荣誉证书，发奖金。他们要通过此举，使见义勇为之精神在民众中更加得以弘扬。

这显然也是必要之举。尤是良好的愿望。于是他们限定了表彰人数——五名。还规定了表彰前提——跃入水中进行营救的。于是他们实行了一个看起来很民主的程序——先由群众推选，再由他们圈定。

马随意那个村里的人们，虽然明知他并未跃入水中而是站在船上进行营救的，但毕竟救起了两条人命，所以仍一致推选了他。二十余年间已先后救过二三十人的马随意，备觉欣慰。那是他一生将要受到的唯一一次表彰啊，而且他当之无愧啊！

然而镇里的干部在进行最后圈定时，将他的名字从受表彰者名单上画掉了。

既然他们已经拟了“原则”，照章而为就是。既然马随意没有跃入水中进行营救，当然不在公开表彰之列。何况，他们中，已有人陪着获救者家属，登门向马随意当面感谢过了。他们认为已经做得很周到了。

但是没有谁预先通告马随意——其实他不在受表彰之列。连村里的任何一个人也不知道。

结果尴尬就发生了——表彰会前，马随意被村人们簇拥到了第一排就座。第一排算他共六人。眼看着其他五人披红戴花，接受荣誉证书和奖金，唯独自己被冷落一旁，他当时的心情可想而知。

他的尴尬仅止于此，还则罢了。紧接着更令他感到尴尬的事发生——要给五名受表彰者合影了，一名镇干部呵斥他：“又没你的份儿，你坐这儿干什么？闪一边去！”于是马随意反而成了被哄笑的对象。这农民的自尊心严重受伤了。他还从没逢过如此狼狈之事。

我想，我们不应责怪这农民太小心眼儿吧？凡是个人，都有点儿自尊心的吧？一名普通农民的自尊心，谁会去重视它的受伤与否呢？于是马随意进而成了村人嘲弄的一个人。老实的农民，决定要自己讨回点儿自尊心了。这也是很正常的吧？他要讨回自尊心的方式，无非就是去找镇干部，希望对他和另外五人一视同仁，补给他一份荣誉证书，使他得以挽回一点儿面子。这过分吗？但是多么地难啊！第一次没结果，当然就觉得更没面子了，当然就必得去第二次了。直至十一个月以后，他才终于讨到了一份荣誉证书。这简直成了一个农民为了维护自尊心的一场战役！

正当他的心理平衡了一点儿的时候，有一种说法从镇的干部们口中传出来了："他那个证书是不算数的，只不过为了安定才……"倒似乎马随意是一个"不安定"分子了。于是农民马随意感到最终还是受了愚弄。是不是真的对他一视同仁了呢？我看也根本不是。否则会拖到十一个月以后吗？否则镇里的工作人员会对他嚷："就轻蔑你了！你能怎么着吧？"——这种话吗？于是马随意将他们告了。一审，马随意败诉。法庭认为——对于见义勇为者的表彰，法律尚无明确的条文规定。

因而马随意的要求没有法律依据，不予支持……马随意不服，二审依然败诉。法官们的认为如上。而且看上去一个个还都振振有词，都一副副"依法办事"的面孔。这便是中央电视台某晚一栏节目的内容。节目主持人最后评论道："这本来是不该发生的事……"却没有进一步分析为什么"不该发生的故事"居然发生了——分明是时间的原因。

我已久不写此类文章了。我也久不动气了。然而我当时又一次感到气愤，竟至于坐立不安，一边来回踱步一边看电视。我至少十次劝自己打消写这篇文章的念头，但是我不写就如鲠在喉啊！胸膛发堵啊！联想以前从电视中看到的诸事，气愤由是强烈。我恨不得在这篇文章里骂娘。但骂娘总是不文明的。那就忍住不骂了吧！然而我替农民马随意抱不平。

让我先来质问那些镇里的官：凭什么你们拟定了只能表彰五人，就一定得按你们的"既定方针"办，多一个马随意就当然不行？难道他救起来的就不是两条人命？难道你们不是在做要使见义勇为之精神发扬光大的事，而是在赐给什么享受终生特殊待遇的"高级职称"？难道是在增补镇领导班子成员？难道多一个马随意反而将肯定地不利于见义勇为之精神的发扬光大吗？不就是再多颁发一份荣誉证书，再补给马随意三百元钱吗？那不就是你们一顿公饭的钱吗？兴许你们一顿公饭排场起来还远远不止三百元。何况马随意还只要证书也就是只要一种你们的承认不要钱！就凭他此前已救过二三十人这一点，即使那一次并没赶上也用他的方式救了两条人命，一并予以表彰应该不应该？表彰了他是不是比将他摈除在名单以外更有利于见义勇为之精神的群众教育？难道不是连群众都认为他实在很配受到表彰吗？

凭什么你们一旦拟定了只有“跃入水中营救”才是表彰前提，用别的方法营救就“不算数”了呢？这是什么逻辑？这是从什么混账的头脑里产生出来的鬼名堂？！以此表彰“原则”进行群众性的见义勇为之精神的教育，可笑不可笑？荒唐不荒唐？自以为是不自以为是？见义勇为断不该是一种过程的表演而最终乃是为了营救性命不是吗？为了倡导此精神以任何方式营救不都是可赞的吗？在来得及的情况之下充分利用器物而且事实上也达到了救命目的（马随意是站在船头用渔网网起两个落水者的）不正是可予以表彰的吗？难道营救落井之人垂索以援其“义”便打了折扣？难道营救火海中人倘靠了云梯由窗口接应便不够“勇为”？

如果事实上连跃入水中救起二人者，排不上表彰名单的也还多多，那么马随意被摈除在名单之外自然毫不奇怪。

但这样的人不是算上马随意总共才六名吗？

如果预先不了解马随意二十余年间已救起过二三十人，那么马随意前去请求补发给自己一份证书时，对其稍加一点调查了解是不难的吧？派个办事员到他村里去打听打听不就清楚了吗？

如果事情这样去做：了解之后，鉴于马随意二十余年间救起过二三十人的一贯事迹；鉴于他在“那一次”毕竟也救起了二人这一事实，派个人再到村上去补发给他一份证书，不是更加证明自己倡导见义勇为的真诚吗？不是很给自己的干部形象添分吗？

然而竟不。

为什么？

还不是官本位的思想在头脑中作祟？

我们拟定了五人就五人！

我们说了“只有跃入水中”营救才配表彰，那就是金口玉言的“圣旨”！

但我倒要再问了：倘马随意本人即你们镇干部中的一位，或与什么高高在你们之上的大干部有着亲密的关系，他还会落到既救了人又遭讥笑的尴尬之境吗？

但我倒要问了：倘有一位比你们大的官，哪怕官职比你们只高半级，哪怕是以商量的态度向你们建议——对于这个马随意，还是给以表彰的好，你们仍会固执己见吗？

但我倒要再问了：你们主持的若是别的大会，若有一位高于你们的干部该在名单上而没被宣报其名，该被请上台而竟被冷落台下，并且陷于了大的窘况，你们将会如何？再三再四地检讨赔礼道歉唯恐不及吧？

而一个普通农民，伤了他的自尊又怎样？哼！这是否便是你们的心理？我们是镇里的官，既然我们已经定了大会只表彰五人，改成六人也不是不行——但要看谁要求我们改，为什么人改——马随意，一个普通的农民，拉他的倒吧！谁管他以前救过多少人！

我们是镇里的官，既然我们已经“统一了意见”了——“跃入水中营救的才算数”，那也要看为谁修正这一前提——马随意，一个普通的农民，他有什么资格！那我们官的话还有斤两吗？那我们定了的“原则”还是“原则”吗？谁管他表彰会上出丑没出丑！

这难道不是你们冰冷的理念吗？表面上看，马随意败诉了，但你们就因而光彩了吗？工作方法被裁决在“并不犯法”的界限，如此之低的水平有什么光彩的？

我还要质问一审二审法院：法律上没有条文可依，法律之外是否还有情理？法官都是只懂法理不懂情理之人吗？法庭是那种只讲法理根本无视情理的地方吗？

果而如此，法律上还制定了庭上调解庭外调解两条干什么？我很奇怪两级法院为什么在此事上都不进行调解？站在情理的正确立场上，切身想象一下一个救过那么多人的农民的感受，劝镇里的干部们做得像点儿干部的样子——这么调解是否竟有损了法律的严正呢？当然，这就需要将一个农民和一些镇干部，看成同样有尊严同样在乎面子的人……却分明地没有这样做。于是——一个一向以救人为天经地义之事，一向救人并不图名图利，并且在最直接的一次落水事件中救起了两个人，并且在自尊心受了严重伤害的情况之下一如既往地还救起过人的——普普通通的农民，被中国的两级法院宣判——他仅想讨回一点点自尊心的要求，是法律不予支持的！而这一切竟是由倡导见义勇为的一次表彰大会引发的！是否太具讽刺意味了？是否太黑色幽默了？而我不禁联想到另外一些事，都是从电视里看到的真实的事：交通警察以维护交通规则为由，阻拦一辆马车的通行，不顾车上躺着呻吟不止的孕妇，结果造成人命死亡……门卫以正在执勤站岗为由，对发生在面前的光天化日之下的强奸暴行熟视无睹……传达室工作人员以“内部电话不外借”的“规定”为由，拒绝危难者的哀求……港口官员同样以“上边有规定，先交钱后出船”为由，面对跪于眼前的渔民家属们冷若冰霜，结果渔民们只有在风暴中葬身大海……

医院为了实行救死扶伤，在从血站取不到血浆的紧急情况之下，向武警部队求援，抽取四十余名武警战士的鲜血使孕妇母子的生命得以双全，却要受通报处分，因为违反了有关方面的规定……

什么规则、规章、规定，难道不都是人定的而是“上帝”定的吗？难道不是人为了人才定的吗？但在某些中国人那儿，尤其在某些中国的大官小官那儿，却仅仅成了“权”意识的一部分，成了冰冷的东西。

冰冷到什么程度？——冰冷到仿佛高束于人性和人道原则之上的东西！

有时甚至连绿豆粒大的几个官甚或仅仅一个官的一句话，也似乎足以具有“铁律”的意味。在它面前，某些事变得极为荒唐了。在它面前，情理常被颠倒了。在它面前，普通人蒙受了天大的委屈而无处可诉。在它面前，有时连人命也仿佛不算什么了！

这些中国人，这些官们，多像俄国作家笔下沙皇时代那些丑陋而又愚蠢的冷酷的人物和握权小吏！

我们什么时候可以使他们明白？——在这个世界上，不该有什么另外的东西是高于人道和人性原则之上的；为了使人道和人性原则居于神圣，现存的一切规则、规章、规定，其实都是完全可以也完全应该灵活的事情……

或许，我不值得又激动起来？

两种人

这里说的两种人是少数人，却又几乎是我们每一个人。

前一种人，一言以蔽之，是一心想要“怎么样”的人。“怎么样”在此处表意为动词。好比双方摩拳擦掌就要争凶斗狠，一方还不停地叫号：“你能把我（或老子）怎么样？！”——我们常见的这一情形。

后一种人，是不打算“怎么样”的人。相对于前者，每每显得动力不足。还以上边的情形为例，即使对方指额戳颐，反应也不激烈，或许还往后退，且声明——“我可没想把你怎么样”。

这时便有第三种人出现，推促后一种人，并怂恿：“上！怕什么？别装熊啊！”

而后一种人，反应仍不激烈。他并不怯懦，只不过“懒得”。“懒得”是形容“不作为”的状态，或曰“无为”。“无为”也许是审时度势、韬光养晦的策略；也许干脆就是一种看透，于是不争。不争在这一种人心思里，体现为不进不取。别人尽可以认为他意志消沉了，丧失活力了；其实，也可能是他形成一种与进取相反的人生观了。

20 世纪 80 年代，作家谌容大姐曾发表过一篇影响很大的中篇小说《懒得离婚》。

离婚无论对于男人还是女人，那是何等来劲儿之事。即使当事人并不来劲儿，那也总还是十分要劲儿的事。本该来劲儿也往往特要劲儿的事，却也“懒得”了，足见是看得较透了。谌容大姐小说中的主人公，不是由于顾虑什么才懒得离婚，而是因为人生观的原因才懒得离婚。“离了又怎么样呢？”——主人公的朋友回答不了她这一个问题，恐怕所有的别人也都是回答不了的。而她自己，看不到离婚或不离婚于她有什么区别。或进一步说，那区别并不足以令她激动，亦不能又点燃她内心里的一支什么希望之光、欲念之烛。于是她对“离婚”这一件事宁可放弃主动作为，取一种无为的顺其自然的态度。

是的，我认为，一心想要“怎么样”的人，和不打算“怎么样”的人，在我们的周围都是随处可见的。相比而言，前者多一些，后者少一些。前者中，年轻人多一些；后者中，老年人多一些。基本规律如此，却也不乏反规律的现象——某些老者的一生，始终是想要“怎么样”的一生。“怎么样”对应的是目的，或目标。只要一息尚存，那目的，那目标，便几乎是唯一所见。相比于此，别的事往往不在眼里，于是也不在心里。而某些年轻人却想得也开看得也开，宠辱不惊，随遇而安，于是活得超然。年轻而又活得超然的人是少的。少往往也属“另类”。

一心想要“怎么样”，发誓非“怎么样”了而决不罢休，是谓执着。当然也可能是偏执。人和目的、目标的关系太偏执了，就很容易迷失了自我。目的也罢，目标也罢，对于一个偏执的迷失了自我的人，其实不是近了，而是远了。

从来不打算“怎么样”的人，倘还是人生观使然，那么这样的人常是令我们刮目相看的。以下一则外国的小品文，诠释的正是令我们刮目相看之人的人生观：

他正在湖畔垂钓，他的朋友来劝他，认为他不应终日虚度光阴，而要抖擞起人生的精神，大有作为。

他问："那我该做什么呢？"

他的朋友指点迷津，建议他做这个，做那个，都是有出息，成功了便可高人一等令人羡慕的事。

可这人很难开窍，还问："为什么呢？"

朋友就耐心地告诉他，那样他的人生就会变得怎么怎么样，比现在好一百倍了……

他却说："我现在面对水光山色，心无杂欲，欣赏着美景，呼吸着沁我肺腑的优质空气，得以摆脱许多烦恼之事，已觉很好了啊！"

这一种恬淡的人生观未尝不可取，但这一则小品本身难以令人信服，因为它缺少一个前提，即不打算怎么样的人，必得有不打算怎么样的资格。那资格便是一个人不和自己的人生较劲儿似的一定要怎么怎么样，他以及他一家人的生活起码是过得下去的，而且在起码的水平上是可持续的，比较稳定的。白天有三顿饭吃，晚上有个地方睡觉，这自然是起码过得下去的生活，却不是当代人的，而接近着是原始人的。

对于生活水平很原始而又不生活在原始部落的人，老庄哲学是不起作用的，任何宗教劝慰也都是不起作用的。何况只有极少数人是在这个世界上赤条条来去无牵挂的人，绝大多数人是家庭一员，于是不仅对自己，对家庭也负着份摆脱不了的责任。光是那一种责任，往往便使他们非得怎么怎么样不可。想要不怎么怎么样而根本不能够的人，是令人心疼的。比如芳汀之卖淫，许三观之卖血。又比如今天之农民矿工，大抵是为了一份沉重的家庭责任才充牛当马的。而大学学子毕业了，一脚迈出校门非得尽快找到一份工作，乃因倘不，人生便没了着落，反哺家庭的意愿便无从谈起……

一个一心想要怎么怎么样的人，倘他的目的或目标是和改变别人甚至千万人的苦难命运的动机紧密连在一起的，那么他们的执着便有了崇高性。比如甘地，比如林肯，比如中国的抗日英雄们，即使壮志未酬身先死，他们的执着，那也还是会受到后人应有的尊敬的。

另有某些一心想要怎么怎么样的人，他们之目的、目标和动机，纯粹是为了要实现个人的虚荣心。虚荣心人皆有之，膨胀而专执一念，就成了狼子野心。野心最初大抵是隐目的，隐目标，隐动机，是不可告人的，需尽量掩盖的，唯恐被别人看穿的。一旦被别人看穿，是会恼羞成怒怀恨在心的。这样的人是相当可怕的。比如他正处心积虑，一心想要怎么怎么样，偏偏有人多此一举地劝他何必非要怎么怎么样，最终怎么怎么样了又如何——那么简直等于引火烧身了。因为既劝，就意味着看穿了他。他那么善于掩盖却被看穿了，由而恨生。可悲的是相劝者往往被恨着了自己还浑然不知。因为觉得自己是出于善意，不至于被恨。

我曾认识过这么一个人，五十余岁，官至局级。按说，对于草根阶层出身的人，一无背景，二无靠山，是应该聊以自慰的了。也就是说，有可以不再非要怎么怎么样的资格了。但他却升官的欲望更炽，早就不错眼珠地盯着一把副部级的交椅了，而且自认为非他莫属了。于是呢，加紧表现。每会必到，每到必大发其言，激昂慷慨，专挑上司爱听的话说，说得又是那么肉麻，每令同僚大皱其眉，逐渐集体地心生鄙夷。机会就在眼前，那时的他，其野心已顾不得继续加以隐，暴露无遗也。以往的隐，乃是为了有朝一日蓄势而发。此野心之规律。他认为他到了不该再隐，而需一鼓作气的时候了。

然而最终他还是没坐上那一把副部级的交椅，被一位才四十几岁的同僚坐上了。这一下他急眼了，一心想要怎么怎么样，几乎就要怎么怎么样了，却偏偏没能怎么怎么样，他根本无法接受这样的现实，觉得自己的人生太失败了。于是四处投书，申诉自己最具有担任副部级领导的才干，诋毁对方如何如何不够资格，指责组织部门如何如何有眼无珠，一时间搞得自己和他人的关系横向竖向都很紧张。

他毕竟也有几个朋友，朋友们眼见他走火入魔似的，都不忍袖手旁观，一致决定分头劝劝他。现而今，像他这样的人居然还能有几个对他那么负责的朋友，本该是他谢天谢地的事。然而他却以怨报德，认为朋友们是在合起伙来，阻挠他实现人生的最后一个大目标。一位朋友问："你就是当上了'副部'又怎么样啊？"他以结死扣地说："那太不一样了！"又一个朋友苦口婆心地规劝："你千万不要再那么没完没了地闹腾下去了！"他却越发固执："不闹腾我不就这么样了吗？"朋友不解："这么样又怎么了啊！"他说出一番自己的感受："如果我早就甘心这么样了，以前我又何必时时处处那么样？我付出了，要有所得！否则就痛苦……"

仅仅是不听劝，还则罢了，他还做出了令朋友们寒心而又恐惧的事。现而今，谁对现实还没有点儿意见？相劝之间，话题一宽，有的朋友口无遮掩，难免说了些对上级或对现实不满的话，就被他偷偷录下音来了，接着写成了汇报材料，借以证明自己政治上的忠诚。结果，他的朋友们麻烦就来了。一来，可就是不小的麻烦。某些对现实的牢骚、不满和讽刺，今天由老百姓的口中说出，已不至于引起严厉的追究。但由官场之人的口中说出，铁定是政治性质的问题无疑。于是他那几位朋友，有的写检讨，有的受处分，有的被降了职，有的还失去了工作，被划为"多余者"而"挂起来"了。一时间风声鹤唳，人人自危。

人无完人，那一个四十几岁刚当上副部级干部的人，自然也不是完人。婚外恋，一夜情，确乎是有过的。不知怎么，被他暗中调查了解了个一清二楚。于是写一封揭发信，寄给了纪委……对方终于被他从副部级的交椅上搞倒了，但他自己却依然没能坐上去。

对他的“忠诚”，组织部门是没有评论的。但对他的品格，则拿不大准了。现而今，组织部门提拔干部，除了“忠诚”，也开始重视品格了。

他这一位五十几岁的局长，一心还想要怎么怎么样，到头来非但没能怎么怎么样，反而众叛亲离，人人避之唯恐不及，将自己的人生弄得很不怎么样了……

不久他患了癌症。除了家人，没谁曾去看他。他自知来日无多，某日强撑着，亲笔给上级领导写了最后一封信，重申自己的政治忠诚。字里行间，失落多多。最后提出要求，希望组织念他虽无功劳，还有苦劳，在追悼词中加添一句——“生前曾是副部级干部提拔对象”。

领导阅信后，苦笑而已。征求其家属开追悼会的方式，家属已深感他人际的毁败，表示后事无须单位张罗了……

一个人一心想要怎么怎么样到了如此这般的地步，依我看来，别人就根本不要相劝了，只将这样的一个人当成反面教材就行了。

某次，有学子问我孔孟之道和老庄哲学的不同，我寻思有顷，作如下回答：

孔孟之道，论及人生观的方面，总体而言，无非是要教人怎么怎么样而又合情合理地对待人生，大抵是相对于青年人和中年人来说的，是引导人去争取和实现的说教。故青年人和中年人，读一点儿孔孟对修养是有益的。而老庄哲学，却主要是教人不怎么怎么样而又合情合理地“放下”和摆脱的哲学，是老年人们更容易接受和理解的哲学。

孔子曰："六十而耳顺，七十而从心所欲，不逾矩。"除此而外，几乎没有再讲过老年人该怎么对待人生的问题。他到了老年，也还是主张"克己复礼"，足见自己便是一个非怎么怎么样而不可的人。对于一位老人，"克己复礼"的活法是与"从心所欲"的活法自相矛盾的。孔子到了老年也还是活得很放不下，但是像他那么睿智的一位老人，嘴上虽放不下，内心里却是悟得透的。一生都在诲人不倦地教人怎么怎么样，悟透了也不能说的。由自己口中说出了老庄哲学的意思，岂不是等于自我否定自我颠覆了吗？故仅留下了那么短短的两句话，点到为止。

我们由此可以推测，"耳顺"以后的孔子，头脑里肯定也是会每每生出虚无的思想来的。普天下的老人有共性，孔子孟子也不例外。他们二位的导师是岁数。岁数一到，对人生的态度，自然就会发生变化。所幸现在流传下来的，主要是他们二位针对青年人和中年人而言的人生观。因为他们的学生都是青年人和中年人。如果他们终日所面对的皆是老年人，那么就会有他们关于老年人的许多思想也流传下来。果而如此，后来老子和庄子的思想角色，大约也就由他们一揽子充当了。

正由于情况不是那样，老子也罢，庄子也罢，才得以也成为古代思想家。老庄的思想，是告诉人们不怎么怎么样也合乎人生和人性道理的思想。比如在庄子那儿，人和"礼"的关系显然是值得商榷的，"礼"随人性，自然才更符合他的思想。而在老子那儿，则又可能变成这么一个问题——人本天地间一生灵，天不加我于"礼"，地不迫我于"礼"，别人凭什么用"礼"来烦我？他们的"礼"，是他们的社会关系的需要。我自由于那社会关系之外，那"礼"于我何干？

庄子的哲学思想智慧，充满了形而上的思辨，乃是一种相当纯粹的思辨，实用性是较少的，具有少年思想家的特点，浪漫而又质疑多多。

孔孟之道，无论言说社会还是言说人生，都是很现实的。大多数青年人和中年人，不可能不重视人和现实的关系。故孔孟之道在从前的中国成为青年人和中年人的人生教科书实属必然。

老子的思想是“中年后”的思想，古今中外，大多数人到了中年以后，头脑里都会自然而然地生出自己只不过是世上匆匆一过客的思想。老子将人这一种自然而然的思想予以归纳总结，使之在思想逻辑上合情合理了。

“白发渔樵江渚上，惯看秋月春风。一壶浊酒喜相逢，古今多少事，都在笑谈中。”白发渔樵也许从没听说过老子，但与老子在思想上有相通处。何以然？人类的天生悟性使然。

一个人到了中年以后，倘又衣食无忧，却还是一门心思地非要将自己的人生提升到怎么怎么样的程度不可的话，这样的人，其人生的悟性，连白发渔樵也不如了。若说孔孟之道有毒害人心的负面作用，这样的人便是一例了。即使他从没读过什么孔孟的书，那也是一例。因为其毒几千年来遗传在国家的意识形态中，成了一种思想环境——官本位。

孔孟作为思想家都很伟大，但是当今之中国人一定要清楚——他们是伟大的封建时代的思想家……

山的根

“真死了？”

“千真万确！那天死的，昨天入土了，就埋在他那破房子后边……”

“好，好，太好了……”

“是啊是啊，该怎么进行，就可以怎么进行了。我大老远的，亲自跑来告诉……”

“放心，你那成股不变，我得立刻把情况汇报给公司的头儿，他正急呢，听了肯定高兴。你别忙走，我请你吃午饭！……”说话的是位村长和省城一家文化产品公司的项目经理……

“他是个好人。”

“当然。”

“就是太轴，不开窍。”

“可不，越老越轴了。”

“不管谁，都得跟上时代。非与时代别着股劲儿，那能有好结果？”

“他的姓也不好。哪有姓那么古怪的姓的？也许是他命里注定。”

“他死了，事情该好办了吧？”

“好办了好办了，听村长说，明天就组织咱们上山！”说话的，是壁前村的些个村民。

他们说了一阵话，便都望着大山出神，一个个若有所思。那山就在他们眼前，几乎可以用近在咫尺来形容。说那是山自然没错，其实是一面巨大的山壁，六七百米高，宽约一里。铜色的岩石层层叠叠垒成了那壁，近看才能看出凸凹来，远看极平，如铜镜。大自然的鬼斧神工，由这山壁体现得令人惊叹，令人讶异得感到震撼。山泉一年四季贴着壁面往下淌，在壁底形成一处潭；溢出后，从一堆堆乱石中穿流而过，聚为溪，奔往远处的河。村人们皆饮用那潭或溪的水。离水最近的人家，不买水缸，随时用盆去舀用桶去拎。

但这山却没名。山也罢，水也罢，其名都是人起的，或由传说得来的。关于这山，并无什么传说。而从前的村人，皆没文化，偏又认为给一座山起名当然最该是有文化的人或当官的人才有资格的事，所以一直等着他们来给起个好名。左等也不见位有文化的人来，右等也不见位当官的人来，便一直没名。没名村人们也不觉得多么遗憾，渐渐地也就习惯于家住一座无名的山下了。他们自己都将这山叫作“咱们那山”。互相发誓，每说“咱们那山做证”，或“让咱们那山掉下块石头砸死我！”

斯时已是黄昏，夕阳血红，斜悬巨壁上方，铜色的淌水不止的壁体，经夕阳的余晖映照，仿佛也透出红色了……

被议论的死者，村人们称他行阿公，前天死在自己低矮潮湿的破木板房里。伏在桌上死的，地上碎着酒瓶。县里的法医说，是由于饮酒过量，脑血管突然破裂。有了法医的这一结论，村长动员几个人，当天匆匆将他埋了。他是一辈子没结过婚的人，无儿无女无亲无戚，连个为他戴孝的人也没有。

五十三年前，一位地质专家从省城被发配到这个村来接受改造，跟着个相依为命的丑少年。押送者交代村党支部——那专家是个有真才实学的人物，对国家还是有用的，改造对他是短时期的，万不可随便把他给折腾死了。而那少年并非他的亲子，只不过是他在兵荒马乱的抗日年代收养的一个孤儿……

专家姓“子车”，他叫那少年“行”。村人们从没听说过那么古怪的姓名，都叫专家“车先生”，叫少年“小车”。村人们确实没折腾“车先生”，对“小车”也挺有人性的。义父子二人和村人们一样出工，享受一样的记分对待。当年少男少女参加集体劳动是很普遍的事，但只能记半分，大人们都叫他们“半拉子”。

那时，山顶生长着二三百株大树，不少是活了几百近千年的古树。第二年，县里来了一大队人马，要将山顶的树一股脑伐倒。有位炼钢方面的专家也登上了山顶，据他说，用那些古树破成的木柴方能烧成一等的炭，而用一等的炭方能炼出上等的钢。“车先生”自然也跟到了山上，他不但自己拒伐，竟还敢阻止别人。他说山体是“泥抱石”构成的，巨壁不塌，全靠二三百株古树的根深扎地下，在“泥抱石”之间又形成了“根抱石”……

炼钢方面的专家呵斥他——什么“泥抱石”“根抱石”的，我看你是白接受改造了！

于是两个在山上辩论起来。

炼钢方面的专家恼羞成怒，扇了“车先生”一耳光，命几个人将他拖下了山顶……

只几天工夫，山顶被伐秃了。

又几天工夫，大树全被运走了。

而“车先生”短时期的思想改造，变成遥遥无期的事了。分明，他被当初发配他的人彻底抛弃了。村人们也不称他“车先生”了，而叫他“老车”了……

“小车”当年问“老车”：“父亲，你为什么非阻止呢？”

“老车”叹道：“良心使我那么做，我拿自己有什么办法啊！”

1975 年，“老车”病故。

弥留之际，他对义子说：“这村里的人从没难为过咱们父子，应报答。如果你以后有可能，替这个村的人将山顶植上树吧！……”

至 80 年代，每有县里省里的人到此地开现场会，批“左”。每一拨人都必向“子车先生”的坟敬献花圈。村人们也直到那时才明白，“子车”的确是一个姓。“车先生”也罢，“老车”“小车”也罢，都是不正确的叫法。于是，“小车”渐渐被村人们改口叫作“老行”了。因为他们对他的姓仍觉别扭，也因为他长得老。

两年后，批“左”之风过去了。

到 90 年代后期，“老行”承包了那座山，开始终日在山上植树。他是靠贷款从外地买来树苗的。那时他已是远近闻名的石匠了，靠干石匠活挣的钱还贷。

村人们不解：把辛辛苦苦挣来的钱都变成了树苗，树苗什么时候又能再变成钱呢？那时候究竟能不能值更多的钱谁估计得到呢？不知他怎么算的账！……

三四年后，满山顶又有小树成林了，一棵棵生机勃勃地长在老树根和老树根的间隙。镇里将他树立为植树造林的模范了，县里的领导每陪同市里的省里的领导来视察，哪一次都与他合影。

村人们恍然大悟：想不到“老行”是用钱来买名！一个生活在农村的人，而且还长得那么丑，非图虚名干啥呢！他难免地遭到过讥讽和嘲笑，倒也不生气，还不解释，一如既往，干几个月石匠活，再侍弄几个月的树，之后又干几个月石匠活……

新世纪初的几年，全县大搞旅游开发，满山顶才长到碗口粗的树又统统被砍光了。“老行”差点儿跟砍树的人们拼命，县里就派公安来对付他。公安的干部这么劝他：树虽是你栽的，但山可是国家的！你损失了多少钱，政府补给你就是了嘛。你要是非干扰政府的大政方针，那我们就只得把你铐走……

胳膊拧不过大腿，“老行”那次妥协了。

“嗽，无事生非。自以为很行，闹到末了不行了吧！”

结果他又成了被讥嘲的对象。

旅游开发商雇村人将山顶清理了一番，挖出些横沟竖沟，浇筑出水泥道道，使山顶看去像棋盘了。并将些大树根的锯面刨光、喷漆、打蜡，写上“车”“马”“炮”“将”“相”“士”等字，命名曰“天下第一棋局”。四处宣传，说是要申请“世界文化遗产”以及“吉尼斯纪录”。

那一年内，此地着实热闹。村人们也确乎沾了些光——有的人家靠摆小摊，还是赚了点儿钱的。好景不长，一年后热闹过去，归于寂寥。“世遗”未申成功，“世吉”的愿望也等于“剃头匠的挑子一头热”。

再后来，村里的年轻人们纷纷四处打工去了，这村和全国其他村一样，只剩老人孩子和狗。而他，也成了村里老人中的一个。山的承包权仍归在他名下，他又想植树了，却因为老了，贷不出款来。都怕他哪天猝死，结果贷款成了死账。但他还能干得动石匠活，就还不死心。用干石匠活挣的钱，十几株十几株，甚至几株几株地买树苗，几株几株地上山去栽。

村人们不讥嘲他，开始可怜他了；像可怜一个老糊涂了的人。是啊，如果不是老糊涂了，那他究竟还图的什么呢？

然而他孤独的，与世无争的，清心寡欲的，使人可怜令人费解的活法，又被破坏了。

某日村长来找他，希望他同意别人将山上的树根全挖走，说省城有家公司能用那些老树根做根雕、茶案、太师椅什么的。说每挖走一个根，给他五百元。

村长说："行阿公你想想，满山顶那么多树根，你一点头那就十几万到手了呀！以后可以吃香的喝辣的，好好享几年福了！"

是的，他更老了，老得让晚辈人只得称他阿公了。而村长，也已换了几位了。

他不点头。

他跟村长说义父临终时嘱咐他的话。村长说："你的报答之心我代表全村领情了。可山会怎么样，什么泥抱石、根抱石的，都不用你管了行不行？"行阿公说："那不行。我不同意。"全村人便都认为他糊涂得不可救药了。镇长也亲自出马找他谈，还跟了一位县里的干部。五百元一个老树根的价，也一口口加到了六百元七百元八百元！可他却根本不与他们谈了。如今农民们的承包权利比较受重视了，他不同意，没人奈何得了他。那些日子里，有的村人开始背地里诅咒他了。因为他若同意，村人们可以受雇上山，每天一百元，比青壮年到外地打工还挣得多。

有天他从石工场回村的路上，被几个人蒙头暴打了一顿，伤得不轻，隔日下不了床了。有人给他介绍了个女人，说是哪村哪村的，愿意受雇来照顾他。说那女人家里生活挺难的，给人家一次挣几个钱的机会，那不也等于是善良之举吗？他当时的确需要有人照顾，自然爽快地答应了。

不久那女人闹得全村人人皆知——她说他对她起歹念，某晚企图强奸她，扬言要告他，村长出面将事压下了。村长问他："这是村里对你的又一恩德，你考虑考虑该怎么报答吧！”

他养好伤后，足不出户了。

现在，不论对于哪一方面，他的死都是及时之死，都是好事了。尽管村人们普遍认为，终其一生，他是可以用“好人”两个字来评价的。却同时认为，有的时候，好人之死那也是好事……

接下来的几天，全村能干力气活的人都受雇上山了。省城那家公司发给的工具极先进，但对付那些百千年的老根、古根，却还是不顶事儿。最终，只得用炸药。

那些天里，公司有文化的人们，从左边看从右边看的，你一言我一语的，都说那山的巨壁有一部分像刑天。公司老总高兴得合不上嘴，说咱们就给它正式命名叫“刑天山”吧！一步步把它给全面开发了，这可是个大项目！

村人们也都跟着高兴，因为家门口的山终于有了名，更因为靠山吃山这句话应验了。某夜，惊雷阵阵，闪电裂空，大雨滂沱。天将明未明之时，巨壁骤塌，“刑天”“行走”了，滚得最远的大石滚到了几里地外。那村随之消失……

咪妮与巴特

我家所住的院子，临街有一处很大的门洞，终年被两扇对开的铁栅栏门封着。左边那一扇大门上，另有小门供人出入。但不论出者入者，须上下十来级台阶。小门旁，从早到晚有一名保安值勤，看去还是个半大孩子，一脸稚气未褪。

我第一次见到咪妮，是在去年夏天的一个中午；它“岿然不动”地蹲在小保安脚边，沐浴着阳光，漂亮得如同工艺品。它的脸是白色的；自额、眼以上，黄白相间的条纹布满全身；尾巴从后向前盘着，环住爪。看去只有两三个月大。一点儿也不怕人，显得挺孤傲的，大睁着一双仿佛永远宠辱不惊的眼，居高临下地、平静地望着街景。猫的平静，那才叫平静呢。

我问小保安：“你养的？”他说：“我哪儿有心思养啊，是只小野猫。”从楼里出来了一个背书包的女孩儿，她高兴地叫了声“咪妮！”——旋即俯身爱抚，边说：“咪妮呀，好几天没见到你了。昨天夜里下那么大雨，你躲在哪儿啊？没挨淋吧？”小野猫仍一动不动，只眯了眯眼，表示它对人的爱抚其实蛮享受的。

那女孩儿我熟识，她家和我家住同一楼层，上五年级了。我问：“你给它起的名字？”她“嗯”一声，从书包里取出小塑料袋，内装着些猫粮；

接着将猫粮倒在咪妮跟前，看它斯文地吃。我又问：“既然这么喜欢，干吗不抱回家养着啊？”她的表情顿时变得失意了，小声说：“妈妈不许，怕影响我学习。”“多漂亮的小猫呀，模样太可爱了！”——不经意间，有位女士也站住在台阶前了。我和她也是认识的，她是某出版社的一位退休编辑，家住另一条街，常到这条街来买东西。女孩儿立刻说：“阿姨，那您把它抱回家养着吧！”

连小保安也忍不住说：“您要是把它抱回家养着，我替它给您鞠一躬！这小猫可有良心了，谁喂过它一次，一叫，它就会过去。”

退休的女编辑为难地说：“可我家已经有一只了呀，而且也是捡的小野猫。”

于是他们三个的目光一齐望向我，我亦为难地说：“几个月前，我家也收养了一只小野猫。”

于是我们四个的目光一齐望向咪妮，它吃饱了，又蹲在小保安脚边，不动声色，神态超然地继续望街景。给我的感觉是，作为一只猫，它似乎懂得自己应该是有尊严的。只要自己时时刻刻不失尊严，那么它和人的关系就接近着平等了。确乎的，它一点儿都不自卑，因为它没被抛弃过……

而和它相比，巴特分明是极其自卑的。

巴特是一条流浪街头的小狐犬，一岁多一点儿。小狐犬是长不了太大的，它的体重估计也就七八斤，一只大公鸡也能长到那么重。它的双耳其实比狐耳大，却不如狐耳那么尖那么秀气；全身都是白色的，只有鼻子是褐色的。小狐犬的样子介于狐和犬之间，说不上是一种漂亮的狗。它招人喜欢的方面是它的聪明，它的善解人意。

我第一次见到它，是在离我们这个社区不太远的一条马路的天桥上。我过天桥时，它在天桥上窜来窜去，一忽儿从这一端奔下去，一忽儿从那一端奔上来，眼中充满慌恐，偶尔发出令人心疼的哀鸣。奔得精疲力竭了，才终于在天桥上卧下，浑身发抖地望着我和另一个男人；我俩已驻足看它多时了。那男人告诉我——他亲眼所见，一个女人也就是它的主人，趁它在前边撒欢儿，坐入一辆小汽车溜了……

尽管我对它心生怜悯，但一想到家里已经养着一只小野猫了，遂打消了要将它抱回家去的闪念。我试图抚摸抚摸它，那起码足以平复一下它的慌恐心理，不料刚接近一步，它迅速站起，跑下了天桥……

从那一天起，它成了附近街上的流浪狗。有一个雨天，我撑伞去邮局寄信，又见到了它。它当时的情况太糟了，瘦得皮包骨，腹部完全凹下去，分明多日没吃过什么了。白色的毛快变成灰色的毛了，左肩胛还沾着一片泥巴，我猜或是被自行车轮撞了一下，或是被什么人踢了一脚。它摇摇晃晃地过街，不顾泥不顾水的。邮局对面有家包子铺，几名民工在塑料棚下吃包子，它分明想到棚下去寻找点儿吃的。如果不是饿极了，小狐犬断不会向陌生人聚拢的地方凑去的。然而它连走到那里的气力也没有了，四腿一软，倒在水洼中。

我赶紧上前将它抱起，否则它会被过往车辆轧死。在我怀里，那小狗的身子抖个不停，比我在天桥上见到它那次抖得还剧烈。但凡有一点儿挣动之力，它是绝不会允许我抱它的。它眼中满是绝望。我去棚下买了一屉小包子给它吃——有我在眼前看着，它竟不敢吃。我将它放在一处安全的、不湿的地方，将装包子的塑料袋摊开在它嘴边，它却将头一偏。

一名民工朝我喊："嘿，你守在那儿，它是不会吃的！"我起身离开数步，回头再看，它才狼吞虎咽地吃起来……以后，只要我在街上看见它，总是要买点儿什么东西喂它。渐渐地，它对我比较地信任了。有次吃完，跟着我走，一直将我送到我们那个院子的台阶前。"巴特"是我对它的叫法，我小时候养过一只狗就叫“巴特”。

某日，我在台阶上喂咪妮，巴特出现了。它蹿上台阶，与咪妮争食猫粮，咪妮吓得躲开。我说：“巴特，不许抢，一块儿吃。你看，有很多。够你吃的！”我的声音严厉了点儿，它居然退开，尽管很不情愿。并发出极低微的喉音，像小孩子委屈时的呢哝，扭头看我，眼神很困惑。当我将咪妮抱过来放在猫粮旁，巴特的头转向了一旁。那一时刻，这无家可归的可怜的流浪狗，表现出了一种令我肃然起敬的良好的教养，一种对于一条饥饿的小狗来说实在难能可贵的绅士风度。

多好的小狗啊！我不禁想，这么听话这么乖的一条小狗，它的主人怎么就忍心将它抛弃了呢？我抚摸了它一下，又用温柔的语调说：“不是不允许你吃，是希望你谦让点儿。吃吧吃吧，你也吃吧！”它这才又将嘴巴伸向了猫粮。两个小家伙吃饱以后，并没马上分开，而是互相端详，试探地接近对方。当彼此都接受了，咪妮卧在小保安脚边，一下一下舔自己的毛。巴特却不安分，绕着咪妮转，不停地嗅它，还不时用头拱它一下。而咪妮并不想和巴特闹，不理睬巴特的挑逗，闭上了眼睛。巴特倒也识趣，停止骚扰，也在咪妮身旁卧下。不一会儿，两个小家伙都睡着了，咪妮将下颏搁在巴特背上，睡相尤其可爱。

小保安苦笑道：“看，我好像成了专在这儿保护它俩的人了！”

傍晚，我碰到了那个经常喂咪妮的女孩儿，她在门洞里玩滑板。她停住滑板，问我：“伯伯，你猜它俩躲到哪儿去了？”我反问：“谁俩呀？”她说：“咪妮和巴特呀，保安叔叔告诉我，你叫那条小流浪狗巴特，我喜欢你给它起的名字。”我说：“我也喜欢你给那只小野猫起的名字。”“你猜它俩躲哪儿去了？”我摇头。“我知道，您想不想去看？”我犹豫一下，点了点头。

在我们那个院子最里边，有一处休闲之地。草坪上，曲折地架起尺许高的木板踏道。在两段木板的转角，女孩儿蹲了下去。她说："它俩在木板底下呢。"仅仅蹲着并不能看到木板底下。女孩儿又说："您得学我这样。"我便学她那样，将头偏向一旁，并低垂下去，于是看到——咪妮和巴特，正在一块纸板上嬉闹。女孩儿说："纸板是我为它俩放在那儿的。"两个小家伙发现我和女孩儿在看它们，停止嬉闹，先后钻出，跟我和女孩儿亲热了一阵，复钻入木板底下，继续佯斗。

看着一条被抛弃的、心理创伤很深的流浪小狗与一只孤独然而高傲的小野猫成了一对好朋友，我心温暖。比之于人的社会，那一时刻，我忽然觉得，小猫小狗之间建立友爱，则要容易多了。我从那尺许高的木板之下，看到了令我感动并感慨的图景。

自那一天起，两个小家伙形影不离。它们有了一个共同的家，便是那木板踏道的底下。看着它们在一起高兴的人多了，喂它们东西吃的人也多了。小保安不知从哪儿捡了两个旧沙发垫塞到了木板下，还有人将一大块旧地板革铺在踏道上，防止雨漏下去。两个小家伙喜欢相依相偎地睡在"家"里了。据女孩儿说，咪妮睡时，仍将头枕在巴特背上，似乎那样它才睡得舒服，睡得安全……

偶尔，它俩也会跑下台阶，穿过街道，在对面的小铺子间蹶蹶逛逛的。大概它们以为，人都是善良的。而街对面那些开小铺面的外地人，以及他们的孩子，确实都挺善待它们。看到家养的小猫小狗在一起是一回事，看到一条小流浪狗和一只小野猫形影不离是另外一回事；咪妮和巴特，使那一条街上的许多大人和孩子的心，都因它们而变得柔软了。

我出差了数日，返京第二天中午，艳阳高照，然而暑热已过，天气好得令人心旷神怡。吃罢午饭，我带足猫粮狗粮，去到了门洞那儿。

却不见咪妮和巴特。

小保安说："都死了……"

我一愣。

他告诉我——一天下午，咪妮和巴特又跑到街对面去了；偏巧街对面停着一辆"宝马"，车窗摇下一边，内坐一妖艳女郎，怀抱一狮子狗。那狗一发现咪妮和巴特，凶吠不止。咪妮和巴特便迅速跑回台阶上，蹲在小保安脚边。那女郎没抱紧狮子狗，狮子狗从车窗蹿了出去，追到了台阶上。咪妮野性一发，挠了狮子狗一爪子；女郎赶到，见她的狮子狗鼻梁上有了道血痕，说是破了她那高贵的狗的狗相，非要打死咪妮不可。小保安及时抱起咪妮，说咪妮不过是一只小野猫，有身份的人何必跟一只小野猫计较？而这时，巴特和那狮子狗，已扑咬作一团。女郎尖叫锐喊，从花店中闯出一彪形大汉，奔上台阶，看准了，狠狠一脚，将小巴特踢得凌空飞起，重重地摔在水泥街面上。咪妮挣脱小保安的怀抱，转身逃入院中。那女郎踏下台阶，也对奄奄一息的巴特狠踢几脚。一切发生在不到一分钟内，等人们围向巴特。"宝马"已开走了……

我听得目瞪口呆，良久才问了一句话是："那，那咪妮呢？……"

"也死了……躲在木板底下，三天不出来，三天不吃东西……怎么叫它也不出来，喂它什么都不吃……活活渴饿死的……我和几个小朋友把它和巴特埋在一块儿了……"

我一转身，见说完话的女孩儿，无声地哭。

我，将手伸入了衣兜。

无话可说之时，我便只有吸烟。

我三口五口就吸完了一支烟。

何以解恨？唯有香烟。

唯有香烟……

翌日，我终于想好了我要说些什么——在课堂上，在讨论一部爱情电影时，我对我的学生们说：“那种对猫狗也要分出高低贵贱的女人，万勿娶其为妻！那种对小猫小狗心狠意歹的男人，你们女同学记住，不要嫁给他们！……”其实我还想说：这处处呈现出冰冷的、病态的、麻木的、凶暴的现实啊，还有救吗？然我自知，这么悲观的话，是不该对学生们说的……